1.ª edición: febrero, 2016

para el sello B de Bolsillo
Consell de Cent, 425-427 - 08009 Barcelona (España)
www.edicionesb.com

Publicado originalmente por B de Books para Selección RNR

Printed in Spain
ISBN: 978-84-9070-158-4
DL B 324-2016

Impreso por NOVOPRINT
Energía, 53
08740 Sant Andreu de la Barca - Barcelona

Una última temporada

RUTH M. LERGA

A Esther Ortiz y a Lola Gude.
Gracias por «echarme» de mi casa cada vez
que comienzo una novela, por obligarme a explorar
los límites de lo que conozco y que me dan seguridad,
y por abrirme las puertas de las vuestras y servirme
de refugio cada vez que me pierdo.
Gracias por amar la novela romántica
y por enseñarme a quererla y respetarla.
Gracias por ser el corazón y el alma de todas ellas.

Os quiero.

Prólogo

1833

Dos niños discutían en el vasto jardín de una mansión de la ciudad.

—Cuando sea mayor seré duque.

—Claro que lo serás. Ahora eres marqués y cuando tu padre muera serás duque. A lo que me refiero es a qué harás para ser recordado.

—Mi padre no morirá nunca.

—Todos nacemos y morimos. Tu padre lo hará. Y tú, y yo también.

Extendió la espada de madera hacia ella.

—Retira eso.

—Retira tú tu estúpida espada.

—¡Has dicho estúpida! Jamás serás una dama —se burló.

—Desde luego que no —respondió la niña con petulancia. A sus nueve años su insolencia era notable—. Seré escritora.

—¿Escritora? No serás escritora. —El niño, de once, la miró con desdén. También su orgullo comenzaba a despuntar—. Serás esposa y madre, como tu madre y la mía. Las mujeres son esposas y madres, no escritoras.

—Mi madre escribe y conoce a un buen número de escritoras. Yo seré escritora.

—No, serás la esposa de alguien y dejarás de ser miss Woodward porque te cambiarás de apellido. Y si tu madre es April y tú eres May seguro que a tu hija la llamarás June.

La niña dio una patada en el suelo con enfado.

—Seré escritora y no una dama.

—No, no lo serás. Serás una dama que se casará y tendrá un montón de hijos. Diez al menos.

—No, no lo seré.

—Sí, sí lo serás.

—No, no lo seré.

—Sí, sí lo s...

Con sus manos tomó un buen puñado de tierra mojada que metió en la boca del marqués. Este no lo esperaba y tosió y escupió e intentó en vano limpiarse.

—Escúchame bien, Alex. Seré escritora y ni siquiera tú, que serás duque cuando tu padre muera, podrás evitarlo.

Y dio media vuelta y se marchó con andares de reina.

1839

En aquel mismo jardín, propiedad de los Illingsworth, detrás de unos rosales.

—Me han publicado unos cuentos.

—Tu madre te los ha publicado.

—¿Qué insinúas?

El joven la miró con displicencia.

—No insinúo. Afirmo que es tu madre quien te los ha publicado.

—Podría haberlos enviado a cualquier otra editorial y hubieran sido publicados igualmente. Lo sabes.

—No, no lo sé porque no los he leído.

—¡Te los envié por correo!

—Eton es exigente, y en breve llegará a Cambridge.

—No es Eton quien te exige. Desperdicias tu tiempo practicando deportes y acudiendo a... a...

La sonrisa de Alexander se amplió.

—Si no eres capaz de decir «seducción» nunca serás una buena escritora de novelas góticas.

—¡Yo no pienso escribir novelas góticas! Ni lo necesitaré, tampoco. Fíjate por ejemplo en *La Abadía de Northanger.*

—Es cierto, disculpa, tú solo escribes cuentos para infantes.

—Alex, te lo advierto.

La tomó de las manos con fuerza.

—Nada de tierra esta vez, May. Las damas no lanzan tierra.

—No soy una maldita dama.

—Sí lo eres, a pesar de tu empeño en ensuciar tu boca con semejante vocabulario. Tu padre es tan marqués como yo mismo. Tú eres una dama lo quieras o no. Y una muy hermosa. Cuando debutes, en un par de años...

—Tres años y no debutaré.

—Lo harás, y cuando lo hagas te dejarás adular por un montón de lechuguinos que verán tu belleza y no tu carácter endemoniado.

—No soy hermosa.

—Lo eres.

—No, no lo soy. Soy una escritora y eso es todo lo que soy.

—Eres una dama hermosa que cuando debute volverá locos a todos los hombres, que se volverá cursi y vestirá con sedas y montones de lazos, y que se casará y tendrá al menos diez hijos.

Intentó liberarse.

—No lo haré.

—Sí, sí lo harás.

—Maldito seas, Alex, no lo haré.

—Desde luego que lo harás. ¡Ay! —La soltó cuando recibió una patada en la espinilla—. Algún día dejaré de considerarte una dama y te devolveré el golpe.

—No soy una maldita dama —le gritó mientras se alejaba corriendo.

Londres, 1842

Querido Alex:

La temporada está por finalizar. Y yo tenía razón. No me he casado. Sí, los bailes y los vestidos me han atraído, pero como hablamos en marzo yo tenía razón y tú estabas equivocado: sigo soltera.

Y voy a publicar mi primera novela. Nada de cuentos que tanto desprecias. Y no, tampoco es gótica: es una hermosa historia de amor entre una sirvienta que queda embarazada por las atenciones no deseadas del hijo de su señora y es expulsada y recogida por un párroco que la cuida y de quien se enamora.

Si se te ocurre insinuar que mi madre quedó embarazada siendo sirvienta... No te lo perdonaré, Alex.

Tuya para tu fastidio,

MAY

Cambridge, 1842

Querida May:

Yo tenía razón. Has sido la más hermosa y mi madre y mi hermano me han dicho que has recibido al menos cinco proposiciones de matrimonio. Quizás has ganado una batalla, pero perderás la guerra; no pienses que tus padres cederán siempre: te casarás; te casarás y cambiarás tu apellido y tendrás diez hijos.

Respecto de la novela que me cuentas, tú no deberías saber nada de embarazos. Es más, te recuerdo que en Navidades, en casa del tío Richard, seguías sin atreverte a decir la palabra «seducción». Y tengo que repetírtelo: no has publicado una novela. Tu madre te ha publicado una novela. Alguien supuestamente versada en letras como tú debería haber entendido ya la diferencia.

Nunca tuyo para tus lamentos,

ALEX

Turquía, 1847

Querida May:

Disculpa la demora en mi respuesta. ¿Tanto tiempo ha pasado desde mi última carta? Pero es cierto, dejamos Nápoles hace ya dieciocho meses.

No voy a felicitarte por seguir soltera a tus veintitrés años. Ni por haber publicado tu quinta novela cuando sé quién ha vuelto a autorizar su lanzamiento.

Y no, yo tenía razón. Eres una dama. Y si no has hallado esposo es porque los hombres ingleses somos cautos y no deseamos que una intelectual sea la madre de nuestros hijos.

Me ha dicho mi madre que vas a América por dos años. Finalmente has logrado tu propio *Grand Tour*, aunque no por Europa como el que estoy haciendo yo, sino al otro lado del Atlántico. Es una verdadera lástima, Italia te hubiera enamorado. Y hablando de amores, ¿quién sabe? Tal vez algún americano loco de esos que se llaman progresistas se anime a ponerte en tu lugar y te convierta en esposa y madre de diez hijos.

Yo regresaré en septiembre, así que no estoy seguro de que coincidamos antes de tu partida. Si no es así, te deseo un buen viaje.

Nunca tuyo para tus lamentos,

ALEX

Nueva York, 1847

Querido Alex:

No he partido a los Estados Unidos de América a buscar un esposo y desde luego no permitiré que ninguno de su especie dé conmigo. A estas alturas ya deberías saber que soy yo quien tenía razón. Pero desde niños he apreciado que como futuro duque tienes ciertos problemas para reconocer la evidencia cuando esta no se ajusta a tus deseos. Mi viaje se debe a la publicación de mis novelas en Nueva York. Aquí donde mi madre no tiene ninguna influencia.

Volveré para julio de 1849... Oh, Alex, ¿puedes creerlo? ¡Dos años siendo mi propia dueña! Sí, sí, desde luego voy con acompañantes. Dos, de hecho. Y tu madre ha escrito a su antigua doncella, Sophy, para que cuide de mí como bien sabrás.

Pero Alex, aquí no hay damas, solo mujeres.

Tuya para tu fastidio,

MAY

Londres, 1849

Querida May:

Me alegra saber de tu vuelta para finales de febrero. Han sido casi tres años. Diablos, no sé si lograré reconocerte después de ¿cuántos?, ¿seis años sin vernos? Y lamento, aunque quizá no me creas, que Estados Unidos no resultaran lo que tú creías, que te decepcionara saber que, damas o no, también allí las mujeres buscan esposo. No, no me estoy riendo de ti, aunque confieso cierto regocijo. Para que me creas te diré que lo lamento tanto como lamento que no vengas del brazo de un marido y con tres niños a tu alrededor y otro en tu vientre. ¡Así solo te restarían seis más! Porque como supondrás sigo convencido de tener razón.

No, me temo que no acudiré a los muelles a recibirte por más que pueda desearlo. Tus padres y hermanos, tus cuñados y sobrinos, y en fin, toda tu familia, hace meses que espera el día en que regreses a casa. A pesar de la antigua amistad que nos une me abstendré de imponer mi presencia en un momento tan íntimo.

Pero te informo de que al día siguiente de tu llegada se celebrará una gran fiesta en tu honor y confío en que me guardes un baile. Hace ya años que no nos vemos y la ocasión bien merece el esfuerzo.

Me alegra informarte además de que todavía hay algunos caballeros que recuerdan a lady May Woodward con ardor, a pesar de que ya hayas cumplido los veinticinco años. ¿Ves como tenía razón? Sigues siendo una dama en la memoria de todos. Tanto, que tu velada abrirá la temporada de matrimonios. Matrimonios, lo repito por si has preferido obviarlo.

Diez hijos, May. Diez al menos.

Nunca tuyo para tus lamentos,

ALEX

Nueva York, marzo de 1850

Querido Alex:

Embarcaremos en apenas dos semanas. ¡Echo tanto de menos a mi familia! Tanto como a la vieja Inglaterra. Y bien sabes que también a ti te he añorado, bribón.

Aguardaré impaciente la fiesta para volver a reunirnos. Tengo tantas cosas que contarte. Y sí, desde luego que te anotaré en mi carné. Te guardaré el último baile.

Tuya solo durante un baile,

May

1

Londres, finales de marzo de 1850

En aquel momento su habitación pasaría por el sueño de cualquier dama y la pesadilla de cualquier doncella: vestidos de mañana, de paseo, de tarde y de fiesta se acumulaban sobre el diván, la cómoda y colgados en una barra sujeta a los postes de la cama que se había colocado a tal efecto aquella mañana.

En el suelo cajas de sombreros, zapatos, cintas, pequeños bolsos y abanicos. Y sobre la cama una pequeña colección de joyas guardadas en preciosos estuches aterciopelados.

May y su madre, April, marquesa de Woodward, se hallaban cómodamente sentadas en el rincón más cercano a la ventana con una pequeña mesilla entre ellas que se había salvado de la invasión de bagaje femenino y que sostenía un servicio de té. Habían pasado más de cuatro horas decidiendo qué era adecuado para Londres y qué desechar. Tras cada prenda había una pequeña historia que una había contado y la otra escuchado sonriente. Hacía casi tres años que no se veían; a pesar de la asidua correspondencia, la familia y el servicio habían dejado tiempo y espacio aquella mañana solo para ellas.

Tras clasificar la ropa y revelar algunos secretos que por correo apenas había podido insinuar, descansaban ambas con una taza de té entre las manos.

—En tus cartas de la primavera de 1849 hablabas con entusiasmo de un señor Atwik de Nueva York. —April la miraba directamente, sin reservas—. Y de un día para otro pareció desvanecerse.

No preguntó ni fue preciso; la confianza entre ellas era suficiente. Y fruto de esa confianza y de la edad de May, que ya no era una jovencita, muchos temas se trataban abiertamente dentro de su alcoba. Lo que no significaba que no fueran conscientes de la necesidad de mesura: había cosas que una madre no debía saber ni una hija debía hacer; o no desvelar en cualquier caso.

—Matthew cambió de parecer.

No había rencor en su voz, solo contrariedad.

—¿Sobre ti?

—No lo sé, mamá —respondió honesta—. Le gustaba mi independencia, la aplaudía incluso. Y sé que era sincero cuando lo hacía. Pero cuanto más le conocía, cuanto más hablábamos de un posible futuro, menos concordaba lo que de mí decía valorar con sus deseos. ¿Cómo puede un hombre esperar que su esposa se sienta libre si debe ser la anfitriona de su esposo, regentar la casa de su esposo, portar en su seno y en su corazón a los hijos de su esposo y desde luego cuidar de su esposo? ¿Cuándo puede esa esposa hacer lo que ella desea?

Su madre no dudó.

—Yo soy la anfitriona de tu padre, regento Woodward Park. —Sonrieron ambas al no referirse a la mansión familiar como a la casa de lord Julian—. Os he portado en mi seno y desde luego os porto en mi corazón, y cuido de tu padre, May.

No enrojeció porque no se sintió regañada.

—Papá no te absorbe. No pretende tenerte a su alrededor por si un día descubre no saber dónde está su trasero —continuó hablando con presteza; la mirada de su madre le acababa de decir a las claras que el vocabulario adquirido en América y su soltura para intercalarlo en las conversaciones no eran de su agrado—. Su regalo de bodas fue una imprenta. Papá es un marqués, su título se remonta a Guillermo el Conquistador y aun así entiende que te marches a Londres para reuniones editoriales dos veces al año...

—Que suelen coincidir con la temporada y las sesiones de octubre del Parlamento para que podamos viajar juntos.

No había de explicar que lo hacían así porque no les gustaba estar separados. Sus padres se amaban y su matrimonio, a diferencia de la mayoría de los que conocía, los complementaba en lugar de beneficiar al marido y anular a la esposa.

No era la primera vez que tenían aquella conversación, pero a veces necesitaba repetirla para recordar qué quería, qué buscaba y de qué huía. Y su madre lo sabía y la escuchaba paciente, May sospechaba que con el deseo de que algún día lo encontrara o rebajara sus pretensiones.

—Solo hay un hombre como papá, me temo —dijo resignada.

April supuso que aquella conclusión era fruto de lo que hubiera ocurrido con el señor Atwik. Nunca antes había tenido la sensación de que su hija mayor se hubiera rendido.

—Y solo una mujer como yo, May —le respondió con suavidad.

Alzó la vista sin entender.

—¿Qué quieres decir?

—Quiero decir que tú no eres como yo... No, cariño, no lo eres. Por más que podamos tener ideas parecidas sobre cómo vivir nuestras vidas, nuestros caracteres no lo son; así que tú no necesitas un marqués de Woodward. Ni podrías, créeme, soportarlo. Puedo decirte que dista de ser perfecto. —Sonrieron divertidas. Había sido el héroe de la niñez de May y seguía siendo el de su esposa—. En todo caso, tú necesitas otro tipo de hombre, así que no importa que solo exista un Julian Woodward.

Lo pensó detenidamente. Había conocido a muchos varones en sus veintiséis años. O, se corrigió, a muchos más que otras mujeres de su edad y condición. Pero ninguno de ellos comprendía qué necesitaba, qué quería.

Solo Matthew había parecido entender... Y la decepción había sido insoportable durante semanas. Si había un hombre para ella parecía mantenerse bien oculto.

—Hablando de marqueses que no requieres, ¿qué sabes de Alexander?

Alzó la cabeza al escuchar el nombre de su íntimo

amigo. April, intuyendo su desánimo, había mencionado a la persona que mejor la conocía; quizá mejor incluso que sus propios padres.

—Esta noche bailaré con él.

—Me sorprendió que no viniera ayer a los muelles.

Le restó importancia con la mirada mientras bebía un poco más de té, pero se había sentido decepcionada al no encontrarle cuando atracó su barco. Y había esperado que la visitara aquella mañana, pero todavía no le había visto. Alex la respetaba. Y al parecer era cierto lo que de él le contaban en las cartas que fue recibiendo y se había convertido en alguien que siempre hacía lo correcto. Como no verla cuando no correspondía.

—Ya sabes cómo es, mamá. No quería importunar. No cuando he estado tanto tiempo lejos de vosotros.

—Es un detalle muy considerado por su parte. —Sonrió con ternura la marquesa—. Estoy convencida de que estará impaciente por verte; tanto como tú por reunirte con él de nuevo. ¿Abrirás el baile con el marqués de Wilerbrough, entonces?

May puso los ojos en blanco. ¿Con Alex, que ni siquiera había ido a verla? Nunca.

—Lo abriré con papá. —Y en tono revoltoso añadió—: A él le he guardado la última pieza.

Su madre rio por lo bajo al tiempo que dejaba la taza ya vacía en la mesilla y se ponía en pie.

—Será mejor que comas algo mientras las doncellas recogen este alboroto. Y sube después y asegúrate de hacer una siesta. Si tu último baile de la noche será con Alexander Saint-Jones necesitarás estar descansada.

Se refería a las discusiones que desde niños habían

tenido. Al principio por tener ambos una fuerza de carácter similar; después, sospechaban todos los que los conocían, por el mero placer de hacerse la vida imposible.

—Alex es consejero de la reina, mamá. Con solo veintisiete años. Y si con veintisiete años es consejero de Su Majestad será lo suficientemente aburrido como para haber dejado de comportarse como un niño.

Su madre volvió a reír por lo bajo.

—Cumplió veintiocho en enero. Y tú tienes veintiséis y no estoy segura de tu comportamiento con él, no cuando le has guardado el último baile en algún castigo retorcido que solo vosotros dos entendéis. Por cierto, no es consejero de la reina: es amigo personal del príncipe Alberto. —Se volvió justo antes de salir para decirle con una mirada traviesa—: Creo que me aseguraré de que lo último que suene esta noche sea un vals.

—¡Dudo mucho que ose valsar en público! —replicó a la puerta ya cerrada solo por el placer de burlarse de él en voz alta—. Debe considerarlo escandaloso.

Terminó, insegura de estar bromeando.

¿Amigo personal del príncipe Alberto? ¿Por qué no era un libertino o un dandi o sencillamente un necio como el resto de los caballeros de su edad? ¿Qué demonios le habría ocurrido para pasar de ser el encantador bribón de Cambridge al respetable marqués de Wilerbrough?

En pie, frente al enorme caballete, los dos caballeros observaban desde hacía más de veinte minutos los planos en absoluto silencio. El Palacio de Cristal que albergaría la Gran Exposición de los Trabajos de la Industria de todas las Naciones* estaba casi construido según estaba previsto, pero algunas compañías británicas habían propuesto enviar algunos ejemplos de fauna local que darían exotismo a la exhibición, atrayendo a curiosos que se interesarían también en la industria mecánica floreciente, pero que suponían importantes cambios en la ubicación inicialmente establecida.

—Suficiente —terció Su Majestad con aquel ligero acento bávaro que recordaba a Alexander a la marquesa de Woodward—. Los planos no se transformarán en un zoológico por más que lo deseemos.

Alexander sonrió. El príncipe era un hombre con un enorme sentido de la responsabilidad, pero no permitía que esta le abrumara hasta el punto de perder su pragmatismo. Esperó a que se sentara para seguirle en el sillón gemelo, frente a frente.

—Creo que si lo desearas el Palacio de Cristal sería un zoológico.

Hacía tiempo que Alberto le había pedido que le tratara con familiaridad en privado.

El príncipe rio bajo su fino bigote.

—Probablemente así sería —medio protestó.

Se habían conocido cuatro años antes en una cele-

* La Gran Exhibición, como también se la conoció, se celebró en Londres en 1851, siendo su fecha de inauguración el primero de mayo a instancias y con la enorme implicación del príncipe Alberto, esposo de la reina Victoria. Pretendía ser, y fue, un ejemplo de la modernidad de la industria, mostrando la nueva ingeniería de las fábricas y los productos de todas las naciones que componían la Corona británica. Me tomo la licencia de recrear la distribución a mi gusto. *(Todas las notas al pie son de la autora.)*

bración en Buckingham. Tras el rigor de la cena y los primeros acordes, los lores que no bailaban se habían congregado cerca de las ventanas para fumar y discutir las políticas del partido whig y las consecuencias de la hambruna en Irlanda. El Príncipe se había alejado evitando proferir opiniones respecto de lord John Russell. Viendo su incomodidad, Alexander se había apartado con él y no sabía bien cómo habían terminado hablando de ingeniería. Alberto de Sajonia era un hombre versado en el desarrollo mecánico y los Stanfort tenían una parte de su patrimonio invertido en la Bolsa y se interesaban por la nueva industria. Fue invitado a palacio unos días después para una cena privada que finalmente se convirtió en una costumbre semanal cuando la agenda de la Familia Real así lo permitía. Con la confianza llegaron también invitaciones al Pabellón de Caza de Sus Majestades o a Holyrood, y después de cuatro años eran tan amigos como el consorte de la reina Victoria se podía permitir.

Alexander estaba colaborando en la supervisión de la Exposición.

—Creí que esta noche atenderías al baile de la hija mayor del marqués de Woodward.

—Y así es.

Veló su mirada para que nada revelara. Pero aunque no hubiera sido consciente, en las últimas semanas había mencionado a May con frecuencia y su amigo había reparado en ello.

—¿No llegas tarde? —Le dejó saber con los ojos que conocía de lo artificioso de su imperturbabilidad.

—No necesito llegar hasta el último baile.

Su Alteza rio.

—¿Te relega para el final?

Se encogió de hombros algo más relajado.

—May tiene un extraño sentido del humor.

—¿May? —Maldijo su error, mas no respondió, aguijoneando la curiosidad de su anfitrión. Tenían edades similares y una amistad consolidada—. ¿Es hermosa? —le insistió.

No tenía por qué responder. Que fuera el esposo de su soberana no significaba que le debiera su vida privada. Era una regla no escrita que habían respetado desde el principio. Del mismo modo que Alberto no podía revelar detalles de la propia no exigía saber de la ajena.

Pero lo sentía un buen amigo. Quizá no el más antiguo, o no con el que salir una noche al club a cometer alguna necedad, pero sí el amigo más sincero.

—Lo era.

—¿Lo era?

Alex sonrió y preguntó:

—¿Disfrutas con esto?

—Confieso cierta satisfacción, sí.

—Lo era la última vez que nos vimos, hace seis años. No puedo decir que lo sea ahora. Podría haber doblado su peso, o la viruela haber atacado su piel. Podrían habérsele caído los dientes o...

—Amaría a mi esposa igualmente.

—¿Pero la verías hermosa? —dijo sintiéndose atacado, percatándose demasiado tarde de su impulsividad, condenando su imprudencia.

—¿Insinúas que...?

—Mi reina siempre será hermosa.

El príncipe movió apenas la cabeza en un gesto divertido. Alexander sonrió también. Solía reírse de él siempre que tenía ocasión. En realidad se reían el uno con el otro, lo que resultaba novedoso para Alberto.

Volvió al tema que Alexander pretendía olvidar.

—¿Más hermosa que su hermana Edith?

Edith, casada con lord Merrington, estaba considerada la dama más bella de Londres. Y también la anfitriona de la alta sociedad. Residía en la ciudad todo el año y ser invitado a su casa era señal de estatus. Lady Merrington era una mujer codiciada por el resto de damas; y por muchos caballeros también.

—Supongo que es cuestión de gustos.

—¿Y según el tuyo?

Alex se supo vencido y claudicó.

—Después de vuestra esposa, desde luego...

—Desde luego —repitió el príncipe con el mismo tono solemne.

—... es más hermosa que ninguna otra mujer que hayas visto jamás, Alberto. Cabellos rubios claros, ojos grises, pómulos elevados, cejas arqueadas y pestañas oscuras, nariz pequeña y boca generosa. Piel inmaculada, voz dulce y elegancia innata. Más alta que otras mujeres y con una figura hecha para el pecado.

—Y sin embargo...

Le miró sin comprender.

—¿Sin embargo?

—La describes con tono aburrido y la dama está soltera a pesar de su edad. Así que es hermosa y sin embargo...

—Y sin embargo tiene la determinación de una mula y ha decidido no casarse.

Su Alteza rio abiertamente y al final Alexander se dejó llevar por el buen humor.

En aquel momento preciso entró la reina Victoria. Se puso en pie e hizo una ligera reverencia. También el príncipe se levantó a recibirla.

—Buenas tardes, marqués. —Se volvió a su esposo y le sonrió con cariño—: ¿De qué reíais?

—De las razones para la soltería.

Miró a Alberto con fingida seriedad.

—La soltería del marqués, espero.

—Eso me temo, Victoria. Eso me temo.

Alexander prefirió no responder. Declinó la invitación a cenar y pocos minutos después se despidió.

Abandonó el palacio a caballo y puso rumbo a su casa en Waverton Street. Tenía tiempo de cenar con tranquilidad, leer relajadamente en la biblioteca, darse un baño, prepararse como correspondía para la ocasión y acudir dando un lánguido paseo hasta la casa de los marqueses de Woodward.

Calculaba que hasta las dos de la madrugada no sería el último baile.

Así que no quería llegar antes de la una y media.

Y las razones por las que no lo haría no tenía intención de analizarlas.

O no todavía.

No hasta que la viera.

Solo entonces pensaría.

2

Arropada en brazos del marqués de Woodward, en los segundos previos a que los músicos iniciaran el primer vals, sintió las miradas de los casi doscientos invitados puestas en ella. Y, no obstante, May solo tenía ojos para su padre.

Sonó al fin la melodía y la mano que acariciaba su espalda se tornó firme y comenzó a guiarla con seguridad por el salón. Poco después otras parejas se unieron y fue entonces cuando Julian habló.

—Después de tu madre eres la dama más hermosa del salón.

Sonrió con gozo.

—Creí que después de mamá era la dama más hermosa de toda Inglaterra.

—Y de sus colonias también. —Le devolvió la sonrisa.

Siguieron bailando al son de los acordes un poco más. Tras unos giros sintió cómo la mecía con suavidad. Con tanta suavidad como le habló.

—No estaba seguro de que fuera a ser el elegido para esta pieza.

—Papá —protestó dolida.

—O no tras la conversación de esta tarde —insistió al tiempo que le apretaba la mano con cariño.

May alzó la vista y deseó que todo el amor que sentía por él se reflejara en su mirada. Y así debió de ser a tenor de cómo se alisó su ceño.

—No estoy enfadada contigo.

—Pero tampoco estás de acuerdo conmigo.

—No, no lo estoy —respondió sin necesidad de meditarlo—. Pero he accedido y siempre cumplo mi palabra.

—No dudaría de ti ni por un instante. —Que tuviera más confianza con su madre no significaba que su padre no la conociera bien.

—Te costará caro, no obstante: mañana encargaré muchas zapatillas de bailar. —Le guiñó el ojo con complicidad.

Después de la pequeña siesta le había pedido que lo acompañara a su estudio y una vez allí la había animado a que entendiera aquella temporada como tal y que acudiera a tantos bailes y veladas como le fuera posible. Lo que implicaba integrarse de lleno en sociedad.

Y también veladamente buscar un esposo.

Sintió cómo los brazos que la rodeaban se tensaban y supo que lo que fuera a escuchar era importante.

—Jamás te pediría que te casaras por complacerme.

—Jamás me casaría por complacerte —respondió sin pensar.

—May. —Suspiró.

La rigidez de su abrazo no disminuyó. No dijeron nada durante unos minutos en los que se sintió mal consigo misma. Se supo en realidad una desagradecida. La comprensión por parte de su familia había sido más que generosa.

—Lamento causarte tantos trastornos, papá. —Su voz sonó triste, sentida—. Has sido paciente y comprens...

—Solo quiero que seas feliz —la interrumpió frustrado.

—Lo sé —susurró. En verdad lo sabía—. Ojalá pudiera hacerme feliz lo que hace feliz a Edith y a casi todas las jóvenes de este salón.

La culpabilidad la arroyó. El marqués lo supo y la aproximó a su pecho. Solo con su cercanía llegó el consuelo.

—No eres tú quien me turba, cariño, soy yo; son los recuerdos. —Alzó la vista y le miró fijamente, sin entender. Julian pareció valorar qué decir antes de continuar—. A tu edad yo tampoco quería casarme. Y los motivos por los que no quería hacerlo no eran los correctos. Para cuando descubrí que estaba equivocado casi fue demasiado tarde.

Ahora ella le acarició la mano. Conocía el romance de sus padres. De todos sus hermanos, solo May conocía la historia completa. Su madre se la había ido desgranando poco a poco, añadiendo detalles conforme fue creciendo y comprendiendo, pero también mostrando prudencia y discreción.

—Si yo no me caso es por las razones correctas —aclaró con voz suave.

—Lo sé. —Sonrió él y su ánimo se reflejó en sus ojos, que se iluminaron—. Lo sé —repitió con seguridad—. Y sé que te casarás únicamente por los motivos apropiados y con la persona apropiada. No tengo ninguna duda.

—¿Entonces? —inquirió. ¿Qué le preocupaba?—. Deberías estar más calmado que yo si lo sabes. Yo no estoy tan segura de poder reconocer al hombre adecuado cuando lo tenga delante.

Quiso bromear, pero sus palabras tornaron hosco el rostro del marqués.

—Eso es lo que me preocupa: que no puedas verlo.

—Papá... —susurró.

—Yo no supe entender que tu madre era la mujer de mi vida y la tuve frente a mí y entre mis brazos durante semanas. Muchos dicen que te pareces a ella, y es cierto que tienes muchos de sus rasgos físicos y de su carácter. Tu rostro haría llorar a los ángeles. Eres paciente y comprensiva. E iluminas una sala solo con tu presencia. Regalas paz y alegría por igual, cariño.

—¿Pero? —Estaba sonrosada, tan halagada se sentía.

—Pero me temo que tu obstinación sea culpa mía.

Le emocionó más la angustia en su voz, la innegable preocupación, que todos sus elogios anteriores. Así que se detuvo, haciendo que su padre se detuviera por ende, sin importarle si otros les miraban o no. Se puso de puntillas y besó con sentimiento la mejilla recién rasurada.

—Te prometo que a mí no me ocurrirá —le dijo con voz solemne; y rompiendo el momento, se permitió reírse de él—: Tal vez mi tozudez sea herencia de los Woodward, papá. Pero mi inteligencia proviene toda de mamá, así que no tienes nada de lo que preocuparte. Yo no cometeré ninguna necedad.

La carcajada del marqués se dejó oír sobre la música y los murmullos. El resto de los presentes sonrió con indulgencia mientras este tomaba de nuevo a su hija entre sus brazos y volvían a deslizarse por el salón junto al resto de parejas.

Llevaba no sabía cuánto tiempo en un lado de la enorme balaustrada, apoyado en una columna desde donde apenas se vislumbraba su figura, mirándola. Bailaba en brazos de su tío el conde de Westin, y su sonrisa iluminaba su rostro.

Y le iluminaba a él.

Respiró hondo, resignado. Sabía que iba a ocurrir. Sabía que cuando la viera sus labios sonreirían con nostalgia, su corazón se aceleraría, su pecho se llenaría de gozo y su alma gritaría que la amaba.

Seis años no habían supuesto ninguna diferencia.

Había prolongado su *Grand Tour* para evitar verla. No pudo entonces pretender casarse con ella. No hubiera podido acudir a Durham y pedirle a su padre, a Julian, que le concediera su mano. Todos los consideraban casi primos. Hubo de confiar en que la joven mantuviera su palabra y su empecinamiento y no se casara, por más que él la impeliera a hacerlo en todas sus cartas, y continuó su viaje por Europa, rebatida la posibilidad de que con el tiempo su amor de juventud se debilitara, o que conociera a otra mujer de la que se enamorara siendo ya un hombre.

Tentado estuvo al regresar de acudir a Estados Unidos a verla con cualquier pretexto plausible, tanto la añoraba. Pero hubo un señor Atwik primero y un proyecto con el príncipe Alberto después. Y un retraso en su vuelta de más de seis meses que se le hicieron eternos.

Regresaba al fin y lo hacía soltera y asentada como tal. May no buscaría esposo. Ya no. Tenía tiempo para conquistarla. Tenía todo el tiempo.

Los músicos comenzaban a tocar los acordes finales, así que se decidió a bajar a reclamarla. Se colocó correctamente la chaqueta, miró el reloj que portaba en su bolsillo, sonriendo al ver que pasaban quince minutos de las dos y que hacía más de media hora que la observaba, y descendió los peldaños uno a uno con calma. April estaba al pie de la escalinata despidiendo a los que se marchaban ya y querían evitar el colapso de carruajes que se produciría en menos de una hora. Sonrió con cariño cuando le vio.

—Alexander, qué sorpresa.

Besó la mejilla que la marquesa le ofrecía.

—¿Lo es? No me perdería la celebración de la vuelta de May ni por todo el oro del Perú, April.

—De ahí que hayas llegado con apenas dos minutos de tiempo para el último vals. —No había censura en su voz, solo diversión.

Él sonrió con humor. La madre de May sabía qué pieza le había reservado su hija.

—¿May ha escogido un vals?

Rio abiertamente ella.

—En realidad he sido yo.

—¿No has podido resistirte? —exageró hastío.

—Era imposible resistirse. No cuando se trata de vosotros dos.

Con otra sonrisa se volvió para despedirse de más invitados.

Alexander se hizo a un lado del salón buscando de nuevo una columna donde recostar apenas el hombro y volvió la mirada a la pista mientras le invadían los recuerdos.

Un vals.

Una tarde en Berks, en la finca del tío Richard, cuando tenía diecinueve años y May diecisiete, mientras sus padres, los de May y los anfitriones departían, los hijos de los tres matrimonios se habían encerrado en el salón de baile pues fuera llovía. May había propuesto bailar, pero su hermano la había tachado de ridícula y finalmente habían jugado al críquet. Había visto la decepción en su rostro y había deseado borrarla tanto como tenerla para sí aunque fuera durante unos compases.

Sabía que April había regalado a Nicole, la condesa de Westin, una caja de música tras un viaje a Suiza y que al abrirla sonaba un vals durante apenas ocho minutos.

Así que aquella noche, cuando habían sido enviadas las jóvenes a dormir, la había esperado en la puerta de su alcoba y la había llevado abajo. No había sido difícil convencerla: May disfrutaba con lo prohibido. Entraron en el salón, cerró la puerta y descorrió los pesados cortinajes para que la luna creciente filtrara algo de luz y los iluminara, abrió la caja y haciéndole una reverencia extendió su mano.

Y May sonrió y la tomó y se dejó llevar.

Recordaba que apenas le miró a los ojos mientras

bailaron. Ella que siempre le afrontaba directamente, que le hablaba como a un igual y que no solía tener pelos en la lengua a la hora de decirle cualquier cosa hasta hacerle salirse de sus casillas, de repente se sintió tímida y apenas alzó la vista un momento para dedicarle una sonrisa trémula y volver a bajarla.

Recordaba haberla sentido temblar. Cuando la tomó por la cintura. Cuando la ayudó a voltearse. Cuando aprehendió su mano por encima de sus cabezas y le acarició apenas los dedos. Cuando apoyó la palma en su cadera aun sin deber y la hizo girar sobre sí misma. Cuando la acercó a su pecho para afianzarla en los compases finales porque el ritmo se aceleraba vertiginosamente y las vueltas se tornaban mucho más rápidas. Y cuando, al finalizar, besó el dorso de aquella mano.

No dijeron nada ni durante el baile ni tampoco después. La dejó en medio de la sala con mirada soñadora, cerró la caja, cubrió las ventanas, le ofreció el brazo y la devolvió a su alcoba.

Cómo sus ojos le miraron cuando le susurró un sentido buenas noches al que ella no pudo contestar, lo mantuvo en vela toda la noche.

May. Su dulce May.

Y esa noche bailarían juntos por segunda vez. Y sería también un vals.

Finalizó la contradanza y su tío Richard la acercó hacia el lado opuesto, donde se hallaban el padre de May y también el suyo.

Sonriente, se encaminó hacia ellos.

Cuando la música acabó pidió a Richard que la acompañara hasta donde estaba su padre y también el padre de Alex. Si él no la había visto sería allí donde acudiría a preguntar por ella. ¿Dónde estaría? ¿No se atrevería a dejarla plantada en un baile en su honor?

No, se tranquilizó. Desde luego que no lo haría. Alex era un caballero intachable y los caballeros intachables... Se sintió mal por burlarse de él en ese aspecto. Gracias a ese sentido de la caballerosidad habían bailado juntos por primera vez, por única vez, cayó en la cuenta de repente. Sonrió al recordar aquel encuentro casi a oscuras. Había estado tan nerviosa. Solo en sus clases había bailado con un hombre, además de con su padre. Su hermano se había negado a guiarla.

Así que aquel vals nocturno en Berks había sido su primer baile de verdad. Y que no quisiera casarse no significaba que no deseara bailar y ser cortejada. Era vanidosa, reconoció. Se sabía hermosa y le gustaba sentirse hermosa. Nunca daría esperanzas a ningún caballero, pues con ninguno se casaría. Pero le gustaba como a cualquier otra mujer, dama o no, ser halagada.

Cuando Alex abrió la caja que su madre había traído de Suiza y la melodía comenzó a sonar y le tendió la mano... recordaba cómo la emoción la invadió. Alexander debió de creer que se comportaba como una niña boba, callada y torpe, temerosa de equivocarse. Y aun así no se rio de ella y la guio por el salón con firmeza mirándola con cariño. Era un buen bailarín y le regaló unos minutos inolvidables.

La acompañó, al desvanecerse el último acorde, arriba de nuevo, incluso tomada del brazo como si fuera una dama y no una jovencita por debutar.

Así que, se reprendió, no le recriminaría que fuera todo un caballero.

Y a pesar de ello... ¿dónde diablos estaría?

Lo reconocería, no tenía ninguna duda. Lo conocía desde siempre. Aunque hubiera cambiado... no, no podría ser gordo, no él que hacía deporte y se cuidaba. Y era alto, afortunadamente para ella, pues May superaba en estatura a bastantes caballeros. Con él se sentía bien sin necesidad de encogerse un poco.

Siguió ojeando el salón, buscando unos hombros anchos, un cabello castaño y unos ojos azul índigo.

¿Dónde...?

Y lo vio.

¿*Aquel* era Alex?

La sonrisa que le dedicaba el caballero que se acercaba... El hombre que se acercaba, en realidad, hizo que su estómago diera un vuelco. El Alex que se marchó a viajar por Europa tenía apenas veintidós años. Era alto, pero era como... como la mayoría de los petimetres de aquel salón. Era poco más que un joven y su cuerpo no se parecía en nada al que ella veía ahora. La chaqueta no le sentaba así entonces. Ni los pantalones. En aquel momento parecía que... Detuvo sus pensamientos temerosa de sonrojarse y que alguien los adivinara. Sabía que la apariencia de colmar sus ropas no se debía solo a la fina aguja de un buen sastre.

Quien se acercaba no tenía ningún rasgo aniñado. Su mandíbula decidida, sus facciones angulosas, su mirada, su cuerpo recio, sus anchos hombros... Todo en su apostura era varonil.

Al fin llegó a ella. Había pensado muchas veces en su reencuentro. Había pensado en cómo le abrazaría, en besos en las mejillas y en bromas sobre matrimonios y diez hijos. Pero ahora mismo todo aquello parecía fuera de lugar. La sola idea de tocarle se le antojaba inapropiada.

—¿May? —le preguntó.

También su voz había cambiado. Era más grave. No, no lo era. Era más modulada, en realidad. Tenía la voz grave desde su último año en Eton, pero no sonaba así. ¿Cómo podía saber si era más modulada o confiada, se reprendió, si solo había dicho su nombre? ¿Qué le ocurría?

—¿May? —le repitió—, ¿te pasa algo?

Eso mismo se estaba preguntando ella. Maldito él por leerle la mente.

—Alex —respondió sin saber qué más decir.

Alexander se sorprendió por su docilidad y decidió aprovecharse de la paz que de momento le ofrecía. Aquella pequeña diablesa no tardaría en cargar contra él. Pero no la querría de otro modo.

—¿Me permitís, lord Julian?

El marqués rio ante la cortesía y empujó apenas a su hija hacia él.

—Llévatela, Alexander.

Extendió la mano hacia ella como hiciera años atrás e hizo una ligera reverencia.

—¿May?

Y como ocurriera años atrás, por un momento se

sintió hipnotizada y tomó su mano en silencio, dejándose llevar. Llegó incluso una punzada de decepción cuando no se la besó.

Ya en medio de la pista la tomó por la cintura con delicadeza, en un roce tan suave que tuvo que imaginarlo y tomó con la otra mano la de ella y la colocó sobre sus cabezas.

Y la música los envolvió.

3

Era media cabeza más alto que ella, así que hubo de alzar la barbilla para mirarle. Para cuando lo hizo no reconoció lo que vio en sus ojos azules. No sabía qué buscaba, pero no encontró en ellos signo alguno de la vieja camaradería que los unía. Tampoco pareció importar a los suyos, que quedaron atrapados por la intensidad que los de él reflejaban y no se separaron ya de su mirada.

No vio al resto de parejas que se iban colocando cerca de ellos ni escuchó tampoco a los músicos iniciar los primeros acordes. Todos sus sentidos estaban centrados en Alex, únicamente en él.

Cuando apoyó la mano en su cintura y la deslizó con delicadeza hasta su talle, donde presionó con suavidad para asirla como correspondía cuando la melodía sonara, la recorrió un pequeño escalofrío. A pesar de la seda sintió el calor que emanaba de su cuerpo sobre su piel. Tenía unas manos grandes, se percató satisfecha sin motivo. Sintiéndose extraña posó la suya en su hombro y su fuerza la fascinó tanto que sus yemas, desobedientes, terminaron rozándole el cuello. No era extraño bailar el vals con la mano en la nuca de la pareja, así que sabiéndose ridícula tocando su piel en una zona indefinida deslizó con lentitud, regalándose el contacto, su mano hasta allí e intentó mantenerla quieta aunque sus dedos, maravillados por la textura del pelo castaño de Alex, quisieran enredarse en sus mechones.

Aturdida, bajó la mano izquierda a su falda. Allí estaba segura de cualquier... Él tomó aquella mano sin dejar de observarla. No habían despegado sus miradas en ningún momento, hubiera durado este un instante o minutos enteros pues no lo sabía. Había perdido la noción del tiempo. Con tranquilidad, ajeno al hervidero que sus sentidos eran, Alex guio las manos con los dedos entrelazados sobre sus cabezas y nada más hizo.

Ella se sintió pequeña por primera vez. Siempre que había bailado, su considerable estatura rayana en el metro setenta y cinco, la había hecho sentirse incómoda, torpe incluso al girar pues a su pareja le costaba manejarla. Ahora en cambio se sentía casi arropada por él.

Su mente regresó caprichosa a aquella noche años atrás, antes de que debutara, en casa de los condes de Westin. ¿Se sintió así entonces? ¿Se sintió especial? Recordó con nostalgia cómo la esperó en la puerta de su alcoba y la llevó al salón de baile. Aquella noche por primera vez un caballero la...

La mano en su espalda se movió apenas y comenzaron a bailar, meciéndose despacio al principio, con más seguridad después al entender que sus cuerpos se reconocían y se movían en un mismo compás sin necesidad de esforzarse. Sus manos se separaban y unían cada vez que abrían el paso. Había bailado docenas de valses. Tal vez cien desde que debutara. Y docenas de hombres la habían guiado del mismo modo. Pero ninguno de ellos la había acariciado al cogerla o al soltarle los dedos de las manos o al tomarla de la cintura.

Se supo ridícula. Alex no la acariciaría. Era Alex. Sencillamente... sencillamente... se esforzó en encontrar una explicación a las extrañas sensaciones que la asaltaban. Si Alex no la estaba acariciando, ¿por qué se sentía ella acariciada? Cuando la tomó con más fuerza del talle y puso una pierna entre sus muslos para evolucionar con ella en varios giros rápidos antes de separarse y unirse de nuevo para valsar sin apenas moverse del sitio, se sonrojó. No la había tocado siquiera. Había oído crujir la seda de su falda contra sus pantalones, pero sin contacto alguno de sus piernas. Y en cierto modo había resultado tan íntimo.

¿Cuánto tiempo llevarían bailando? Al menos diez minutos y todavía no se habían dicho nada. Continuaba en sus brazos hipnotizada por la intensidad de sus ojos, casi a su merced.

Alexander, por su parte, seguía maravillándose de lo bien que encajaban sus cuerpos. La noche en que bailaran aquel otro vals al terminar, cuando la dejó en su alcoba, se marchó raudo a la suya, tan excitado se había sentido. Saber que se compenetraban sin necesidad de hablarse, que el cuerpo de May respondía al suyo con apenas un contacto, que se dejaba guiar sin reparos, le había hecho imaginar escenas que no debía con una joven de diecisiete años y que, además, confiaba plenamente en él, por más que se pasaran el día discutiendo.

Y después de tantos años separados, aquella extraña magia seguía fluyendo.

—Eres un bailarín estupendo, Alex —le dijo ella, la voz no del todo firme—. Claro que ya lo sabía.

No quiso responderle. Si lo hacía sería para recordar una noche hermosa, y quién sabía si los recuerdos le traicionarían al resonar en su garganta, o para burlarse de ella de algún modo como siempre había hecho y como esperaría que hiciera. Prefería mantenerse callado y disfrutar del silencio con su esbelta figura entre los brazos aun frente a la multitud que atestaba el salón de baile.

May sintió que el sonrojo llegaba a sus mejillas. Esperaba que le dijera que no recordaba aquella noche; o tal vez que exagerara asombro porque lo elogiara y comenzara así una pequeña trifulca verbal entre ellos. Sin embargo callaba y la seguía mirando como si solo ella existiera.

Solía acaparar la atención de los hombres, pero acostumbraba también a entender qué se ocultaba tras sus pupilas: interés, deseo, amor, respeto... o desprecio, lascivia, desdén... No era una mujer que dejara indiferente a nadie.

Y sin embargo no lograba descifrar qué había detrás de la intensidad que brillaba en sus ojos azules. Cuando volvió a tomarle la mano la colocó sobre ambos, la hizo girar y la bajó despacio hacia su propio cuello, acariciándole apenas la muñeca al hacerlo, en un roce que seguramente fue accidental pero que le provocó otro pequeño cosquilleo en la columna vertebral, cosquilleo que su propio cuerpo reconoció como deseo. Volvió a hablar ansiosa por romper la telaraña de atracción que Alex parecía tejer sobre ella sin saberlo.

—Lo supe la noche que bailamos en Westin House, hace años.

Le vio sonreír y la tranquilidad la colmó. Aquel hombre que físicamente había crecido, sonreía con la calidez acostumbrada.

—Hace casi nueve años. Yo también lo recuerdo —se vio en la necesidad de responder, felicitándose por la calma de su voz.

¿Lo recordaba? Lo recordaba, se sorprendió; e incluso con cierta exactitud. Y se sintió complacida porque además en la voz de Alex, aun calmada, se había filtrado la nostalgia. Debía reírse de él, postularse ella como inolvidable, pero las palabras parecían atascadas en su pecho. ¿Qué demonios estaba ocurriendo?

—Fue mi primer vals —susurró contenida.

Y aquel susurro llenó a Alexander en lo más profundo de sí. La tomó de la cintura, la hizo girar un par de veces y cuando la acercó a él lo hizo más de lo debido. Ella no se apartó y él simuló no notarlo. Sin mirarla replicó en voz baja y grave cerca de su oído.

—Tengo el honor entonces de ser el primer y el último hombre con el que has bailado un vals.

Erró el paso. Alex la corrigió al punto y dudaba que nadie más lo hubiera notado. Pero había errado el paso. Su voz, algo en ella la había exaltado. No había habido chanza en su tono, ni burla. Tampoco deseo u orgullo. Y sí un pequeño espíritu posesivo que...

Y había cometido un desliz al bailar.

Alexander no quiso presionar. Había obtenido más de lo que esperaba. Lo supiera ella o no, ya no reaccionaba a él como una niña ni le trataba como a un jovenzuelo imberbe. Y aquello era una gran victoria. May ya no buscaba esposo, no pasaría la temporada de pretendiente en pretendiente. Y cuando esta acabara dudaba que se dirigiera al norte con su familia para recluirse en Woodward Park, adyacente a la frontera con Escocia. En sus cartas le había dado a entender que se quedaría en Londres al igual que tenía previsto hacer él. Tenía tiempo para hacerle entender poco a poco.

Todo el tiempo.

Así que se separó de ella unos centímetros, dándole espacio. Y turbó todavía más a May, quien percibió su alejamiento y cómo su cuerpo sintió frío al verse apartada. El ligero roce en la cintura se desvaneció confirmando que en cierto modo aquellas caricias no habían sido casuales. Cesaron también las miradas intensas para convertirse en unas de cálida serenidad que aun bienvenidas, no la hacían sentir única en el salón. ¿Qué diablos había ocurrido? ¿Y por qué ahora se sentía rechazada?

Se repuso achacando al cansancio aquel maremagno de sensaciones. Hacía apenas un día y medio que había regresado y estaba cansada. Había estado bailando desde las ocho de la tarde y era lógico que a tales horas de la madrugada se sintiera agotada y confundida. La suerte estaba de su parte y era Alex quien la rodeaba entre sus brazos y... su estómago dio un ligero vuelco al repetirse quién la sostenía, pero prefirió ignorarlo y alegrarse de que fuera él y ningún otro caballero. Sentirse confusa por Alex era fácilmente reparable: al día siguiente todo volvería a la normalidad y él no sería más que su íntimo amigo de la infancia. E iniciarían una pequeña riña por cualquier cosa con el único propósito de discutir.

Una vocecilla en su interior pareció reírse de ella. Apurada, decidió amonestarle.

—Mi primer y último vals, Alex, así es. Y por cierto, los dos únicos valses que has bailado conmigo.

La risa profunda hizo que le recorriera de nuevo un pequeño escalofrío. Definitivamente el agotamiento había hecho mella en su cuerpo.

—¿Es eso una queja?

¿Lo era? Desde luego que no.

—Es la mera constatación de un hecho.

—Un hecho que implica, ¿qué?

—Que no acudiste a ninguna de mis temporadas.

Rio y sintió aquel dichoso cosquilleo que nacía en su nuca y parecía recorrerle toda la columna. Y a pesar de que era placentero comenzaba a hacerle sentirse mal; ridícula.

—Te recuerdo, May, que estuve de viaje por... —Su voz simulaba la paciencia que se usaba con los niños pequeños.

—Tu *Grand Tour* comenzó en mi tercera temporada —le rebatió. No recibió respuesta e insistió—: ¿Alex?

—Ya te dije que no acudiría a ningún salón a verte ataviada con sedas y lazos y rodeada de petimetres que alimentarían tu vanidad diciéndote cuán bonita eras.

Escoció que se refiriera a su belleza en pasado, pero lo ignoró. A pesar de sus veintiséis años se sabía hermosa y él llevaba años diciéndole que lo era.

—Pudiste venir al menos a un baile. Aun a reírte de mí.

—No necesitaba acudir a un baile para hacerlo.

—¡Alex! —le regañó con cariño.

Y él aprovechó para acercarla más hacia sí, presionar la espalda con la mano y hacerlos girar a ambos con rapidez en una sucesión de pasos veloces, admirado una vez más de cómo sus cuerpos se compenetraban a la perfección sin necesidad de hablarse o mirarse, solo con el tacto. Con una caricia.

Pensó muchas veces durante aquellos dos años que estuvo en la capital en acercarse a alguna velada para verla. La tentación de bailar de nuevo con ella fue enorme. Pero la simple idea de encontrarla rodeada de otros caballeros que con seguridad se creerían con derecho a tocarla, alabarla o desearla... No confiaba en sí mismo, no cuando era un joven impulsivo y May despertaba sus instintos más básicos.

No obstante, en un par de ocasiones sí acudió a Almack's únicamente para admirarla. En realidad, reconoció, se había escondido en un portal cercano aprovechando la oscuridad de la noche para observarla de lejos cuando entrara. Y su corazón había parecido detenerse al verla bajar del carruaje ataviada con un vestido de noche y el cabello recogido, apartando su capa con impaciencia sin saber que él absorbía cada detalle.

Era tan hermosa que dolía mirarla.

Y seguía siéndolo. Su preciosa May.

—No hubiera podido bailar solo contigo.

—¿Disculpa? —respondió contrariada.

Durante un largo minuto no había hablado y había creído ella que ya no diría más. Su respuesta la había tomado por sorpresa.

—No hubiera podido bailar únicamente contigo. Un caballero no puede acudir a un salón, bailar solo con una dama y marcharse después. Y yo no hubiera querido bailar con ninguna otra.

Se sonrojó. Sabía que se refería a que no quería bailar con ninguna dama casadera y que si lo hacía con ella era para burlarse, pero se ruborizó ante la idea de que solo deseara bailar con ella.

Querer. Había dicho querer, no desear, se corrigió.

—Supongo que temías que otras damas se abalanzaran sobre ti.

—¿Otras? ¿Acaso tú también...?

—¡No digas estupideces!

Él rio y el calor que comenzaba a hacérsele familiar regresó.

—Sigues teniendo un vocabulario extenso, May.

—Me temo que lo he ampliado en Estados Unidos.

—¿De veras lo has hecho?

—Sí. Y mi madre no está en absoluto satisfecha.

—Me encantaría saber qué más experiencias has ampliado allí.

Veló su mirada y bajó la cabeza levemente temiendo lo que Alex, que tan bien la conocía, pudiera leer en sus ojos. Si él supiera...

—No me has respondido. —Cambió de tema al ver

su azoramiento, anotando mentalmente sacar a relucir aquella cuestión en un momento más íntimo, tan impaciente como temeroso de saber qué le ocultaba, recordando la curiosidad de May por lo prohibido.

—¿A qué? —Volvió a mirarle, insegura.

—¿También tú te hubieras abalanzado sobre mí?

—¿Yo? ¿Por qué habría yo de...?

—Has dicho que si bailaba contigo podía temer que otras damas lo hicieran. «Otras» entiendo que te incluye. Para ser escritora...

—¡Un momento! —Recordó de pronto un comentario suyo, culpando al agotamiento una vez más de su lentitud. A aquel ritmo el cansancio terminaría por burlarse también de ella—. Y tú has dicho que no podrías acudir a un baile para bailar únicamente con una dama. Conmigo, concretamente. —Su voz acusadora poco tenía que ver con el brillo travieso de sus ojos.

La carcajada de Alexander hizo que algunos miembros del salón se volvieran a mirarlos. También ella rio en voz alta, contagiada por su buen humor.

—Me preguntaba cuánto tiempo tardarías en darte cuenta de que eso es precisamente lo que he hecho esta noche.

—Oh, Alex, eres terrible.

—¿Lo soy?

Y antes de que pudiera responder la meció más deprisa, esta vez sin avisarle antes con un suave contacto, lo que la hizo reír de nuevo y tomarle del hombro y del cuello con mayor firmeza y que él la acercara a sí. Callaron mientras giraban y callaron después durante unos minutos.

Solo cuando se acercaban los acordes finales volvieron a charlar.

—Esta noche crees que puedes hacerlo porque soy una solterona y nadie te culpará por compadecerte de mí.

—Siempre dije que eras demasiado lista para tu propio bien. En todo caso seré un caballero y te diré que es tu belleza la que me ha atraído.

—No lo digas en tono hastiado. Quizá sea mayor para un matrimonio, pero sigo siendo hermosa. Y no oses negarlo.

—La dama es vanidosa.

—La dama es sincera. Reconozco mi belleza tanto como mi edad.

—Lo eres.

—¿Vieja? —Le miró con suspicacia.

—Hermosa.

La satisfacción la envolvió. Se sintió boba. Se sabía hermosa a pesar de sus veintiséis años. No volvería loco de amor a un hombre pero sabía que despertaba el deseo de muchos.

Suspiró con fastidio.

—No se lo digas a mi padre.

—¿Se sentiría ofendido, acaso? ¿O te refieres a tu edad y no a tu belleza?

—Ninguna de ambas. No pongas esa cara, desde luego que mi padre es consciente de mi edad. Pero cree que mi atractivo todavía podría granjearme un esposo.

Esta vez fue Alexander quien perdió el paso. Se repuso al momento como lo hiciera ella antes, pero por un momento había sentido que el suelo se abría y le engullía. Aquello no podía significar lo que estaba convencido que significaba. Sería una crueldad. No podía haber esperado paciente durante años apostando que May no se enamoraría ni se casaría, para encontrarse ahora una vez más en la casilla de salida.

—Has perdido el pie —se burló.

—Tú has errado en el paso antes y no he tenido el mal gusto de señalártelo.

—Pero hace años que sabemos que tú eres un caballero y yo no soy una dama.

—Lo eres. Y por lo que acabas de decir entiendo que tu padre pretende que seas más que una dama. Es decir, que seas una dama que se case, cambie su apellido, tenga al menos diez hijos y uno de ellos sea una niña a la que llamar June.

Que le dijera que no, por el amor de Dios. Que le dijera que la había interpretado mal. El destino no podía gastarle una broma tan pesada. O no esa.

—Me ha pedido que considere esta como mi última temporada.

Maldita fuera su suerte.

Se acercaban los acordes finales. Presionó de nuevo su espalda, la acercó y viraron con gracia por el centro del salón. Otras parejas les dejaron espacio como habían estado haciendo durante todo el baile aunque ellos no lo hubieran apreciado, tan centrados estaban el uno en el otro.

La melodía se suavizó advirtiendo que el final estaba cerca, pero Alexander se negó a separarla de su cuerpo, no sabiendo cuándo podría volver a tenerla entre sus brazos.

—Y esa es la razón por la que he perdido el pie.

Porque es tu última temporada y yo soy un caballero. —Vio la mirada confundida en ella y se explicó, la suficiencia y la diversión mezcladas en su voz, recuperada la compostura y alejada la decepción—. Porque no quería pecar de orgulloso y decírtelo una vez más. No después de tantos años. No cuando acabamos de volver a encontrarnos.

May no sabía de qué hablaba.

—¿Decirme qué?

—Que *yo* tenía razón.

Y justo en aquel momento los músicos dejaron de tocar, con lo que el salón escuchó la clara risa de May y vislumbró la mirada soñadora que ella y el marqués de Wilerbrough se dedicaron. Tan íntima como el baile que habían compartido y que muchas matronas ya comentaban a pesar de que la amistad entre ambos fuera consolidada, y lo absurdo de que lord Alexander fijara su interés en una dama de edad tan avanzada.

4

Cuando la música llegó a su fin se separaron perezosos el uno del otro, reacios a alejar sus cuerpos y a volver a la realidad del salón. En lugar de ofrecerle el brazo, como era preceptivo, apoyó la mano en su espalda y la dirigió hacia su padre.

—Mi madre está justo al otro lado, Alex. Mi padre se escabullirá de las tediosas despedidas arguyendo que se entretuvo con tu padre y con el tío Richard, pero mi deber está con mi madre y no me llevas hacia allí.

Richard Illingsworth no era su tío en realidad y sí lo era de él, pero las familias estaban muy unidas y se consideraban todos primos. Lo que para él había sido un tormento desde el principio.

—Lo sé.

Y siguió dirigiéndola hacia los tres lores que hablaban animados en el extremo opuesto a la grandiosa escalera imperial. Ahora sí sonrió con alegría y se relajó por completo.

—No puedes alejarme de mis obligaciones.

—¿No puedo?

—Sigues siendo un arrogante.

—Confiesa que en estos momentos mi arrogancia te beneficia. —May calló presumida—. Si no lo haces te llevaré hasta tu madre.

Le miró con exagerada dulzura, pero aceleró el paso. Alexander rio entre dientes y su risa llenó el pecho de la joven. «Alex», se dijo con familiaridad.

El marqués los esperaba.

—Cariño, ¿no deberías estar con tu madre despidiéndote de los invitados?

El baile había finalizado y también la fiesta.

—¿No deberías acompañarle tú, Woodward, como esposo?

—Padre —saludó Alexander a quien había replicado con diversión.

—James —lo saludó también May.

—¿Y bien? —inquirió Richard, el tercer caballero—. ¿No vas a despedirte de nadie?

—El baile es en su honor —la defendió él volviendo a colocar la mano en su talle—. No creo que sea justo que acabe la noche pasando al menos media hora en pie escuchando lo maravillosa que ha sido la velada.

—¿Cómo sabes que lo ha sido si has llegado apenas dos minutos antes de que se iniciara el último vals? —le increpó volviéndose a mirarle.

—¿Me has estado esperando, May? Espero que no hayas sufrido demasiado durante mi ausencia.

—Desde luego que no —refunfuñó, pero sintió que el color bañaba sus pómulos.

—Si no vas a ayudar a tu madre deberías desaparecer, cariño —le aconsejó Julian.

—¿Puedo? —preguntó esperanzada.

No deseaba hacer lo que de ella se esperaba, pero su padre le había pedido que se comportara como una dama casadera y una dama casadera se quedaría en la escalinata con su madre a escuchar elogios y concertar visitas para la siguiente semana.

—¡Qué demonios! —la consintió Julian, y miró a Alexander—: Salid por las marquesinas a los jardines antes de que alguien os detenga.

No esperaron más permisos.

Nadie pensaba que fuera ilícito que un caballero soltero y una dama soltera desaparecieran a altas horas de la madrugada de la vista de todos. No cuando se trataba del marqués de Wilerbrough y la hija mayor del marqués de Woodward. A Alex no le gustó que lo consideraran inofensivo para May, y especialmente que ella no lo considerara un hombre a tener en cuenta, pero tampoco protestó. Con el tiempo todos verían cómo la situación iba cambiando y lo justificarían atendiendo a los seis años que habían pasado separados.

Fuera la noche los esperaba, fría. May se pasó las manos por los brazos intentando entrar en calor.

—Espera, toma.

Se quitó la chaqueta antes de que pudiera protestar y la envolvió con ella. Conservaba todavía su calor y su olor y May volvió a sentirse rodeada por él como cuando habían estado bailando, y las mismas emociones invadieron su cuerpo. La sensación la abrumó.

—Gracias —dijo en voz baja y sin mirarle.

Comenzaron un lento paseo callados, sin rumbo, muy cerca el uno del otro.

May se dejaba imbuir por la nostalgia, el jardín y sus olores, el canto de alguna cigarra y la luna menguante iluminando apenas los senderos que tan bien conocía.

El día anterior había comido con su familia. Sus hermanos y cuñados, sus sobrinos, un nuevo bebé incluido, la habían rodeado de cariño y había pasado un día maravilloso pero agotador. Habían cenado temprano y todos se habían retirado a sus hogares. Una partida de ajedrez con su padre con pocas palabras pero miradas cómplices había sido el final de un día arrollador.

Aquella mañana la había pasado con su madre a solas. Y tras la conversación en la biblioteca y la algarabía del baile no encontraba mejor forma de relajarse que un tranquilo paseo nocturno por los jardines de su casa.

Con Alex.

Tuvo la esperanza de que finalmente acudiera a los muelles a recibirla. También aquella mañana había creído que le haría una visita de cortesía, y a pesar de que había disfrutado muchísimo de la regalada intimidad durante el día y de la algarabía del baile, una parte de ella había estado esperándole desde antes incluso de que su barco alcanzara la costa inglesa.

Gracias a la complicidad de su padre podían pasear a solas unos minutos. Después de tantos años sin verse... Seis años se le antojaban ahora una eternidad. Una locura, incluso. ¿Cómo había podido pasar tanto tiempo separada de su querido Alex? De acuerdo que se habían escrito con frecuencia... La realidad, sonrió para sí, era que había escrito más ella que él. Siempre supo que no era un buen escritor de misivas. Y aun así recibió cada correo suyo con ilusión.

Por fin, por fin volvían a estar juntos. La colmó la dicha.

Sin embargo, no había imaginado un encuentro así. No había esperado encontrar a un Alex tan cambiado. En realidad, se corrigió, había pensado en él como el muchacho del que se despidió sin pensar en que al igual que ella también él habría madurado. Pero, reconoció, a él le había tratado mejor el tiempo.

Ella seguía siendo bella, y en alguna ocasión la vanidad le había llevado a preguntarse si Alex la seguiría llamando hermosa para fastidiarla. En cambio, nunca se planteó May que él podría ser tan apuesto.

No, no era eso. Con su cabello castaño y sus ojos azul oscuro y su mirada profunda e íntima siempre fue apuesto. Ahora era... arrollador. Era imponente. Y carismático. Y varonil. Y muy interesante.

Alexander Saint-Jones era un caballero muy atractivo que sin duda atraería a muchas damas. Ella misma se había visto abrumada por unos momentos mientras bailaba con él. Y con toda seguridad también otras.

No le agradó la idea de que bailara con otras damas del mismo modo que lo había hecho con ella. No entendía sus caricias o por qué se había sentido acariciada, pero estaba convencida de que tenía que ver con la amistad que compartían. Con esa intimidad que parecía fluir entre ellos, que nadie más comprendía y que los había llevado a las discusiones más ridículas o a las confesiones más secretas. Había un sentimiento intrínseco en ellos que los definía como uno solo.

Y, reconoció suspirando, a pesar del tiempo que habían estado separados aquel vínculo seguía latente entre ellos. Continuaban siendo Alex y May. Y entendió que para ella su alianza era tan importante como lo era su familia, aunque de otro modo que aquella noche no alcanzaba a precisar.

—Te he echado tanto de menos.

Le declaró con sentimiento, en un tono grave, casi susurrado. Y al decirlo en voz alta fue consciente de cuánto le había añorado. Tanto que al percibirlo sentía un vacío enorme en el pecho.

Alexander se detuvo al escucharla. Paseaba a su lado embebiéndose de su presencia tras tantos años separados, deseoso de poder tocarla, riéndose de sí al pensar en tararear un vals únicamente para volver a abrazarla. Y su confesión, dicha desde lo más profundo del pecho de May, llegó también a lo más profundo de su propio pecho.

—Ven aquí —murmuró.

Y abrió los brazos y ella no necesitó más alicientes. Se dejó envolver por él y colocó su mejilla en el ancho hombro que la esperaba.

La rodeó, una mano en la cintura y la otra en su nuca y la pegó a él todo lo que pudo olvidando el decoro. Abrió la palma que descansaba en su espalda para asegurarse de que ni una ráfaga de brisa cabía entre ellos. Cuando la sintió relajada en sus brazos y vio la hermosa cabellera rubia sobre su hombro izquierdo apoyó la barbilla con suavidad sobre su coronilla y deseó que el tiempo se detuviera para siempre.

May se quedó quieta y disfrutó con la sensación de verse rodeada por la calidez de su cuerpo. Hacía años que nadie la abrazaba así.

No era cierto, se corrigió extrañada. Su hermano y su padre lo habían hecho el día anterior. Tal vez la sensación de añoranza se debiera a que ellos eran familiares y ahora era un hombre quien... Pero también Matthew la había abrazado, reparó. Y, sin embargo, no se había sentido... *así*.

Envuelta por Alex se sentía en casa.

Sin querer analizar demasiado se arrebujó contra él y se relajó sobre su hombro. Era más ancho que cuando se despidieron en los muelles años atrás, descubrió. Y apreció también que tenía un cuerpo más firme. Sonrió con afecto aunque él no pudiera verlo y se movió ligeramente hasta acoplar su mejilla perfectamente, como si hubieran esculpido su forma allí.

Pero Alexander notaba cada movimiento, tan atento estaba a ella.

May respiró hondo y le llegó su colonia, suave y con un ligero aroma a madera. Tras ella reconoció su olor, e imágenes de su infancia juntos invadieron su mente. No había sabido que él tuviera un aroma propio e inefable que le hiciera único. Pero lo tenía, y a partir de esa noche sería capaz de reconocerlo por siempre.

Sus manos, que trataban de unirse tras la ancha espalda como ya intentara mientras habían bailado, se tornaron de pronto conscientes del enorme tamaño de Alex y recibieron el calor de su cuerpo. Y esa calidez fue conquistando cada parte de ella: sus brazos, sus piernas, su pecho fueron reconociendo el ardor de la piel que parecía acariciarla a través de las telas.

Dejó de sentirse cómoda.

Y Alexander lo notó.

Sin decir nada le dio un suave beso en la cabeza y la apartó de su cuerpo con delicadeza tomándola de sus finos hombros, cubiertos por su enorme chaqueta. Se miraron fijamente a los ojos durante unos segundos, May buscando en el otro al amigo de la infancia en la imponente figura que le miraba con ternura, él con infinito cariño, pero seguro de no desvelar más.

Leyó la confusión en sus preciosos ojos y la instó a caminar de nuevo.

—Yo también te he añorado —le dijo—. Muchísimo.

Y su respuesta la satisfizo en su vanidad y en su corazón también.

Se sentía abrumada, reconoció. Si era el cansancio, se dijo irónica, entonces había llegado a la extenuación, porque realmente Alex la desconcertaba.

—¿Dónde está el bribón de Cambridge? —preguntó en voz baja, más para sí que para él.

Le escuchó reír y también ella sonrió, relajándose a su lado. Tan pronto parecían ser ellos, los de siempre, como de pronto parecía que los Alex y May de entonces ya no eran los mismos.

—Lo tienes delante.

Relajada al reconocer el tono jocoso de su voz, mucho más familiar que el tono ronco en que le había hablado justo antes, respondió traviesa:

—No es cierto. —Sus ojos brillaban—. El que yo recuerdo hacía cosas terriblemente indiscretas.

Contagiado de su tono revoltoso compuso él su gesto más arrogante, aquel destinado solo para exasperarla, dispuesto a una pequeña discusión, anhelante incluso. Por Dios que la había añorado.

—Me temo que tengo que discrepar.

La sonrisa de May se ensanchó sabiendo que iban a tener una de sus trifulcas. Le encantaba discutir con él. Alex era el mejor contrincante en una buena conversación, fuera esta seria o no pasara de una chanza.

—Aquel... joven —no era un hombre entonces, se daba cuenta ahora— introdujo un asno en el rectorado de Oxford.

Negó con la cabeza al recordar la absurda anécdota cuya autoría solo ella conocía.

—¿Qué te hace pensar que ahora no lo haría?

Alzó una ceja con petulancia, gesto reservado únicamente para exacerbarle.

—Que organizas la Gran Exposición con Su Alteza.

—¿Crees que guiar a un asno hasta el rectorado de Oxford no requiere de una gran planificación, May? Elegí Oxford porque si era sorprendido allí no sería expulsado en Cambridge, sino todo lo contrario. —La miró con mayor engreimiento antes de continuar—. Y te reto a que intentes entrar a tan escandaloso animal en el lugar que elijas. No lograrías mantenerlo en silencio ni siquiera para cruzar el umbral de su entrada y serías atrapada sin duda.

No iba a discutir tamaña verdad.

—Nunca me dijiste cómo lo lograste, por cierto.

—Si lo hubiera hecho habrías intentado meter uno en mi casa.

Rio de nuevo.

—Cierto.

—Tan cierto como que frente a ti sigo siendo el mismo... hombre.

Le gustó que no lo considerara un joven. Tampoco él la consideraba una debutante ahora.

Por desgracia otros hombres sí lo harían a pesar de su edad, se recordó. Pero se sentía mucho más optimista que antes de salir a los jardines. Algo había cambiado entre ellos, y si jugaba bien sus cartas...

—Tú no harías nada terriblemente indiscreto —repitió para pincharle.

—Tampoco lo hice entonces, pues nadie me cazó.

—Eso es cierto. ¿Por qué no te vanagloriaste?

Supo la respuesta: él nunca presumía.

—Fue divertido, así que qué importaba quién lo hubiera hecho.

—A mí sí me lo contaste —respondió ufana. Confiaba en ella.

—Tal vez quería impresionarte a ti.

Resopló sin poder evitarlo.

—¿Llevando un asno a Oxford?

—Sigues hablando de ello casi diez años después, May.

—*Touché* —le concedió.

Literalmente la cogió por los hombros y le dio media vuelta. El pequeño escalofrío que parecía haberla acompañado la última hora regresó a pesar de lo impersonal de su tacto esta vez.

—Creo que me retiraré con mi victoria y con tu agradecimiento por haberte librado de las despedidas, además del reconocimiento de mis habilidades como bailarín.

—¿Tres méritos en nuestro reencuentro? No abuses, Alex.

—No tentaré pues más a la suerte, milady.

Y la devolvió a la entrada de los jardines.

—¿No me acompañarás hasta la sala? —Más que decepción, sintió extrañeza. Sus padres, los duques de Stanfort, seguirían allí con toda probabilidad.

Negó con la cabeza y señaló el sendero lateral que llevaba también a la puerta principal.

—Alguna invitada rezagada, de edad y lengua viperina, podría vernos regresar juntos y preguntaría mañana de salón en salón qué es lo que hacíamos tú y yo a solas por los jardines de tu casa.

Habían llegado ya a las marquesinas y estaban detenidos frente a una de las enormes puertas de acceso al salón. Solo las cortinas los separaban del interior. Apenas se escuchaba ruido dentro.

—Dudo que se preguntaran nada siendo tú el sujeto. Como te he dicho, jamás harías nada terriblemente indiscreto.

Y Alexander, picado en su orgullo, pero también confiado por las reacciones de May aquella noche, finalmente decidió tentar la suerte. Compuso una mirada mordaz y dio un paso adelante, hacia ella, con lo que se vio obligada a hacerse atrás. La mirada se tornó intensa aun sin perder aquel pequeño deje de burla y dio otro paso adelante. De nuevo ella se retiró.

Todo el cuerpo de May estaba alerta, casi expectante. ¿Qué se suponía que estaba haciendo él? No debió bromear sobre su probidad, se daba cuenta ahora. Alex ya no era un crío sino un hombre, y por la manera en que la estaba mirando, un hombre con una capacidad muy significativa para atraer a las mujeres.

A pesar de que sabía que se estaba burlando de ella, había dado un paso atrás. Y cuando la miró como solo él sabía mirarla, como la había mirado durante el vals y como lo hiciera desde siempre cuando compartían confidencias —como si solo ella existiera—, había vuelto a acercarse y se había apartado casi en un acto reflejo, huyendo de no sabía quién, si de él o de sí misma. Su estómago se había encogido y el pequeño escalofrío había crecido y hervía en su sangre. No era una joven inocente y reconocía el deseo cuando lo sentía. Y en aquel momento por algún extraño capricho...

Alex dio otro paso hacia ella y ya no pudo evitar su cercanía. Cualquier hilo de pensamientos se rompió al sentir la pared en su espalda que no le permitía apartarse más. Ni, se dio cuenta, quería hacerlo ya. Vio que sus ojos se oscurecían, sintió su mano ascender hasta su barbilla y tomarla del mentón con suavidad para alzarle la cara. Sin quererlo abrió apenas los labios. Fascinado por su boca, teniendo toda su atención, colocó las manos tras ella, rodeando su cabeza, encerrándola entre sus cuerpo y la pared. Quedó hipnotizada por su mirada, tanto como su voz la cautivó justo después.

—Algún día —le dijo en un susurro ronco—, haré algo terriblemente discreto, May. Tan terriblemente discreto que solo querremos saberlo tú y yo.

La miró otro instante eterno antes de apartar los brazos, besarle apenas la mejilla en una suave caricia que casi hubo ella de imaginar, y se marchó sin girarse a mirarla ni una sola vez.

May no pudo dejar de observar la espalda que se alejaba, esperando que la mirara para intentar comprender qué acababa de suceder.

Si no lo hubiera escuchado reírse hubiera dicho que había ocurrido algo distinto entre ellos. Algo como... Pero había oído su carcajada. El muy canalla se había reído de ella sabiéndose irresistible para las damas. *Casi* irresistible, se corrigió. Para ella solo era Alex.

Alexander se marchó riendo, era cierto, pero de gozo.

De acuerdo que May tendría su última temporada, pero él tenía una oportunidad con ella. Una que no había esperado.

Lo supiera o no, su cuerpo le respondía con pasión. Y dado que su mente hacía años que respondía a cualquier provocación... aquella temporada prometía.

Dudaba que ella hubiera disfrutado de todas las anteriores, aquellas a las que él no había acudido, o no como pretendía hacerla disfrutar de esta.

En todos los sentidos.

5

Ya no tenía veinte años ni May tenía dieciocho. Ella ya no era una debutante ni él un jovenzuelo recién salido de la universidad. Para muchos sería lógico que como heredero comenzara a pensar en el matrimonio y, después de todo, el marqués quería con seguridad que su hija se casara.

Con el convencimiento de que hacía lo correcto y con la sensación de que no le quedaba otro remedio, a las once de la mañana siguiente iba tras Camps, el mayordomo de los Woodward, hacia la biblioteca en busca de Julian. Se abrió la puerta, fue presentado e invitado a entrar. Cuál fue su sorpresa al encontrar allí a su padre. Pero, recapacitó, no era descabellado que estuviera presente. Después de todo si iba a hablar con el padre de May sobre su futuro, era justo que también el suyo tuviera conocimiento de él, ¿no era cierto?

—Buenos días, Alexander.

La voz de su tío Richard terminó de desencajarlo. Pero intuía que a partir de aquel momento todo iba a salirse de sus carriles y su rutina iba a desvanecerse. Suponiendo que Julian aceptara lo que iba a proponerle.

—¿Hijo?

—Buenos días; no esperaba verte. —Se volvió a su tío—. Richard.

—Alexander, ¿puedo ayudarte en algo? —se ofreció Julian extrañado por la visita.

Valoró su respuesta. No había planeado la presencia de nadie más. No le gustaba improvisar y menos todavía en un asunto tan capital como el que iba a tratar. No dudaba de la discreción de ninguno de los presentes y todos ellos podían ser aliados a tener en cuenta, y sin embargo se sentía cohibido allí, pidiendo permiso con veintiocho años para...

—¿Tal vez quieres que os dejemos solos? —Era el duque quien le miraba interrogante, la ceja alzada.

Pasaron los segundos. Se sentía como un niño de pantalones cortos a punto de confesar una travesura.

—Quizá soy yo quien debe marcharse, después de todo —dijo medio en broma medio en serio el conde de Westin.

Terminó de decidirse. Aquel hombre era mucho más que su tío: era dos veces su tío, su padrino de bautismo y también el de May, y amigo íntimo de su padre y de Julian. Tenía tanto derecho a estar allí como los otros. Prácticamente.

—No, claro que no. Sentaos, por favor.

Tres miradas se posaron sobre él, inquisitivas, pero hicieron lo que les pedía. Los caballeros se reunieron frente a la mesilla central de la sala y ocuparon cada uno de los tres sillones que, sospechaba Alexander, tenían asignados desde hacía años.

El silencio, denso, se prolongó.

—¿Y bien?

Fue su padre quien lo animó a hablar.

«De acuerdo», se dijo. *Alea iacta est.**

—He venido a solicitar tu permiso, Julian, para cortejar a tu hija.

Ahora sí el ambiente se volvió irrespirable. Sintió que lo taladraban, pero se mantuvo firme, negándose a amedrentarse.

Se dio cuenta, en realidad, de que lejos de sentirse cohibido se sentía libre. Por fin compartía su secreto y aligeraba la carga que tantos años había portado él solo.

—May —quiso confirmar Richard.

—Es la única hija soltera que tengo, Westin —respondió Julian sin mirarle.

No asintió porque no era necesario. Siguieron observándole, valorando la seriedad de su proposición. Si su padre tenía algo que decir, al parecer callaría por el momento y permitiría que fuera el padre de la joven solicitada quien tomara las riendas de la conversación.

Al fin este se decidió a hablar. Le miró a los ojos con tranquilidad y su voz reflejó cierta simpatía.

—Regresó anoche, Alexander. Entiendo que hace varios años que no os veis y tal vez hayas quedado impactado...

—Seis años y dos meses.

* Del latín, «La suerte está echada», de *La guerra de las Galias* de Julio César.

—... por su belleza. Pero te recuerdo que... ¿qué has dicho?

—Que hace seis años y dos meses que no nos vemos.

Pareció meditar sobre eso.

—Seis años y dos meses —repitió, mirándolo con seriedad ahora.

Con mortal seriedad.

—Sí. —Supo qué le estaba preguntando—. Seis años, dos meses, tres semanas y cinco días.

Y calló. Todos callaron. Poco más se podía decir.

Durante más de cinco minutos todos ellos asimilaron lo que acababa de confesar. Sintiéndose absurdo allí de pie mientras sus mayores permanecían sentados, se dejó caer en el sofá que había frente a los tres sillones.

—¿Por qué ahora? —Fue James quien finalmente preguntó.

—Porque ha pasado el tiempo y mis sentimientos no han cambiado. Porque he conocido a otras damas y sigo queriendo que sea ella. Porque ya no tengo veinte años.

—Ni ella dieciocho. Pudiste perderla. —Era Richard quien hablaba; pensaba en voz alta, en realidad.

—Con veinte años no me hubieras tomado en serio. —Se dirigía a los tres, pero miró a su padre—. Ni vosotros tampoco.

—Eso es cierto —corroboró el duque.

—¿Por qué hoy? ¿Porque regresó ayer y decides hoy que tienes que comenzar a cortejarla?

Miró a Julian, aunque no era él quien preguntaba.

—Porque al parecer este año todavía buscará esposo.

—¿May? No lo creo —replicó Richard.

—Yo tampoco contaba con ello, tío. De hecho, esperaba poder tomármelo con calma. Dudo mucho que May aprecie que la presionen. Pero me temo que anoche descubrí que la dama tenía otros planes.

—¿Estás seguro de que no lo dijo solo para fastidiarte?

Richard chasqueó la lengua y miró a James como si su pregunta fuera absurda.

—¿Por qué habría de hacer algo así? May no puede sospechar que Alexander la pretende. Es Alexander, por el amor de Dios...

—Tío, en estos momentos no me estás ayudando —intentó bromear, pero los presentes supieron que hablaba en serio.

—¿Buscará esposo, Woodward? —preguntó el duque.

Julian confirmó lo que Alexander ya sabía.

—Lo hará, Stanfort. —Se volvió a mirarle a él con un gesto casi de disculpa—. Y lo hará porque yo así se lo he pedido.

De nuevo se quedaron en silencio un tiempo.

—Debiste avisar antes. —El conde volvía a divagar para sí—. Sí, sé que hasta que no la vieras de nuevo no podías saber si seguirías queriendo casarte con ella. —Que otro dijera en voz alta lo que para él parecía un imposible lo animó—. Pero si se lo hubieras insinuado a Woodward antes de su llegada, de algún modo te habría dado prioridad. Porque entiendo que vosotros dos estáis de acuerdo en que vuestros hijos se casen, ¿no es cierto?

Ni James ni Julian contestaron a Richard. La respuesta era obvia.

—¿Por qué vienes a adelantarme que la pretendes? ¿Por qué no cortejar a mi hija con mayor o menor discreción? Sabes que tienes ventaja sobre cualquier otro admirador así que ¿por qué venir a pedirme permiso, Wilerbrough?

Y aquella era la pregunta que tanto había temido y la razón por la que había acudido allí aquella mañana a inmolarse: la honestidad que debía a los Woodward, a los Stanfort, a May y a sí mismo.

—Porque no pido tu autorización solo para cortejarla, pues no pretendo circunscribirme a un cortejo al uso. No con May. Con bailes, flores y paseos no lograría nada. —Esperó a que asimilaran lo que decía antes de continuar—. Disculpa que me vea en la necesidad de señalarte que tu hija es bastante obstinada...

—Mi hija es más tozuda que una mula, pero no consentiré que otro hombre lo diga.

—Tiene a quien parecerse —dijo el conde.

—Define un cortejo no al uso, Alexander. —Aquella orden directa con voz inapelable era la de su padre. A él se volvió.

—Hablo de traspasar ciertos límites.

—¿Qué límites?

—Ninguno que la comprometa.

—No divagues, Alexander.

—No le presiones, Stanfort —salió en su defensa Julian—. Ninguno de nosotros podemos presumir de haber sido comedidos con nuestras esposas antes de casarnos y tu hijo lo sabe.

—Todos nosotros nos casamos con ellas después.

—Y él desea hacerlo. A diferencia de cualquiera de nosotros la pretende antes de haberla tocado siquiera. —Richard se volvió a mirarle—. Porque doy por sentado que no la has tocado.

—No más allá de un vals.

—Bien.

Tomó aire para darse fuerzas antes de continuar.

—Pero no me casaría con ella solo porque hubiera un escándalo.

Vio que Julian valoraba su honestidad. Su padre, en cambio, no lo hizo.

—Al contrario. —La voz del duque hubiera podido congelar el mismísimo infierno—. Si hay un escándalo te casarás con ella antes de que los rumores hayan llegado a las cocinas de ninguna mansión más allá de Mayfair.

Alexander se mantuvo firme. Padre e hijo discutían en raras ocasiones. Tenían valores e ideas similares. Por primera vez se enfrentaba directamente a su padre. Pero sabía qué quería y qué no.

—No si ella viene obligada.

—Mi condesa vino obligada y es una mujer enamorada, Alexander.

—La tía Nicole quería casarse. May no.

—Para eso estás tú, para convencerla. —La advertencia de su padre era casi una amenaza.

—De acuerdo —sentenció Julian. Calló el resto aceptando su decisión—. ¿Tengo tu palabra de que no la forzarás en ningún sentido?

—Mi hijo jamás...

—Tu hijo sabe de qué hablo y tú no, Stanfort. —Volvió a mirarle—. ¿Tengo tu palabra, Alexander?

No dudó.

—La tienes.

Julian se puso en pie y le tendió la mano. También él se levantó y se la estrechó.

—De acuerdo —repitió—. Y buena suerte. No podría imaginar un mejor esposo para ella.

No supo qué más decir, así que se dejó abrazar, se palmearon la espalda con sentimiento y tras despedirse con la mirada de su padre y su tío salió y cerró la puerta.

Juraría que alcanzó a escuchar los términos de una apuesta, pero prefirió no darse por aludido.

May bajaba la escalera con un vestido de lino color lavanda y una sonrisa alegre. Había caído rendida en la cama nada más acostarse y se había despertado más o menos temprano. Con una taza de chocolate habían llegado los recuerdos de la noche anterior y de su mano la imagen de Alex. Y todas las sensaciones que había vivido entre sus brazos regresaron y parecieron arremolinarse en su estómago.

Definitivamente había declarado culpable al cansancio y su cómplice a la sorpresa por su atractivo tras tanto tiempo separados, y decidió olvidar cualquier extraña atracción que hubiera podido existir entre ellos durante el íntimo vals primero y el todavía más íntimo paseo después. Porque si había habido atracción había sido mutua, de eso no tenía ninguna duda. Una atracción mutua que no iba a repetirse porque en realidad había sido un espejismo.

Y no obstante se había vestido con esmero frente a la posibilidad de verlo.

Lo encontró antes de lo esperado: en la entrada de su casa, justo cuando ella se dirigía a la biblioteca.

—¡Alex!

En realidad casi suspiró su nombre, y se llevó una mano al pecho fruto de la sorpresa. Ya podía despedirse de la coartada del agotamiento. Estaba descansada y su pulso latía de forma atropellada. De acuerdo, se tranquilizó, era Alex. Era un hombre apuesto y deseable. Pero era Alex y, por tanto, ella no podía desearle.

«Algún día haré algo tan terriblemente discreto que solo querremos saberlo tú y yo.» El recuerdo de aquella frase hizo que el inconfundible deseo la envolviera por un momento. Ese deseo que se suponía que no sentía.

Maldito Alex por haberse convertido en un hombre tan... tan... ¡Maldito Alex!

Por fortuna, en los diez pasos que tardó él en llegar al pie de la escalera a esperarla, volvió a tomar el dominio de su cuerpo, al que tachó de traidor y prometió una reprimenda en otro momento, y compuso una expresión alegre y en absoluto comprometedora.

—May —la saludó—. Deberías dejar de llamarme Alex. Eres la única que lo hace y sabes bien que no me agrada. Y si vas a por un libro, tu padre, el mío y el tío Richard están allí atrincherados.

Lo corrigió no sin cierta beligerancia.

—No hagas eso.

—¿Qué? —Le ofreció el brazo y le permitió que lo guiara donde quisiera ir.

Ante su ligero contacto se relajó. Ningún cosquilleo. Todo iba bien.

—Intercalar una orden entre frases. Como decirme que deje de llamarte como siempre te he llamado y avisarme después de que el estudio está ocupado.

Rio entre dientes.

—Siempre he defendido que eres demasiado lista para tu propio bien.

—¿Demasiado? ¿Puede una mujer ser demasiado lista?

—Si preguntas a su esposo te dirá sin dudarlo que así es.

Sin poder evitarlo rio.

—¡Alex, no deberías decir esas cosas!

—No me preguntes, entonces.

Se quedaron parados mirándose, en mitad del corredor.

—¿Dónde vas?

—No lo sé —respondió despreocupada—. ¿Dónde vas tú?

Le miró y le ofreció de nuevo el brazo.

—¿Vienes?

—¿Dónde?

—¿Importa, acaso?

¿Importaba?

—No, lo cierto es que no.

La sonrisa de Alex se ensanchó y el pecho de May se llenó de tibieza.

—Pide a Camps que te traiga la sombrilla y una capa. No comeremos aquí.

—No sé si... —dudó.

—¿May?

Ruborizada, sintiéndose una niña, se explicó.

—No es que no confíe en ti. Es por mi padre y la dichosa promesa que le hice ayer. No estoy segura de que sea buena idea...

Se abrió justo entonces la puerta del estudio y el marqués asomó la cabeza.

—¿Sigues aquí todavía, Alexander? —Vio a su hija y suavizó su mirada—. ¡Ah, May, buenos días! ¿Salís?

—Intento convencerla para que venga conmigo. Pero de repente le asaltan las dudas sobre la conveniencia de mi compañía —medio protestó, medio rio.

—¿Por qué será que no confía en ti? —bromeó Julian.

—No es eso —se apresuró a defenderle May.

—¿Nos vamos, pues?

—No lo sé.

—Si puedo ayudarte a tomar una decisión, cariño... —Su padre se recreó en su vacilación señalando la biblioteca antes de querer entrar de nuevo, sabiendo que su hija tenía ideas propias en las que él podía confiar.

Por el momento no allanaría el camino al joven. Veríamos de qué pasta estaba hecho Wilerbrough. Aunque con su actuación aquella mañana se había ganado todo su respeto.

—Sí puedes, en realidad.

Julian se detuvo, se volvió y se asomó de nuevo por la puerta.

—¿Y bien?

May se acercó todavía más a Alex antes de responder, buscando su apoyo sin ser consciente de que lo hacía.

—Me pide que tome mi capa porque no comeré en casa.

—Entiendo —respondió su padre despacio.

—Comeremos en el hotel Brown —le informó con tranquilidad Alexander.

—No me lo habías dicho —le acusó.

—No me lo habías preguntado.

—Te dije que...

—Y respondiste que no importaba...

—Pero me hiciste creer...

—¿Qué creías que pretendía, en realidad?

—Eres...

—¿Necesitas algo más, cariño, o puedo seguir con lo que estaba haciendo?

El tono cómico la hizo sentirse regañada.

—Alex pretende que comamos solos... ¿Comeremos solos? —le inquirió molesta—. Eso es, papá. Pretende que comamos solos en el Brown's.

—Y tú, ¿quieres ir?

No hubo de pensarlo.

—Sí.

—Sí, ¿pero?

—¿He de llevar carabina?

Julian miró a Alexander antes de responder. Una mirada directa que este no supo interpretar.

—¿Quieres llevar carabina?

—No.

—Entonces no me preguntes.

—Pero papá —quiso protestar, aturdida.

Le había pedido que se comportara como una debutante y no obstante la noche anterior le permitió escabullirse de las despedidas y hoy que comiera con un caballero sin más compañía que la de uno y otro. De acuerdo que era Alex; pero Alex ya no tenía veinte años ni era inofensivo para las mujeres. ¿O acaso su padre no se daba cuenta de que se había convertido en un caballero imponente? ¡Hombres! Su madre seguramente le prohibiría salir sin nadie que guardara su reputación.

—¿Quieres llevar carabina? —le repitió.

—No —respondió de nuevo, sintiéndose paradójica, alegrándose de que fuera su padre y no su madre quien le preguntara.

—Entonces no me...

—Vámonos, May. —Tiró de ella hacia el hall en busca de Camps—. Julian.

—Alexander.

Y se cerró de nuevo la puerta de la biblioteca.

Minutos después salían juntos en un carruaje.

Juntos y solos.

6

—Quítate el bonete —le dijo en tono seco, sin mirarla, cuando el carruaje se unió al tráfico que bordeaba Hyde Park.

Detestaba que llevara el cabello oculto tras un ridículo sombrerito. Adoraba su pelo y llevaba demasiados años privado de su hermosa melena.

—Las damas nos cubrim...

De un zarpazo se lo quitó él. May ahogó un gemido y se volvió a mirarle con enfado. Alex tenía la vista fija en la calle pero había algo en su mirada, cierta picardía, que la hizo sonreír. Insistió por el placer de discutir.

—Devuélvemelo.

—No. —Fue la sucinta respuesta.

—¡Alex! No puedo ir con la cabeza descubierta.

—Deberían hacer una ley que prohibiera que te cubrieras el cabello.

Sintió calor en los pómulos.

—Tal vez deberías decírselo al príncipe Alberto,

dado que sois tan amigos. —Silencio. Dichoso Alex—. Pero hasta entonces devuélveme...

—No.

—¡Alex! —repitió entre divertida y exasperada, poniéndose en pie para intentar alcanzarlo. El muy canalla lo tenía en la mano más alejada de ella.

—No —insistió él en tono travieso, estirando más el brazo—. Y siéntate, nos están mirando.

—¡Que miren! —replicó beligerante—. Quiero mi...

El tílburi dio un pequeño balanceo y se vio sentada sobre su trasero con brusquedad. Un quejido le brotó de la garganta mientras caía y se aferró a su cuello temerosa de caer del vehículo.

Alexander había azuzado a su caballo apenas sabiendo que la desequilibraría y la haría aposentarse de nuevo. No había esperado una reacción exagerada, y sentirla de pronto alrededor de su cuerpo lo tensó. Continuó mirando al resto de carruajes que a aquella hora atestaban los accesos al enorme parque y respondió sin importarle cómo sonara su voz. Demasiado trabajo tenía con controlar las sensaciones de su propio cuerpo con May casi pegada a él.

—Definitivamente *ahora* sí nos estarán mirando.

Se retrajo, tímida. Su voz incisiva había sido sarcástica, pero sabía que cuando no lo contenía tenía un sentido del humor seco y que no tenía que ver con ella. Y que además guardaba solo para ella. Pero su tono había sido afilado y grave. Porque lo había sido, ¿no? Al caer se había cogido a él en un acto reflejo. Un instante antes eran los de siempre y discutían como siempre lo habían hecho, por diversión. Al siguiente lo abrazaba y entre sus cuerpos fluía ardor y tensión ante el contacto. Porque él había sentido también la tensión y el ardor, ¿no?

—May, definitivamente deberías soltarme.

Se apartó avergonzada, percatándose de que se había mantenido ceñida a Alex sin darse cuenta, tan cómoda se había sentido. ¿Cómoda? La comodidad no provocaba calor, supo. En todo caso, se dijo obviando las reacciones de su cuerpo, tan cómoda como él incómodo. ¿Realmente se habría sentido él incómodo? Tal vez...

—La sombrilla, May.

—¿Cómo dices?

Estaba completamente fuera de escena. Parecía vivir un capítulo de sus propias novelas. Con Alex. Se sonrojó y supo que él podía verlo.

Por si lo dudaba se lo confirmó.

—Que te cubras con la sombrilla. Te estás poniendo colorada. Debe de ser el sol. Y te saldrán pecas.

Abrió el estampado parasol con dignidad.

—No la necesitaría si no me hubieras quitado el bonete.

—Sin el bonete no podría ver tu cabello —respondió sin mirarla, haciendo que de nuevo volviera toda su atención hacia él.

¿A qué jugaba Alex? ¿Flirteaba con ella? Un escalofrío recorrió su columna ante la idea. Se sintió estúpida. Y halagada. Y extraña. Y...

—¿Qué se supone que estás haciendo, Alex?

—Te llevo a dar un paseo —respondió monocorde.

Y ridícula. ¿Qué se suponía que le iba a preguntar?:

«Alex, solo por curiosidad, ¿estás flirteando conmigo? Y en caso afirmativo, ¿es por burlarte de mí o tienes algún interés...?» El ya conocido escalofrío la sacudió de nuevo.

—¿Dónde vamos?—sonó malhumorada pero no le importó.

—Al oeste de Hyde Park.

—Ya.

Estaban rodeando el parque, no cruzándolo.

—¿No me crees?

—¿Por qué no habría de hacerlo?

Él volvió a sonreír con picardía y el ambiente volvió a relajarse. Se sintió un títere en sus manos y no le gustó la sensación. Solía ser ella en las conversaciones quien controlaba los temas y sus tonos. Y con los años había ido ganando en seguridad y manejando a su conveniencia según qué situaciones. Con Alex no obstante parecía ir dando tumbos; y conforme él la agitaba, además. Para su desgracia ya no tenía edad para ponerle tierra en la boca o patearle en la espinilla.

¿O sí?

—Porque soy un caballero terriblemente... ¿de qué me acusaste? —Sabía qué le dijo, tanto como había rememorado prometer que le haría algo «terriblemente discreto» mientras sus brazos rodeaban su cabeza y sus alientos casi se mezclaban, tan cerca había estado de sus labios mientras le susurraba—. En todo caso, sonaba a caballero aburrido.

—Alex, te lo advierto...

Soltó una carcajada antes de poder evitarlo. Aquella frase le recordó tanto a la May de años atrás que cualquier intento de seducción encubierta, aunque fuera incomodándola al no permitir que se situara en ningún punto satisfactorio con él, se había ido al garete. Su preciosa May.

—Nada de tierra mojada en la boca o patadas en las espinillas, señorita.

De nuevo se sentía zarandeada: del recuerdo de la noche anterior cuando le prometió algo «terriblemente discreto» que solo ellos querrían saber y que le había evocado pecados inconfesables, a una anécdota del pasado cuando todo era sencillo entre ellos.

Y aun así la ternura la invadió.

—Oh, Alex, eres...

Se volvió a mirarla y sus ojos reflejaron aquella intensidad que todavía no sabía interpretar.

—Lo sé. Pero si no fueras tan... ¿terca?, reconocerías que incluso te divierte —le dijo confiado, con una sonrisa infantil, casi absurda.

Si el íntimo escalofrío iba a iniciarse o no, no lo supo. Vio de pronto más allá de su imponente figura cómo toda la luz del sol parecía concentrarse en un único espacio cercano al parque y descubrió un edificio brillante.

—¡Mira! —Se levantó sin poder evitarlo y Alexander supo qué tentada había estado de señalar, incluso—. Mira, Alex.

La reverencia en su voz le hizo envidiar aquel edificio que tanto le gustaba.

—Sabía que te fascinaría.

El Palacio de Cristal se alzaba vanidoso frente a ellos.

Hacía más de quince minutos que recorrían errantes la enorme y diáfana sala que constituía la planta de la edificación. Muchos de los operarios que allí trabajaban y que le conocían bien miraban a May con mucho más que curiosidad, pero ella no se percataba de nada, tan hechizada parecía con lo que la rodeaba. Alexander iba apenas dos pasos atrás, dejándole espacio para que se moviera con libertad.

Le fascinaba su curiosidad innata. Siempre parecía querer saber algo nuevo. Y era una mujer muy perceptiva. Había acariciado el cristal o las maderas exóticas, olido algunas plantas. Se había mojado apenas las yemas de los dedos en una de las pequeñas fuentes que se habían instalado... Sus ojos parecían querer abarcarlo todo y una sonrisa iluminaba su rostro.

«¿Cómo no amarla?», se preguntó. Era tan inteligente como hermosa, era sencilla y sofisticada a la vez, era presumida pero humilde... Una voz interior pareció querer reírse de él.

«¿Cómo no amarla?», se repitió, si conocía sus defectos y no cambiaría ninguno de ellos porque cada error había hecho de ella lo que era, la mujer apasionada a la que deseaba con fiereza unas veces y con serenidad otras.

—Parece que lo estuvieran construyendo a piezas —dijo soñadora, girando sobre sí misma mientras miraba al cielo buscando la luz del sol que las nubes no cubrían, maravillándose de cómo iluminaba el enorme espacio neto.

—Lo parece porque en realidad está siendo construido a piezas, milady.

Se volvió buscando la voz de quien le hablaba. Cuál fue su sorpresa al descubrir al príncipe Alberto allí. Si bien solo lo había visto en persona en un par de ocasiones, su acento, sus ropajes, su altura y su fino bigote lo delataban. Hizo una reverencia sintiéndose cohibida, como una niña sorprendida en una diablura.

—Alteza —dijo en voz baja.

Vio que se acercaba a ella sosegado, con una sonrisa en los labios que la tranquilizó. Al llegar a su lado tomó su mano y se la estrechó con seguridad.

—May.

Entendió, por la mirada divertida que le devolvió, que su cara había reflejado su sorpresa. Pero sabía que él no la conocía. Fue presentada a la reina en su momento, mas el esposo de su soberana no podía recordarla; estaba segura.

—Alteza. —Se acercó también Alexander.

—Wilerbrough —respondió el príncipe, para volver a fijar su mirada en ella—. Es un honor conoceros al fin, milady. El marqués me ha hablado a menudo de vos.

El aludido compuso una sonrisa sesgada.

—¿Realmente lo he hecho?

El mismo gesto le fue devuelto.

—Tal vez no —le concedió—, pero últimamente me he descubierto como un hombre curioso.

Estaba sorprendida. Alex nunca le había escrito sobre el príncipe. Su madre sí le había hablado de su amistad, así como su hermana Edith. Y la duquesa de Stanfort también lo había mencionado en las pocas cartas que se habían intercambiado con ocasión de fechas señaladas, comentando las asiduas visitas de su hijo a Buckingham.

Pero no él.

No debía sorprenderle. Era un hombre discreto y en absoluto jactancioso. No obstante nadie parecía haber exagerado al hablarle de su relación con la Familia Real. El contexto entre príncipe y marqués se sentía claramente desenfadado. Era el esposo de la reina, desde luego, y mantendrían las distancias, pero...

—Alteza, permitidme presentaros a...

—¿Soy Alteza esta mañana?

Su sorpresa fue mayúscula. Al parecer las distancias entre ambos eran menores de lo que había supuesto. Sintió el azoramiento de Alex y el cariño la invadió. Hacía años que no lo veía enrojecer. Deseó abrazarlo, deseó... Un escalofrío la recorrió ante la idea.

Tantos escalofríos en tan poco tiempo no eran saludables. ¿Habría contraído alguna fiebre en el viaje de vuelta?, se preguntó irónica.

—Alberto, permíteme presentarte a May, la hija de los marqueses de Woodward.

Ahora era ella la azorada, insegura de cómo proceder. Miró a Alex contenida antes de volverse y hacer una elegante reverencia.

—Alteza —dijo en voz baja.

—May. —Le tomó la mano una vez más y se la estrechó con suavidad.

Calló de nuevo, no sabiendo qué decir. Extrañamente se sentía fuera de lugar. Como hacía años que no le ocurría.

—Creí entender que la dama era... ¿locuaz?

A pesar de la ligera burla no se sintió ofendida. Al parecer se reía de Alex y no de ella. Miró a su amigo pidiendo en cierta forma permiso para defenderse. Este, conociéndola y sabiendo que solo él era el objeto de su sarcasmo, secretamente complacido por ello, se encogió de hombros y cabeceó hacia el otro caballero. Lo miró y llegó también su beneplácito.

—¿Decíais? —la invitó el príncipe con una sonrisa.

—Decía, Alteza, que si el marqués de Wilerbrough se ha referido a mí en cualquier término que no sea intachable, entonces no es un caballero y me veré en la necesidad de ignorarlo. —May se volvió a mirarle y Alexander corroboró que solo de él se burlaba abiertamente. Y su amor suspiró en silencio—. Y si lo ha hecho en los mejores términos como de él se espera, entonces me temo que, honesto o no, es poseedor de un comportamiento intachable, lo que lo define como aburrido y por ende no me interesa. —Y con una enorme sonrisa extendió la mano, que Alberto cogió y colocó sobre su propio brazo—. ¿Me decíais que este palacio ha sido construido a piezas?

Su Alteza prorrumpió en una espontánea carcajada antes de responder a su amigo:

—Me temo que Victoria tendrá que esforzarse, Alexander. Ninguna de mis primas le es comparable.

Durante la siguiente hora pasearon los tres, ella del brazo de Alberto de Sajonia, atenta a todo lo que le explicaban sobre la arquitectura del lugar y los planes para la Gran Exposición.

De camino al hotel le preguntó por su amistad con el esposo de la reina Victoria. Quería saber cómo se conocieron y cómo se fortaleció su vínculo hasta el punto, según había entendido, de acudir a palacio semanalmente cuando era posible. Sentía curiosidad por Su Majestad. Por el amor que según todos era patente y reconocible entre los soberanos y del que apenas había escuchado.

Quería saberlo todo.

Pero apenas recibió discretos monosílabos. Entendía que Alex no pudiera contestar a muchas cosas y lo respetaba por ello. Ella misma confiaba en él y sería capaz de contarle... Tal vez algún día le contara incluso qué le ocurrió con Matthew, si necesitaba hablar de ello. No sabía si la entendería, pero sí que jamás revelaría su secreto.

Y aun así la sensación de clandestinidad le fastidió. Reconoció para sí que le crispaba que él tuviera secretos con otra persona que no fuera ella. Dejándose llevar por la posesividad espetó sin pensar:

—En todo caso se lo preguntaré a tu esposa sajona o prusiana cuando te cases.

Alexander no necesitó indagar. Sabía que se refería a la insinuación del príncipe sobre el empeño de la reina Victoria en casarlo con una de las jóvenes de la Casa Hannover.

—Jamás me casaré por complacer a Su Majestad.

La seguridad en su voz la hizo sentirse aliviada. Demasiado aliviada.

Hasta que su mente le dijo lo que no había querido entender: no se casaría por complacer a su reina; pero se casaría. Desde luego que lo haría. Y en breve, dada su edad y condición.

Y tendría un vínculo especial y eterno con otra mujer que no sería ella. Apenas acababa de recuperarlo e iba a perderlo. Y para siempre.

El desánimo la mantuvo callada el resto del camino.

7

Acomodados en el Brown's en una mesa algo apartada, cercana a uno de los ventanales donde entraba la luz a raudales en un extraño día soleado, el camarero colocaba sus platos sobre la mesa, servía el vino y se disponía a marcharse mientras ella absorbía la magnificencia de la sala y a quienes allí se encontraban, deseando memorizar la imagen y retenerla por tiempo indefinido en su memoria.

En cierto modo, en aquel momento se veía todavía en Nueva York a solas con un hombre comiendo en un lugar público. Sí, en Londres la miraban con curiosidad, con admonición incluso. Y, desde luego, en aquel restaurante no se hablaba de política ni se alzaba la voz cuando las conversaciones se volvían apasionadas porque aquello era Inglaterra. Allí vivían ingleses y los ingleses no se dejaban llevar por la pasión públicamente. No era educado.

No estaba segura de que se dejaran llevar por ella tampoco en privado, bromeó para sí antes de recordar a sus padres. O a los de Alex. O a sus tíos Richard y Nicole. Tomó distraída la copa de agua. ¿Sería Edith apasionada en su matrimonio? ¿Y su hermano? ¿Sería Alex un hombre...?

—Un penique por tus pensamientos.

Se atragantó sin poder evitarlo. Tosió tratando de no llamar la atención y agradeció haber estado bebiendo. ¿Qué iba a decirle? ¿Sabría todavía cuándo le mentía? Porque de niños la había tenido bien calada y rara vez había logrado engañarle. Y ahora necesitaba como nunca engañarle. ¿Qué iba a decirle? No lo que había estado pensando justo cuando la había interrumpido sin permiso, eso desde luego.

Alexander esperó a que se relajara antes de volver a hablar.

—Es obvio que tienen mucho más valor dado tu embarazo. ¿Un diamante, tal vez?

Le miró con engreimiento, algo más segura.

—Sabes que no me gustan las joyas.

—Mientes.

Resopló sin importarle que no fuera femenino. Maldito fuera, todavía podía leer en ella. O quizá solo recordaba algunos detalles y no tenía ni idea de qué pasaba por su cabeza. Esperaba que fuera eso...

—O sabes al menos que no me gustan lo suficiente como para compartir mis pensamientos más íntimos por una gema.

Con desenfado, Alexander tomó la copa de vino y se la llevó a los labios. Tras un breve sorbo la miró por encima del cristal que mantenía todavía en el aire.

—¿Y yo? ¿Te gusto lo suficiente? —No necesitaba

oír una negativa airada aun ni en broma, así que continuó—: Lo suficiente como para compartir tus pensamientos más íntimos conmigo, quiero decir.

La observó con atención. Vio cómo agrandaba los ojos grises por su pregunta primero, y cómo tras matizarla la valoraba con detenimiento. Supo que no obtendría una respuesta a la ligera y una parte de sí se alegró tanto como otra temió haber inquirido demasiado pronto. Tenía menos tiempo del que había creído para conquistarla, pero no debía precipitarse.

May sabía que no podía callar eternamente y sin embargo no era una conversación sencilla ni que quisiera dejar pasar. Comenzó con tiento.

—Siempre he confiado en ti más que en ninguna otra persona, Alex.

Quería saber si eso implicaba que ya no lo hacía, pero no iba a presionarla. No podía permitírselo. Sentía además que tenía que volver a ganarse esa confianza. Lo necesitaba.

—Lo sé. Y aunque nunca te lo haya dicho me he sentido muy honrado por ello. —May alzó la vista y vio la solemnidad en sus ojos—. Privilegiado, en realidad.

Sintió un nudo en la garganta. Volvió a tomar la copa de agua intentando relajarse.

—Y sé que podré contar contigo, Alex. Siempre.

En futuro pero no en presente. Y no era una respuesta. Sin embargo se sentía el mejor de los hombres. La vio bajar la vista y le habló él, le susurró:

—Yo también confío en ti, May, como no confiaría en nadie. Y si necesito a alguien tú siempre eres una de *mis* personas.

Las lágrimas le escocieron. Él le hablaba en presente. No necesitaba volver a conocerla para quererla como la había querido siempre.

Ella no podía saber cuánta verdad sobre él escondían sus pensamientos.

Sentía que la emoción amenazaba con superarla.

—Alex. —No pudo seguir.

—Lo sé —le dijo él con cariño, ofreciéndole vino.

Bebió y el calor en la garganta la atemperó. No podía corresponderle con la misma confianza, pero no sabía cómo explicárselo para no herirle. Deseaba por encima de todo que la comprendiera, que supiera que ella estaba convencida de que no había mácula en él. No quería hacerle daño y no quería estropear el vínculo que tenían, que habían forjado juntos durante años a base de confianza y confidencias. Lo que había entre ellos siempre había sido exclusivo, diferente. Y seguía siéndolo. Aun no estando segura de qué tenían ahora, seguía siendo especial.

—No es que no confíe en ti. No es eso. Es que...

¿Qué era? No sabía qué decirle, cómo aclararle que no era él sino ella.

—May —la interrumpió con delicadeza—. Hace seis años que no nos vemos. Yo he cambiado como se espera de un hombre, pero también tú lo has hecho y no como se espera de una mujer. Has podido viajar, conocer otras gentes. Tus prioridades en la vida siempre han sido distintas y entiendo que deben haberse asentado ya. No creo que no confíes en mí. Creo que la nueva May tiene que aprender a confiar en mí. No, no es cierto —se corrigió y le rozó la mano apenas en un gesto que los extasió a ambos—, en realidad soy yo, el viejo Alexander, quien debe ganarse la confianza de tu nuevo yo.

Ahora sí, dos lágrimas fluyeron por sus enormes ojos grises. Las dejó caer sin avergonzarse.

Solo él la entendía. Solo él podía entrar en su mente y leer en su alma. Y hacerle sentir bien cuando ella misma no se comprendía.

—Alex —repitió acariciándole también, deleitándose en el ligero contacto robado.

El camarero regresó a retirar los platos vacíos y servir otros y agradecieron en silencio la interrupción.

—¿Y bien? —le preguntó May recuperada toda compostura cuando volvieron a estar a solas—. ¿Qué ha ocurrido en mi vetusta Inglaterra mientras he estado fuera?

Alexander la retó con la mirada.

—¿Qué deseas saber?

—Nada que tenga que ver con chismes. Y sí, estoy convencida de que los conoces al dedillo aunque vayas a hacerme creer que nada sabes de cotilleos de salón.

Le sonrió antes de responder.

—Nada de dimes y diretes, entonces. —Sus ojos se mostraron divertidos.

—Absolutamente nada —corroboró sonriendo solo porque él le había sonreído primero—. Antes prefiero que me hables de ti.

Como si no estuviera impresionada y en demasía con él, se reprochó, satisfecha con su tono desenfadado.

—¿Algo sobre mí que pueda interesarte a ti?

Le respondió con vanidad. Pero no era engreído, se

dijo May. Ahí estaba esa mirada segura que parecía decirle que sabía cuán atraída se sentía. Maldito...

—¿Crees que podrías saber en qué estoy interesada?

«Espero que en mí, May, porque si no, algo estoy haciendo muy mal», se dijo. Algo en ella le infundía confianza, algo inefable que no sabía definir, pero que lo animaba.

Apostó sobre seguro, sacándose un as de la manga, sonriendo con presunción.

—¿Y si te dijera que ha llegado a mí, a través de los abogados de Boston, *La letra escarlata*?*

Sus preciosos ojos grises desvelaron su sorpresa.

—¿Es eso cierto?

—Lo es. ¿Acaso no tienes tú un ejemplar? Dudo que no te hayas hecho con uno a pesar de que se publicara después de tu marcha. —Lo miraba fascinada. ¿Tenía un ejemplar de la novela de Nathaniel? *¿Él?*—. No me gusta cómo me miras.

Salió de su aturdimiento.

—Estoy sorprendida.

Alexander rio en voz baja e intentó derivar el hilo de los pensamientos de May. Intuía qué pensaba y suponía que él debía ser de los que iban a censurar su publicación.

* Novela publicada en Boston a mediados de marzo de 1850 y que narra las desventuras en la entonces Nueva Inglaterra de principios del siglo XVII de Hester, una mujer que comete adulterio y que es marcada y debe vivir en un mundo puritano como una apestada social. Pero lejos de avergonzarse, ha tenido una hija fruto de su infidelidad, vive con una dignidad que finalmente gana la admiración de muchos. Especialmente a los ojos de su autor, Nathaniel Hawthorne.

—Sé leer.

—¡Desde luego que sabes! No lo he dudado. Eres un hombre instruido. Pero esa novela en concreto... ¿O acaso no sabías de qué trataba?

Supo que se había propasado en cuanto se le escapó la última palabra.

—Por el amor de Dios, May, cualquiera medianamente informado conoce su existencia y contenido. —Se cruzó de brazos intentando no ofenderse—. ¿O tampoco me crees «medianamente informado»?

—No es eso.

Para ella aquella historia era propia. Era la historia de una mujer que cometió un error guiada por el amor, o por un espejismo de este, y fue apartada del resto y condenada cual delincuente.

Era muy íntima y muy personal.

Le escuchó suspirar con enfado y supo que había pagado con él su frustración.

Alexander creyó que no le veía capaz de leerla, o hacerlo con justicia al menos. Se negó a explicarse o defenderse. No le diría quién era... y si lo había olvidado que hiciera memoria.

¡Y al demonio si no tenía tanto tiempo como había creído para enamorarla! Era un hombre recto y no se justificaría. Ni siquiera ante ella.

—Las revoluciones en Irlanda...

—¿Irlanda?

¿Irlanda? ¿Qué estaba diciendo? ¿Acaso no hablaban de...?

—Es obvio que no te interesa la novela. O no hablarla conmigo. Así que quizá quieras saber que la emigración en Irlanda está siendo masiva y que en mi opinión es un fracaso de este gobierno.

Se alteró tanto como él, olvidado cualquier remordimiento aun sabiendo que solo Alex podía alterarla así, obviando que había reconocido sentirse una marioneta en sus manos, tan poco control parecía tener con él. Cualquier buen propósito parecía desaparecer ante una provocación.

Pero esta, razonó, era justificada.

—¿Porque es un gobierno whig?

Soltó la servilleta con enfado y se puso en pie, harto de su actitud, confuso por no entenderla. May era capaz de frustrarle como pocas personas. Como nadie, en realidad. A veces sentía que ella daba palmas y él bailaba a su compás.

—Desde luego que sí. Estoy convencido de que el partido conservador hubiera manejado la cuestión mejor, únicamente porque es más tradicional y clasista. Del mismo modo que he comprado *La letra escarlata* porque tengo entendido que la calidad del papel es superior y ayuda a arder mejor la leña del alcabor de la chimenea de mi estudio.

—No te marches —le pidió en voz baja, cohibida.

Ella no lo supo, pero su voz se había convertido en un trémulo susurro y su actitud beligerante había cesado.

Ahora fue Alexander quien la miró con estupor. Parecía creer que sería capaz de dejarla allí. La sintió encogerse, incluso. ¿Cómo iba a ridiculizarla así?, ¿y públicamente, además? Pero qué demonios...

—May, voy un momento al... —no podía decirlo,

no era educado—. Pero regreso en apenas dos minutos. No podría marcharme y dejarte aquí. Ni aunque me cruzaras la cara de una bofetada lo haría. —Intentó que sonriera, pero no tuvo efecto alguno en ella, así que repitió con voz solemne ya que no le miraba—: No podría hacerlo. Jamás te dejaría sola.

Matthew lo había hecho. En contadas ocasiones, pero lo había hecho. Cuando sus opiniones no le habían gustado y le habían superado. Y la había hecho sentirse denostada. Y una necia. Tan necia.

Pero la promesa de Alex se filtró en su mente y traspasó cualquier mal recuerdo. Y le creyó. Desde luego que lo hizo. Él nunca la dejaría en la estacada. Ni aun sabiendo de su estúpido error... ni aun sabiéndolo lo haría.

—De acuerdo. —Le miró a los ojos intentando que la mueca de sus labios pareciera una sonrisa.

No lo convenció.

—May, vuelvo enseguida —le volvió a prometer con voz suave antes de dirigirse a un pasillo similar al del tocador femenino.

Iba al excusado, se dijo. Quizás había forzado la situación, pero él iba al maldito excusado, no a la calle. Se supo estúpida. Era Alex, ningún otro sino Alex.

Su Alex.

Esperó acariciando el borde de su copa con descuido hasta que regresó.

—Lo lamento.

Alexander se había ido furibundo. ¿Cómo podía conocerle tan poco? Era cierto que de niños la había provocado por su propensión a la independencia del carácter femenino. Pero era a ella a quien provocaba, no a la idea.

Lo conocía bien. ¿Cómo podía creerle capaz de...? Su disculpa sincera le aplacó.

—Yo también.

—¿Qué lamentas tú? —Ella no era inquisitiva sino honesta. Él no tenía nada por lo que disculparse.

La miró fijamente antes de sincerarse.

—Lamento que creas que no me esfuerzo en comprender la dicotomía entre lo que deseas y lo que esta sociedad te ofrece. —Su mirada emocionada le acarició el corazón—. Y que me creas capaz de plantarte solo porque pensemos de forma distinta.

Se sintió tan mal como se había sentido con su padre la noche anterior. Parecía herir a sus seres amados sin quererlo.

¿Hacía solo dos días que había regresado? ¿Dos días únicamente? Se encontraba suspendida en el tiempo.

—Lo lamento —repitió con sentimiento.

Y calló. Y también él. Continuaron comiendo en silencio hasta que se sirvieron los postres.

—Conocí a Nathaniel.

—¿Nathaniel?

Qué poco le gustaba escuchar de sus labios el nombre de pila de otro hombre.

—Nathaniel Hawthorne. El escritor. Sí, lo hice. Cenamos juntos en Nueva York, en una cena informal en casa de uno de los dueños de una editorial. Hablamos de su novela. No la había leído todavía, como es lógico, pero su perspectiva... Me fascinó.

¿Fue Nathaniel o la novela quien la fascinó?, quiso

saber, los celos desconocidos hasta entonces atacándole por sorpresa.

—Debisteis de pasar horas hablando de letras.

—Y de principios kantianos.

Sonrieron recordando las ideas de Kant y sus discusiones sobre verdades y mentiras tantos años atrás durante los veranos que pasaban juntos, cada vez que él la descubría en una verdad a medias, en una mentira a medias o en una mentira flagrante.

—Te recuerdo que según tú misma el concepto de Kant acerca de...

—Matthew también estaba allí —le interrumpió sin saber por qué.

«El célebre señor Atwik», gruñó para sí Alexander.

—Tenía la impresión de que salió de tu vida un año antes.

Habló sin mirarle, de nuevo deslizando el dedo sobre el borde de su copa.

—Unos seis meses antes. Y sí, lo hizo. Pero también está relacionado con la editorial y estaba invitado.

Calló a la espera de que continuara. Pero ya no lo hizo, o no sobre aquel hombre.

May se sintió boba. No debía haberle nombrado. Acababa de decirle que todavía no confiaba en él y ahora ignoraba una pregunta directa. Pero no era el momento. Ni el lugar. Ni *su* momento.

—¿Qué te ha parecido la novela? ¿La has leído ya?

—Sí —se resignó a no preguntar—. Y te veo como Hester.

—¿Me crees capaz de un adulterio?

No parecía bromear del todo.

—Te creo capaz de sobrellevar con dignidad cualquier decisión que tomes a conciencia.

Su voz resonó con seriedad solemne y el ambiente se tornó extraño.

Él no reconoció qué ocurría, pero supo que se había enrarecido.

—Eso es hermoso —le declaró ella con reverencia.

—Tú eres hermosa —se le escapó antes de que pudiera refrenar su lengua.

May sonrió con nostalgia.

—No, no lo soy.

—Sí, sí lo eres.

—No, no lo soy. Solo soy una escrit... —Aquellas discusiones la hicieron sentirse bien de nuevo.

Hasta que lo miró. Y vio una intensidad en sus ojos, oscurecidos ahora, que la arrolló.

—Eres una dama hermosa que vuelve locos a jovenzuelos y caballeros que ya no lo son tanto. Con tu cabello, tan claro que marchita incluso la luz del alba. Tus ojos grises, tan puros como el cielo durante la lluvia. Tu piel blanca que jamás se olvida. Y una boca que haría que el más cínico de los hombres quisiera ser el final de una de tus novelas solo para recibir un último beso de tus labios.

Su voz la traspasó tanto o más que sus palabras. Se sabía bella. Se sintió sublime. Quedó hipnotizada por sus ojos y, etérea, creyó que su cuerpo se alzaba e intentaba acercarse a él, su vista fija en la boca de la que tan hermosas citas habían surgido. Aquella boca, aquella boca...

Alexander temió besarla allí mismo. Cómo lo miraba lo tenía fascinado. El momento se prolongó y ninguno parecía querer romperlo, seguían fijos el uno en la boca del otro, reconociendo en sus alientos las ansias de un beso.

—¿Qué ocurrió? —le preguntó finalmente, alejando la tentación pero no la intimidad del momento.

—¿Sobre qué? —También su voz sonaba emocionada.

—Con Matthew.

No podía salir de su red. La había atrapado. No entendía qué ocurría... sí lo sabía, pero no lo comprendía.

—¿Aquella noche?

—Siempre. ¿Cómo pudo alejarse?

—Quizás él vio en Hester flaqueza, no fuerza.

Y bajó la mirada, perdiéndose el instante.

—¿Me lo contarás algún día?

Volvió a su rostro y Alexander encontró allí la respuesta a su pregunta: confiaba en él. De nuevo.

—Te lo prometo.

8

Mucho ruido y pocas nueces era con diferencia la comedia de Shakespeare que más gustaba a May. Era también la favorita de muchos y el teatro lleno así parecía querer atestiguarlo. Risas discretas de las damas y risotadas de los caballeros en las escenas hilarantes entre Beatriz y Benedicto resonaban en la sala. Los dramas eran un placer para los sentidos; las comedias, un regalo para el alma.

Había acudido con su madre. En principio iban a acompañarles también una amiga de la marquesa y sus hijas, pero un imprevisto de última hora lo había impedido. April y May, aun pudiendo haber invitado a alguien más, no se lo habían planteado siquiera y finalmente habían decidido acudir solas y deleitarse sin más compañía que la mutua.

El telón bajó despacio tras creer Beatriz que Benedicto estaba enamorado de ella y reconocer el sentimiento como recíproco, y un aplauso cerrado acompañó el enorme cortinón granate hasta que besó este la madera del escenario. Un instante después comenzó el movimiento en toda la sala. Poco más de veinte minutos para saludar a conocidos, pedir alguna bebida... Quedarse a disfrutar de la tranquilidad en el palco no parecía viable y no obstante era lo que ellas pretendían hacer.

—Es una obra fantástica, ¿no crees?

Le sonrió soñadora.

—La debo de haber leído una docena de veces al menos. Y visto representada otras tantas. Me sé el libreto casi de memoria y sigo riéndome con cada escena sin poder o querer evitarlo.

Si iba a replicar su madre o no, no lo supo, pues justo entonces se abrió la cortinilla asombrándolas y apareció el marqués de Wilerbrough con tres copas vacías de champán en una mano y una botella en la otra. Su presencia pareció llenar el palco y de pronto May sintió que le faltaba espacio.

—Alexander —dijo April con una sonrisa de bienvenida—, ¡qué sorpresa encontrarte!

La sonrisa le fue devuelta al tiempo que le tendía una de las copas.

—April.

Tomó esta lo que le daba y le ofreció la mejilla, que Alexander besó rozándola apenas.

—Buenas noches, Alex —le dijo ella alargando el brazo, pidiendo su copa. Si ladeaba la cara la besaría también, pero ¿qué sentido tenía? Siendo jóvenes sí se daban castos besos cuando hacía algún tiempo que no se veían, pero ya no eran jóvenes; o no aquellos jóvenes. Se habían visto además la tarde anterior.

Y no obstante sintió anhelo de un beso suyo, aun

uno tan poco personal como el que había recibido su madre.

—May.

Le llenó la copa sin mirarla, dirigiendo su atención a la marquesa.

—¿Qué haces aquí? —La pregunta sonó algo brusca, pero logró que la atendiera.

—He venido a ver a lady Desdén.* —Sonrió con burla—. Pero disculpa, no estoy seguro de haberte entendido: cuando me preguntas qué hago aquí, ¿te refieres a aquí en el teatro o aquí en vuestro palco?

—Oh, Alexander, eres terrible. —April rio en absoluto ofendida—. Ambos lo sois. Diría que deseo visitar a una amiga que además patrocina la editorial, pero ahora no estoy tan segura de que sea prudente.

Para su pasmo, se estaba poniendo los guantes, lo que significaba que en realidad sí se disponía a marcharse.

—Mamá —protestó extrañada—, no puedes irte y dejarme a solas.

Su madre iba a quedarse con ella durante el descanso precisamente porque no podía dejarla, se lo había dicho justo antes de que se levantara el telón, cuando había visto a la señora Hobster y se había resignado a saludarla de lejos.

—¿No puedo? Pero no te dejo sola, cariño. Te dejo con el marqués de Wilerbrough. —Y lo miró a él con un gesto divertido—. Ten cuidado, Alexander, creo que si puede te lanzará por la barandilla del palco.

* Así llama Benedicto a Beatriz la primera vez que se refiere a ella en la obra de teatro.

—Tendré cuidado, entonces. —April se dio la vuelta y él le colocó galante el echarpe. May deseó por un momento... Dejó de pensar por si acaso y continuó escuchando aquel discurso, cada vez más incoherente para ella—. Porque lo que desde luego no haré es marcharme y abandonarla por temor a un ataque.

—¡Desde luego que no!

Ahora sí se tornó seria la advertencia de la marquesa.

Así que, reflexionó, su madre consideraba indecoroso que estuviera sin compañía en un palco por si entraba algún caballero. Pero adecuado dejarla sola en ese mismo palco cuando ya había un caballero.

Perfecto.

No entendía nada. Nada en absoluto.

¿Es que nadie veía a Alex tan caballero como el resto de los caballeros del teatro? ¿Un hombre, por cierto, a tener en cuenta? ¿Era la única que se había percatado de que...? Debía dejar de pensar, se repitió.

—Regresaré en unos minutos. —Y April se fue sin más.

Se quedó en silencio, demasiado asombrada para decir nada.

—¿Realmente me lanzarías por la barandilla?

Su voz la devolvió al palco. A él.

—Dudo que tuviera la fuerza suficiente.

—Pero ¿lo intentarías?

Lo miró fingiendo severidad, algo más relajada dado su talante travieso.

—Si me llamas lady Desdén la idea podría cruzar por mi mente, sí.

—Entonces diré que me refería a Beatriz.

Se acercó a ella y le ofreció un poco más de champán. Le tendió su copa de nuevo. Iba muy guapo con unos pantalones claros, una chaqueta de paño azul marino, camisa de un blanco prístino y botas hessianas negras. Le fastidió no haberse arreglado más aquella noche.

—En todo caso suscribo mucho de lo que la dama dice.

—Por si no lo recuerdas —se burlaba, sabía de sobra que conocía la obra de la primera a la última página—, finalmente la dama se casa.

—No dije que Beatriz fuera perfecta.

Alex sonrió y brindó al aire. Ella continuó:

—Benedicto también se casa.

—Con lady Desdén. —Su sonrisa se ensanchó.

—No me dirás que abandonarías tu soltería...

—Yo no soy como él, May —la interrumpió manteniendo la sonrisa, pero atento a su reacción—. Yo no me niego a casarme. Yo me casaré, de hecho.

Vio una chispa de decepción en sus ojos grises y hubo de esforzarse para que su gesto continuara siendo juguetón y no entusiasta.

—Pero no lo harás con lady Desdén.

—¿Hay alguna tan aguda y reacia como ella esta temporada?

May exclamó. Fue la sorpresa quien exclamó dentro de ella.

—¿Te casarás esta temporada?

Acababa de regresar de América y ya iba a perderlo. En julio, cuando finalizara la temporada y las familias se instalaran en sus residencias, ella iba a quedarse en la ciudad. Y por lo que había entendido, también él lo haría. Dio por sentado que se verían con cierta frecuencia y recuperarían su antigua amistad. Pero si estaba casado... Solteros ambos sería complicado; casado él, inviable.

—Tal vez. Y tal vez también tú lo hagas.

—Yo no me casaré, Alex.

El desánimo los afectó. No querían hablar de matrimonios, no de la posibilidad de que el otro se casara, y no obstante estaban en plena temporada y ambos tenían un objetivo.

—Quizá. Pero le has dicho a tu padre que mantendrás la mente abierta. Y es eso lo que tengo intención de hacer también yo. No pretendo casarme este año. Pero sí tomármelo como mi primera temporada.

Si se salía con la suya ambos se casarían antes de que el verano terminara. El mismo día. El uno con el otro. Pero en aquel momento tal unión le parecía inalcanzable. No cuando a ella se la veía tan decaída.

—Mi última temporada coincide con tu primera.

«¡Qué irónico!», se dijo sin saber dónde estaba la ironía, pero con la sensación de que el destino se reía de ella.

Queriendo animarla, o quizá queriendo tensar la situación, no lo sabía, le habló con voz enronquecida, casi seductora.

—Tal vez podríamos hacerlo; tú y yo.

Su voz había bajado el tono y de pronto parecía más cercano, casi íntimo. Y el palco más pequeño. «Hacer juntos... ¿qué?» Su corazón galopaba alocado en su pecho y el escalofrío de la columna la recorría sin control.

—¿A qué... a qué te refieres?

Alex se refería a casarse, aunque no fuera a confesarlo dado que ella no lo había tomado a broma.

Pero sus palabras habían tenido un segundo sentido que ahora le hacía considerar. No quería hablar de eso con May. No era adecuado. Era... se sentía indecoroso. Abrumado. Azorado. Ridículo.

Y no obstante había visto cómo sus ojos grises se encendían por un instante. ¿Qué sabía ella de lo que nada debía saber? ¿Qué entendía May de deseo? Ardieron los celos antes de que pudiera controlarse o dominarlos. La voz de la razón le dijo que había pasado casi tres años sola en Estados Unidos y que su edad de merecer hacía algún tiempo que había quedado atrás. Su posesividad, en cambio, poco entendía de lógicas.

—Pasar juntos la temporada —improvisó en tono rudo.

Supo que su voz decía que estaba enfadado, pero no podía refrenar el tono como no podía refrenar las dudas que lo asaltaban.

¿Qué sabía ella de la pasión entre un hombre y una mujer? Demasiado para su gusto, eso seguro. Y al infierno si él como hombre tenía más derecho a saber.

—¡Sería estupendo, Alex! Iríamos a las mismas fiestas y yo podría hablarte de las debutantes y tú a mí de...

Calló. Dejó de divagar y calló porque la idea de hacer de celestina para buscarle una esposa no le gustó. Y calló porque al parecer tampoco a él le gustó la idea a tenor de cómo la estaba mirando.

¿May le estaba ofreciendo buscarle esposa? Iba a estrangularla. Y peor, ¿pretendía que la ayudara a buscar esposo? No, no la estrangularía. No porque era ella quien lo estaba estrangulando a él.

—Tal vez no sea buena idea —la escuchó decir, pesarosa.

—No, seguramente no —le confirmó.

En aquel momento regresó April salvando la situación, que había descarrilado hacia ningún lugar.

—¡Cuánto silencio! ¿De qué hablabais antes de que yo llegara y que os ha hecho callar tan abruptamente? ¿No tendréis alguna diablura planeada? Porque de niños cuando no discutíais os aliabais y erais invencibles.

Se burlaba. Seguramente no esperaba una respuesta, pero May se había puesto nerviosa y habló sin deber.

—De pasar juntos esta temporada.

Tal y como lo dijo se supo estúpida. E indiscreta. Y la mirada que recibió de Alex le dijo que él la consideraba también estúpida e indiscreta.

—¡Qué idea tan magnífica! ¿Acaso vas a participar de forma activa este año?

No le interrogaba sobre matrimonios, pero le preguntaba igualmente. Eso significaba o que el marqués de Woodward había mantenido su secreto o que su marquesa era una dama muy comedida.

O ambas cosas.

—No exactamente. No tengo ninguna prisa.

—Así que, mamá, como verás era una idea alocada y sin sentido.

—Pues a mí no me lo parece tanto, cariño. No digo que os paséis estas semanas juntos a diario, pues no beneficiaría a ninguno de los dos. Pero acudir juntos a según qué bailes...

—Se supone que tengo que acudir con caballeros que me cortejan. O eso es lo que tenía entendido desde los dieciocho —dijo burlona, poniendo los ojos en blanco.

—Si el marqués de Wilerbrough simula un mínimo de interés por tu persona es seguro que tus admiradores se multiplicarán.

Era malditamente cierto. Y Alex la miraba con engreimiento.

—¡Qué afortunada entonces de contar con su amistad!

Una profunda carcajada brotó de su garganta mientras respondía.

—Será un honor serte de ayuda.

—Un placer, querrás decir.

—Si quisiera decirlo lo habría hecho.

—Si no te lo va a parecer, olvídalo.

—¿Y perderme el honor de tu compañía? Por una amiga todo esfuerzo es poco. Y ahora mejor regreso a mi palco. —Miró a la marquesa con una sonrisa encantadora; pero presumió May que las que a ella le dedicaba no eran encantadoras, eran sinceras—. A la salida acudiremos a una pequeña fiesta en Vauxhall, April. Iremos a ver los fuegos artificiales. Acudirá un grupo tan variopinto como respetable. —Nombró a damas y caballeros de buenas familias, solteros y casados—. Tal vez podría llevar allí a tu hija si tengo tu permiso.

—Sería fantástico.

—Tal vez May pueda decidir si quiere o no ir contigo a Vauxhall, Alex —respondió ella refiriéndose a sí misma y con los brazos en jarras.

Ahora fue él quien puso los ojos en blanco.

—May, ¿me concederíais el honor de vuestra comp...

—El placer —puntualizó.

Exageró un suspiro, pero claudicó. Iba a llevarla a Vauxhall. Y su madre le había dado *carte blanche*.

—... el placer de vuestra compañía esta noche en Vauxhall?

—¿Esta noche?

Simuló pensarlo.

—Si dices que no, señorita, te daré una zurra.

La marquesa se echó a reír.

—Oh, Alexander, desearía tanto ver cómo lo intentas.

—¿Tengo tu permiso entonces para darle una zurra en el trasero a tu hija mayor, April?

—Iré a Vauxhall.

Los interrumpió rauda.

—¿Irás con él?

—Sí, mamá, eso he dicho.

—Y como yo he comentado —replicó su madre en tono jocoso—, eso será fantástico.

—Vendrás conmigo y será un placer. Entiendo que es a eso a lo que te refieres —la pinchó Alex.

Comenzaron a bajar las luces. La obra continuaría en apenas un minuto.

—Márchate, Alex, antes de que lady Desdén regrese.

Sonrieron todos ellos.

9

Los jardines vibraban de actividad. Para su deleite no habían cambiado. Gente de todos los estratos sociales se reunía en ellos, y a pesar de que cada uno tenía una zona más o menos delimitada, no eran grupos estancos sino heterogéneos en cierto modo, pues los límites se rebasaban y se podía encontrar a jóvenes trabajadores cerca de las hijas de los burgueses más adinerados, y a estas cerca de los nobles con los bolsillos vacíos.

Vendedores de comida, músicos, pequeños teatros ambulantes... Todo ello daba un aspecto urbano y colorido a Vauxhall y May siempre había disfrutado allí. Grababa imágenes en su mente e inventaba aventuras cortas después solo por el placer de dejar volar su imaginación.

Aquella noche podría contar cientos de historias.

—Un penique por tus pensamientos —le susurró desde detrás una voz más que conocida cerca de su oído.

Alexander la sintió temblar y sonrió complacido. Le gustaba saber que reaccionaba a su cercanía.

—¿Ves a aquel joven de allí, el de la gorra verde y el pañuelo a juego? —Notó que asentía y sin pudor ni precaución dijo en voz alta lo que estaba pensando—: Es jardinero en casa de los padres de aquella joven, la del vestido lavanda con tanto vuelo. Su padre es un magnífico cirujano, el mejor, y se está haciendo rico atendiendo a pacientes adinerados, practicándoles cirugía de riesgo. Y la cuestión es que rara vez falla.

La veneraba. A ella y a su imaginación. Él sería incapaz de ver a alguien y crearle una vida en apenas unos segundos. Solo vería a un joven con una gorra verde y un pañuelo a juego y nada más. May nunca le había susurrado nada de aquel mundo paralelo que parecía tener en su cabeza y tras las primeras palabras había quedado hechizado. Quería seguir escuchando, jamás podría cansarse de escucharla, menos todavía burlarse de su capacidad inventiva por más que la pinchara de niños.

—Así pues, los padres creen a un jardinero poco para su hija.

—¡Desde luego que lo creen! Intentarán casarla con un noble venido a menos y lo bastante agradecido porque le haya salvado la vida. Pero el joven no es jardinero.

—¿No lo es?

—No, no en realidad... Trabaja para Scotland Yard.

Una carcajada ronca y masculina brotó de su garganta. Recibió una mirada reprobadora.

—No me reía de ti, te lo prometo. May, tienes mi palabra. Continúa, por favor.

¿Qué demonios hacía compartiendo con él sus pequeños delirios? ¿Y por qué no lo había hecho antes, ahora que lo pensaba? Porque estaba disfrutando, de veras que lo hacía. Y era así porque era Alex. No lo haría con nadie más. Allí estaba, diciendo tonterías a su edad y sin sentirse ridícula. Y haciéndole reír, a un habitualmente hombre serio y que no obstante parecía hipnotizado con su voz. Continuó por él y también por ella.

—Han aparecido en los últimos seis meses nueve cadáveres diseccionados en Whitechapel. Y las disecciones son de corte quirúrgico. ¿Quién sabe si el cirujano es tan bueno con el bisturí porque practica antes con mujeres incautas que salen por la noche? ¿Quién no pensaría que días antes de una operación importante no realiza la misma cirugía a otros cuerpos que no parecen interesar a nadie?

—Dios, May. Eso es maquiavélico. —Seguía tras ella, sonriente—. ¿Y el jardinero de día y policía de noche pretende seducirla en beneficio de la investigación?

—No. —Se volvió ahora y lo miró a los ojos divertida—: Pretende seducirla para su propio beneficio.

La carcajada fue inevitable.

—Definitivamente, eres maquiavélica.

—No yo —se defendió componiendo una cara angelical—. El jardinero policía es el maquiavélico. A mí solo me cuenta lo que planea hacer.

—No me engañarás con esa cara de niña buena, May. No ahora que has aprendido a decirlo.

—¿A decir qué?

—La palabra seducción.

La vio enrojecer y le invadió la ternura a pesar de que era obvio que ya no era una muchacha inocente.

Pero, se dijo, era de esperar que no lo fuera. Tenía una edad y ya debía saber ciertas cosas. Que fuera doncella no significaba que viviera en la inopia de la pasión.

—¿Damos un paseo? —le propuso, ofreciéndole el brazo.

—Alex, no puedo deambular con un caballero y sin carabina por Vauxhall. Y, por cierto, ¿dónde están los demás? —Se percató de pronto de que estaban solos.

—Mientras tú creabas una nueva vida para las gentes del parque, una con toda probabilidad más interesante de la que tienen, el resto ha ido a dar una pequeña caminata.

—Debiste avisarme.

—A eso había venido. —Se había retrasado a propósito para no poder alcanzarlos cuando ella accediera; porque accedería sin duda por el placer de errar de noche donde no debía con una compañía del todo inadecuada—. Pero la vida del joven de la gorra verde con el pañuelo a juego me ha absorbido.

Ahora rio ella.

—No me puedo creer que haya hecho algo tan ridículo como confesarte qué pasa por mi cabeza.

Tomó el brazo que le ofrecía y se dejó llevar hacia los sinuosos senderos.

—Siempre he sospechado qué pasaba por tu cabeza. Esto solo lo confirma.

No detuvo el paso, pero sí se volvió a mirarle.

—¿Qué quieres decir?

—Que cuando éramos unos críos y estábamos en grupo con mi hermano Kit, y los tuyos, y los primos Illingsworth, había momentos en los que tu mente se marchaba lejos. Y te conocía, te conozco —se reafirmó y el estómago de May se llenó de mariposas— lo suficiente para saber que estabas a millas de nosotros, creando otra realidad.

—Nunca te burlaste por eso.

Habían llegado a una explanada algo recóndita. Se detuvo Alex y la detuvo a ella, acercándola a un recoveco. La miró a los ojos.

—¿Por qué habría de burlarme de una de tus mayores virtudes? Tu capacidad para crear vidas y escenarios es fascinante. Y además tienes la habilidad de plasmarlo en un papel para que otros sean capaces de ver lo mismo que tú. O de transportarme solo con tu voz. ¿Qué tiene eso de grotesco para que me pueda reír de ti?

Sintió un nudo en la garganta. Recordó las veces que le había dicho que no había leído sus cuentos, o que eran para infantes, o que publicaba porque su madre era la dueña de la editorial. Y hoy en cambio le confesaba que lo consideraba una destreza importante.

Alex era un hombre maravilloso, siempre lo había sabido. La exasperaba con sus burlas; exasperación, reconoció, que ella provocaba llevándolo al límite con las suyas. Pero había sido un joven maravilloso y se había convertido en un hombre más maravilloso todavía.

Quería decírselo, pero al parecer su don de palabra mermaba en lo que a él se refería.

Unas voces la devolvieron a la realidad. Por un momento la asaltó el pánico. Había entrado parloteando en la zona frondosa de los jardines, pero en cierto modo a conciencia, sabedora de que no debía hacerlo, y ahora sería sorprendida por un grupo estando a solas con un caballero. Lo miró en busca de una solución en él. Vio que le ofrecía la mano, se cogió a ella con seguridad y diez pasos después estaban tras un arbusto grande que los cubría ayudados por las sombras de la noche. Quienes por allí pasaban no los verían si no se fijaban.

—¿Por qué la habrá traído el marqués de Wilerbrough?

Reconoció la voz. Era una de las jóvenes con las que habían acudido al parque.

—Tal vez le agrade su compañía —respondió un caballero.

—O quizá porque es vieja. Debutó con mi prima Amanda, tiene veintiséis años. Tiene edad suficiente para hacer de carabina.

—No necesitamos de una carabina dado que lady Margaret está casada. Me inclino por la belleza de la dama, ¿a quién no le gustaría gozar de su compañía? —dijo otro.

—No seas vulgar, Jamie —fue reprendido—. Y el marqués no pasearía a su amante en público. O no cuando es por nosotros por quien se hace acompañar. Las amantes se llevan a otros lugares con gentes menos selectas.

—Es una mujer muy hermosa —insistió su inesperado adalid.

—Tú no te casarías con una dama de su edad —insistió con desprecio una de ellas.

—¿Es en verdad hermosa? —se burló otra, la envidia en su tono.

—Lo es —respondió la primera—. Pero esa belleza no durará mucho más. Y los hombres quizá la deseen, pero dudo que sea en un altar.

Hubo coro de risitas femeninas.

—Alexander —a May se le clavó en el corazón que lo llamara por su nombre de pila— será duque, tiene una fortuna importantísima, una amistad consolidada con la Familia Real y goza del respeto social de todos. No se casaría con una dama mayor, hija de marqueses o no, rica heredera o no. Y no con una que además presume de intelectual. Sus padres no se lo permitirían. Sería una deshonra para el ducado de Stanfort.

Cayó el silencio cual dictada sentencia de muerte. Todos continuaron su camino callados, guardando duelo por la difunta social. Solo cuando Alex y May dejaron de escuchar sus pasos salieron de detrás del enorme arbusto, las manos entrelazadas todavía.

—¿Estás bien?

—Desde luego que lo estoy —respondió demasiado deprisa.

—May —la llamó con delicadeza.

Se encogió de hombros.

—No han dicho nada que no supiera. Tengo veintiséis años. A mi edad la reina tenía ya seis hijos. Soy hermosa *de momento* —ironizó—, pero si somos honestos, los hombres piensan en mí más como amante que como esposa, Alex. Y no importa, está bien. Te repito que no han dicho nada que no sepa. Y a pesar del empeño de mi padre, sigo sin querer casarme. Pero escucharlo así, de la boca de otras mujeres... —su voz perdió fuerza—, ha sido duro.

—Ven aquí.

—Alex, no necesito consuelo.

—Pero yo quiero abrazarte, así que ven aquí.

No se hizo rogar. Por el contrario, sumisa, se dejó envolver por sus brazos y disfrutó de verse rodeada por él durante más de un minuto. Le gustaba tanto aquella sensación. Reconoció su olor y un placentero escalofrío la recorrió. Poco después se dispuso a deslizar las manos desde sus brazos hasta sus hombros por el placer de tocarlos, los sabía anchos y firmes, y ahora sí, abriendo las palmas se obligó a apalancarse en ellos y a separar sus cuerpos; no en cambio la distancia que mantenían. Sabía que tenía que alejarse, pero su cercanía le resultaba tan necesaria como respirar en aquel momento. Y en sentido literal, pues hubo de reconocer que sentía que le faltaba el aire, que era él quien le quitaba el aliento con el calor con el que su piel parecía querer abrigarla.

Alex, su presencia y su esencia, comenzaban a resultarle adictivos.

—Te he traído por el placer de tu compañía —le susurró con la voz enronquecida.

May sonrió con nostalgia, como si la conversación en el palco del teatro de aquella noche hubiera sido hacía días y no apenas un par de horas antes. Tenía la sensación de que hacía semanas que había regresado en lo que a ellos dos respectaba, tan intensos estaban siendo sus encuentros.

—No es necesario que digas nada. —No quería lisonjas si venían estas por su caballerosidad, para excusar o compensar las palabras de otros.

Alexander continuó impertérrito. ¿Cómo no podía ver en sí misma lo que veía en ella? Las otras damas sí habían adivinado la atención que despertaba en él y habían reaccionado con virulenta envidia.

—May —le dijo con reverencia—, eres preciosa. Y posees ese tipo de belleza no perecedera. Es como la de tu madre o la mía. Pasarán los años y seguirás siendo hermosa. Tu piel, tus ojos, tus manos. Pero también tu porte, tu elegancia, seguirán ahí y los hombres continuarán mirándote.

Sus palabras le infundieron ánimo y calor en las entrañas, que supo no era solo tibieza por su amabilidad sino el fruto de querer, esperar, que lo pensara de veras.

—En todo caso no quiero casarme —repitió en voz baja, sin saber por qué murmuraba.

—Deberías —susurró también. Estaban cerca, muy cerca el uno del otro, pero solo al hablarse con suavidad esa proximidad se había vuelto íntima—. Estás hecha para el amor.

Notó el rubor en las mejillas.

—¿Lo estoy? —preguntó antes de pensar si debía o no hacerlo.

—Lo estás, May. Eres pura pasión.

«Una amante», se dijo, y la decepción cayó sobre ella. Era ridículo, qué le importaba que la viera como una mujer hermosa con la que retozar. No iban a relacionarse. Ni pretendía tampoco que la mirara con otros ojos, se recordó.

Tal vez se sentía decepcionada porque debería ver

en ella más que otros hombres, porque él la conocía mejor.

Lo miró buscando algo, no sabía qué, que le dijera que la consideraba algo más que una cara hermosa y un cuerpo deseable.

Alexander continuó sin meditar si debía o no, buscando aliviar las heridas de las dagas que las otras jóvenes le habían clavado con su palabrería llena de envidia.

—Eres pasión pura en todo lo que haces, en todo lo que sientes, en todo lo que quieres. El hombre al que ames, al que te entregues, será un privilegiado. Tus novelas hablan de ti, de la vehemencia de tu amor por la escritura. Tu relación con los tuyos muestra la necesidad de dar afecto a quienes portas en tu pecho y ese afecto hace feliz a los tuyos solo porque los quieres. Y cuando ames a un hombre lo harás con intensidad y frenesí porque no sabrás amar de otra forma, porque te implicas en lo que amas. Serás una esposa magnífica y una gran madre.

—Alex, eso es... es... —No podía hablar. Bajó la vista, tímida de repente.

—Prométeme algo. —La tomó por la barbilla con suavidad y la obligó a mirarle.

—Lo que quieras.

Alexander suspiró. Ojalá pudiera pedirle que lo amara así para siempre.

—Prométeme que no te enamorarás de un hombre que no te ame del mismo modo. Mereces ser amada de esa forma y menos sería una afrenta a tu persona.

No pudo contener una emocionada lágrima.

—Te lo prometo.

Quería besar aquella lágrima. Quería retener más tiempo la mano en su mentón y acercarla a su boca y besarla.

Quería ser ese hombre y quería serlo ya.

Se apartó temeroso de lo que pudiera hacer o decir.

May se sentía superada por sus palabras, por cómo la miraba, por la emoción del momento. Necesitaba serenarse, volver a ser dueña de sus emociones o podía hacer o decir algo dejándose llevar por la intimidad del momento; algo que pudiera estropear lo que tenían.

Buscó en su sentido del humor, ese que siempre la sabía rescatar y que cuando Alex constituía el blanco se tornaba infalible, para relajarse y relajarle.

De otro modo se dejaría llevar por el deseo y se percató de pronto de que deseaba besarle; deseaba unir sus bocas en agradecimiento a sus hermosas palabras y no estaba segura de que fuera a ser un gesto tierno o que pudiera controlar. Y, sobre todo, no estaba segura de que fuera a ser un gesto bienvenido.

¿Besar a Alex? Sería una locura; seguramente él la rechazaría y solo haría el ridículo.

Se ratificó en pisar tierra firme y le atacó esperando que su voz sonara juguetona y no delatara su exaltación.

—En todo caso y por la actitud posesiva de todas ellas, pareces el partido de la temporada. Apostaría a que antes de julio estarás casado. Vas a tener a las damas casaderas haciendo cola. —Lo escuchó resoplar y se animó—. Los padres subirán las dotes y las harán públicas, incluso; las madres lucirán sus alhajas en cada baile para que puedas conocer las riquezas que sus hijas aportarán al joyero de los Saint-Jones; las jóvenes se pavonearán de sus amistades... Podrás elegir a la que más te convenga.

—¿Podré? —preguntó con cinismo.

—Sabes que podrás. Estoy pensando hacerte prometer que me consultarás sobre tu elegida antes de pedir a sus padres que te la entreguen, para evitar que buscando un matrimonio conveniente te cases con una joven inconveniente...

—Hay algo que ninguna de esas chismosas ha sabido ver, pero que creí que tú sí habrías entendido hacía tiempo.

Lo miró alzando las cejas, curiosa.

—Y es...

—Permíteme ser franco, aun a riesgo de parecer engreído. —Él nunca parecería engreído, pensó ella; no sabía presumir sobre sí mismo—. Voy a ser duque. Tengo una fortuna más que considerable y bien diversificada, con lo que difícilmente me arruinaré. Kit ha tenido este año un hijo varón, lo que alivia la preocupación por una descendencia inmediata. No tengo aspiraciones políticas y tú has visto la relación que mantengo con el príncipe Alberto, por lo que no necesito contactos sociales.

Entendió, pero necesitaba oírselo decir. No sabía por qué ni quería analizarlo, pero tenía que escucharlo de su boca.

Alexander supo que lo había comprendido. Lo vio en el alivio de sus ojos y algo de esperanza se filtró en su corazón sin permiso.

—Lo que significa, ¿qué?

—Lo que significa, mi querida May, que no necesito un matrimonio de conveniencia porque ya tengo lo que a todo hombre conviene.

Le encantó que se refiriera a ella como su querida May. Después de haberse sentido rebajada fue un bálsamo para su ego. Y una caricia en su pecho.

—¿Lo que implica que no te casarás? —medio bromeó.

Alex le pellizcó la nariz divertido.

—Lo que implica que me casaré. Pero con quien quiera y no con quien deba, lady Desdén. —Y su mirada se tornó seria tras la broma—. Me casaré con quien convenga a mi corazón.

Y sin dejar que le respondiera, pues no quería alargar la conversación dado que no confiaba en sí mismo y ya había dicho más de lo que correspondía, tiró de su mano para devolverla al grupo que seguro les estaría buscando.

Llegaron hasta ellos bromeando, de magnífico humor, y pasaron las dos siguientes horas atentos el uno al otro, hablándose con los ojos, riéndose en cierto modo de los comentarios elitistas de las jóvenes y de las bravuconadas de los caballeros para impresionarlas.

A pesar del tiempo que habían estado separados, se dijo May mucho más tarde, seguían entendiéndose con una mirada o un gesto.

Pero el tiempo que llevaban separados, reflexionaría después en la soledad de su alcoba, había añadido algo más a su relación, y negarlo más tiempo era absurdo: su cuerpo deseaba a Alex.

Lo deseaba como nunca había deseado la cercanía de ningún otro hombre.

10

Un miércoles sin Almack's no era un miércoles para la mayoría de la alta sociedad que se instalaba en Londres para la temporada. Y aquel era además el primer miércoles que abría sus puertas. No todas las debutantes estarían allí, cierto, y de las afortunadas habría que ver quiénes podían bailar un vals..., pero era miércoles y los miércoles eran sinónimo de las mejores galas para las damas, una cena más bien pobre, apenas alcohol y por ende abstinencia para los caballeros.

Pero también encarnaban música, bailes, cotilleos y ajetreo social. Almack's parecía pretender contener lo mejor y lo peor de la alta sociedad en pequeños frascos de esencia.

Y May había vivido esa misma paradoja durante sus años de juventud: aborreció tanto como disfrutó de sus veladas allí. Aquella noche, a pesar del tiempo transcurrido desde su última vez, no era una excepción.

Sonaba la melodía de nuevo tras un momento de respiro. Había bailado una contradanza y una polca y se había reservado el siguiente para ella sola; para pensar, para dejarse llevar, para evadirse de la realidad que la agobiaba e imaginar como antaño los matrimonios más disparatados entre los presentes. Después sonaría un vals y aunque resultara una frivolidad se había permitido la debilidad de no bailarlo por más que le gustara y quedarse a un lado de la pista para deleitarse escuchando sus acordes. Su último vals había sido con Alex. Como lo fuera el primero. Y de momento quería que así fuera y se regalaba el capricho sin darle más importancia.

Sonrió a la señora Hobster, quien había ido junto a una sobrina que debutó el año anterior, y subió a la primera planta donde caballeros en su mayoría y algunas damas jugaban a las cartas. No le gustaban los naipes ni las apuestas; o no arriesgar al azar en juegos que tenían una parte de habilidad y un enorme factor de suerte, y que eran, en fin, una debilidad: allí se habían dilapidado fortunas. Los hermanos Fox perdieron treinta y dos mil libras en tres noches consecutivas, lo que prácticamente los llevó a la ruina. Aquella era una de las grandes leyendas del club que nadie parecía querer recordar.

Suspiró y volvió a bajar tomando en cambio el sentido contrario al salón. Dio un paseo por la sala de los refrigerios y al final se acercó al tocador de las damas, aburrida, a lavarse la cara y repasarse el peinado.

Una joven le ofreció jabón y un paño de lino para secarse. Con un escueto gracias que sorprendió a la doncella se volvió hacia el enorme espejo y comenzó a retocarse algunas horquillas, cuando escuchó voces.

Alarmada, poco proclive a sociabilizar con nadie, hizo un gesto de silencio a la muchacha que le fue correspondido con una sonrisa cómplice y se ocultó tras la cortinilla del último excusado.

Como hiciera ella, un grupo de damas entraron también a asearse, supuso.

—¿Le habéis visto? Es el hombre más apuesto de todo Londres.

A May le faltó poco para resoplar en voz alta ante la voz soñadora de la jovencita. Debutantes, eran todas ellas impresionables. La mayoría no había visto a media docena de caballeros que no fueran de la nobleza rural y en el momento en que veían a un dandi caían rendidas a sus pies.

—De toda Inglaterra, diría yo.

Exactamente como había predicho, se reafirmó. Otra jovencita en su primer año, sin duda.

—Y no solo es apuesto. Posee además fortuna, título e influencias.

Vaya, si así era habría que hacer el esfuerzo y conocer al caballero más apuesto de Inglaterra, ironizó.

—¿A qué habrá venido? Es cierto que ha comenzado la temporada, pero no deja de sorprender encontrarlo aquí.

Al menos no eran debutantes cabezas huecas y sabían en qué fechas estaban. Se amonestó por su sarcasmo. También ella había comenzado en su primera temporada y había seguido las reglas del juego. Casi siempre.

—¿En Almack's? Esta noche es miércoles, ¿dónde más podría estar?

—Nadie viene a Almack's sin un propósito.

Se tragó una pequeña carcajada. Que se lo dijeran a ella. Hubiera preferido estar en cualquier otro lugar y no en aquel dichoso club.

—Entonces es obvio que busca esposa.

Quien fuera, sabía sumar dos y dos. Y el dandi en cuestión iba a sufrir la aritmética de las debutantes y sus madres, se regocijó.

—¿Y viene aquí la primera noche, cuando todavía no han sido invitadas todas las jóvenes casaderas? Las Patronas del Club tardarán todavía algunas semanas en hacer entrega de las invitaciones a todos los que merezcan venir aquí.

Las risitas de engreimiento la irritaron. Las presentes habían sido elegidas primero y eran por tanto tan elitistas como quienes regentaban el club. Ella nunca sufrió la discriminación de ninguna familia de Inglaterra: la suya era intachable. Pero había observado a otras jóvenes menos afortunadas y las había visto sufrir.

—Quizá ya sabe qué está buscando. O a quién.

Un coro de expectación se dejó escuchar e imaginó a cada una de ellas creyéndose la elegida. Si era cierto, podía ser cualquiera de aquellas jóvenes. Pero solo una sería la afortunada, una y el resto sufriría una decepción, lo que en cierto modo le pareció de justicia. Otra opción, claro, era partir al dandi en pedacitos...

—Por fin el marqués de Wilerbrough se decide a hacer lo que de él se espera.

¡¡¿¿Alex??!! ¿El hombre más apuesto de toda Inglaterra, que además tenía título, fortuna e influencias y que hacía suspirar a todas las debutantes era Alex? ¿El que quizá deberían partirse en trocitos? ¿Y podía saberse qué narices hacía él en Almack's aquel miércoles? Y para colmo no cualquier miércoles, sino el primer miércoles que abría, cuando faltaban la mitad de las jóvenes que atestarían el salón en apenas tres o cuatro semanas. ¿Es que había perdido el juicio, acaso?

—Se dice que Su Majestad la reina Victoria quiere casarle con una de las Hannover.

—¿Cuántas Hannover hay? —se burló una joven y rio el resto.

«Demasiadas», respondió para sí ella, que seguía oculta tras la cortina.

—Lord Alexander Saint-Jones debería casarse con una dama inglesa, no con una extranjera.

Desde luego que sí, las apoyó en silencio, aplaudiendo su primer comentario inteligente. Alex no necesitaba una mujer con aires de realeza y sangre bávara fría como la nieve. Necesitaba una mujer con brío y que supiera zarandearle hasta sacarlo de sus casillas, que pudiera apartarlo si no de la rectitud, pues era un gran hombre, sí de la seriedad que lo envolvía. Alex necesitaba luz en su vida, risas, color. Y dudaba que una Hannover pudiera darle siquiera una de las tres cosas.

Prefirió obviar que su abuela materna era prusiana y que por sus venas corría una cuarta parte de esa sangre fría como la nieve.

No venía al caso.

Por un momento se dijo que Alex necesitaba una mujer como ella, pero la idea se desvaneció de su mente tal y como se coló en ella sin permiso. Por desafortunada. Por ridícula. Por impertinente. Porque no correspondía. ¿Alex y ella? ¿Ella... y Alex? Se pasarían el día discutiendo, no funcionaría. Las noches, sin embargo...

Fue una suerte que las jóvenes continuaran su charla deteniendo sus pensamientos.

—Sea como fuere, es obvio que está pensando en matrimonio. Hasta el día de hoy nunca había puesto un pie en este club.

¿Su primera vez en la tienda de matrimonios más grande de Inglaterra? Era como ir a Tattersalls, pero a comprar una esposa en lugar de un purasangre. Y lo hacía aquel miércoles precisamente.

¡Qué falta de discreción por su parte!, se enfadó. Alex debía ser un poco más circunspecto, por el amor de Dios. ¿O es que quería estar en boca de todos? Tal vez era eso, tal vez quería que se conocieran sus intenciones.

Si así era tendría a todas las matronas persiguiéndole para presentarle a sus hijas, y a todas las jóvenes buscándole con cualquier pretexto. Incluso no tan jóvenes pretenderían su compañía. Y no casaderas, es decir viudas y casadas, buscarían de él otro tipo de compañía.

Debía reírse, pues le esperaba una temporada dura. A Alex no le gustaba el exceso de atención; pero lo cierto es que saber que iba a ser prácticamente perseguido por una horda de mujeres no le hacía ninguna gracia.

Ninguna.

—En la celebración por el regreso de la hija mayor de los Woodward acudió únicamente a bailar con lady May. Fue un episodio cuanto menos excepcional.

Sonrió con engreimiento. Así había sido. Y como

bien le había dicho el propio Alex eso era algo que no debía hacerse, algo casi inexcusable para un caballero. Al parecer otros lo habían notado.

Y también otras.

—¿Qué se supone que significa eso, Anne?

La tal Anne pareció cohibirse ante el tono imperativo de quien preguntaba. Así que no les gustaba cómo la había favorecido Alex, o para ellas el marqués de Wilerbrough... Pues que se fueran acostumbrando, declaró ufana para sí.

—Estaba invitada. Y mientras bailaban tuve la sensación de que algo había entre ellos. Algo como...

—Se conocen desde hace años —la interrumpió simulando exasperación. Pero pudo escuchar cómo cierto temor se filtraba en su voz—. Lo único que pudiste ver fue la complicidad de una vieja amistad de quienes son prácticamente primos. Te cegaron los celos. Se les considera familia. *Ellos* se consideran familia.

«¡Y un cuerno!», se dijo. La noche anterior había reconocido que lo deseaba, así que no callaría ahora. Aunque solo se lo dijera a sí misma. Y él..., él tampoco actuaba como si fueran primos, ¡qué demonios!

Así que ¡y un cuerno familia!, repitió con más fuerza aún en el mismo silencio.

—Hace años que no se ven —replicó otra.

—¿Y qué importa eso?

—De veras que vi algo más. Era como si... como si...

«Como si solo existiéramos él y yo y el resto del salón se hubiera desvanecido. Como si cada roce fuera una caricia. Como si nuestros cuerpos se buscaran y se movieran al unísono sin necesidad de marcar ningún paso.

Como si con una mirada nos lo dijéramos todo. Como si nos reconociéramos de nuevo y no nos hubiéramos conocido nunca. Como si el deseo hubiera existido siempre y no hubiera aflorado hasta aquella noche.»

Se sonrojó al especificar todo lo que había sentido durante unos preciosos compases. Sabía que lo deseaba, pero por primera vez asumía la intensidad de dicho deseo.

—No podía ser «como si algo» porque no es posible. Aunque sea poco educado seamos honestas: May Woodward tiene, ¿cuántos?, ¿veintiséis años? Es vieja para un matrimonio, y ningún hombre en su sano juicio la querrá como esposa. O no un hombre que no tenga ya descendencia y requiriera de herederos. Qué hace en Almack's hoy, además del ridículo, es cosa suya, pero el marqués no ha venido por ella y eso es tan obvio como que el día es día y la noche es noche. Lady May es inofensiva en lo que a Wilerbrough se refiere, podéis creerme. Y tal vez me tachéis de cruel, pero no digo en voz alta nada que no estuvierais pensando todas en voz baja o que no nos hayan explicado desde niñas nuestras madres. —El silencio que recibió le confirmó que así era. Quien callaba, otorgaba—. Y ahora mejor regresemos. En breve comenzará el vals.

También May hubiera podido darle la razón si no hubiera sido por un «pequeño» detalle: ¿inofensiva?, ¿ella inofensiva? Nadie había tildado jamás de inofensiva a lady May Johanna Woodward. ¿Cómo se atrevían a decir que ella no era un peligro para Alex? Su orgullo se revolvió y la furia latió descontrolada y creció a cada paso que daba hacia el salón, tras ellas, guardando las distancias, temerosa de acercarse en exceso y dejarse llevar y dar el mejor miércoles de apertura de Almack's que se pudiera recordar en décadas.

Malditas debutantes. Merecían una lección y sería la «inofensiva» May quien la impartiera.

Alexander no se había planteado siquiera qué esperar de Almack's, pero desde luego no le parecía el lugar terrorífico del que muchos caballeros hablaban a veces en serio, a veces solo medio en broma. Sí, al entrar, muchas madres le habían observado con curiosidad, y algunas madres sin hijas solteras, con otra clase de indagación tan obvia que se había revuelto incómodo ante sus miradas. Una vieja amiga de la familia se había acercado a saludarle y había ejercido de perfecta maestra de ceremonias presentándole a media docena de damas que se encargaron de que en apenas quince minutos conociera a todas las jóvenes casaderas que en aquel momento no bailaban. Definitivamente Almack's era un mercado tan eficiente como la Bolsa de Wall Street en Nueva York, se dijo irónico.

Se lo merecía, se reprendió, por haber acudido allí sin ninguna razón. ¿Qué diablos se proponía asistiendo el primer miércoles de la temporada a aquel club? Apenas habría debutantes. Y ese era, se burló de sí mismo, el motivo de su visita. Si eran pocas las debutantes acapararían la atención de muchos. Y May era una de ellas.

¿A quién quería engañar? Su propósito era mendigar un vals. Pero no iba a cosechar demasiado éxito, al parecer, pues todavía no la había localizado. No es que le hubiera confirmado nadie que fuera a acudir, pero si había prometido a Woodward tomarse aquella temporada como tal, allí estaría. May era una mujer de palabra.

Y no obstante no la veía. Dudaba que estuviera en otra planta y afuera lloviznaba, así que difícilmente estaría en alguna terraza, dando por sentado que los enormes ventanales del fondo daban a algún patio o mirador.

Vio regresar al salón a un grupo de jovencitas que habían desaparecido tras la última danza y estuvo tentado de marcharse. Había esquivado con cierta gracia a las damas que ya le habían presentado y a sus carnés de baile también, pero sospechaba que ahora difícilmente lo lograría. Un caballero acudía a Almack's a bailar. Y Alexander estaba dispuesto a practicar cuadrillas, polcas y contradanzas con otras mujeres si para ello podía tener a May entre sus brazos durante los acordes de un vals, que era lo que sonaría en apenas dos minutos. En caso contrario...

Entonces la vio. Su mirada, o tal vez su corazón, parecían saber siempre dónde dirigirse para encontrarla. Salía tras las muchachas, algo rezagada. El rostro de Alexander se mostró impasible, pero por dentro se dejó hechizar por su preciosa melena que aun recogida llamaba la atención, por su porte, por sus ojos... Alzó las cejas preocupado cuando los vio, dado lo que estos reflejaban. Estaba enfadada. Y mucho. Si no hubiese estado tan atento a ella no se hubiera percatado, tan hermética era. Pero él siempre estaba pendiente de cada detalle de May.

Quien no la conociera diría que estaba concentrada,

pero no era eso. Estaba iracunda. No lo revelaba el rictus de su boca, pues sus labios llenos difícilmente podían convertir este en severo; ni su mirada, que penetrante, gélida o intensa, no tenía por qué significar rabia si no se la conocía bien; era su pose. Si bien sus ojos se lo habían advertido, su cuerpo tenso la delataba. A pesar de que tenía una elegancia innata que hacía que sus manos se mantuvieran laxas a la altura correcta y que su espalda recta y sus hombros apenas echados atrás no revelaran su estado de ánimo y reflejaran siempre serenidad, Alexander sabía leer en su cuerpo, y había algo en aquel momento en su postura que impelía a salir huyendo. May estaba encolerizada. Y mucho. Y..., un momento... La volvió a mirar con especial atención. Parecía estar furiosa con él.

¿Con él? ¿Por qué con él? Se suponía que no había hecho nada, pero en cuanto sus miradas se habían cruzado, había asentido con firmeza y se dirigía hacia donde se encontraba con paso firme. ¿Acaso había ocurrido algo que no supiera? Lo dudaba, se lo hubiera hecho saber. O quizá pretendía decírselo ahora. Pero no había hecho nada para molestarla. Y estaba más que molesta. Estaba muy, muy enfadada, podía confirmar sin temor a equivocarse. Cuando lo miraba a él y a nadie más, el velo de cordialidad social caía para Alexander y leía en ella como un libro abierto.

Si no fuera porque tres días eran poco tiempo y temía ilusionarse, diría incluso que sus sentimientos estaban cambiando a tenor de las reacciones que...

Ahora, se reconvino regresando al presente, tenía un asunto urgente que resolver. Uno que se le venía encima. La observó con fijeza, sosteniéndole la mirada con intensidad. Sí, a ojos de otros sonreiría y se acercaría a él con pasos gráciles. Pero no, era como un tren e iba directa a él.

—Alex. —Su voz sonó zalamera, lo que lo puso más en guardia si es que era posible.

—Buenas noches, May —le dijo con voz suave, cauta.

Le ofreció la mejilla de piel inmaculada. ¿Le estaba pidiendo un beso? ¿En Almack's? ¿Qué demonios...? No lo dudó. Bajó la cabeza y la rozó apenas con la boca en un toque que procuró pareciera impersonal. Sus labios la acariciaron aun de lejos y su cuerpo protestó por la contención, pero no iba a dejarla en ridículo no besándola ni a dejarse él en ridículo dándole un beso tierno, íntimo, conmovido, o como fuera si se acercaba demasiado a su piel satinada.

—Alex, van a interpretar un vals. —Sonreía, pero su voz no era risueña—. ¿Lo tienes reservado? ¿No? ¿Lo bailarías conmigo entonces, por favor?

Alexander tardó unos segundos en salir de su aturdimiento y comenzar a atar cabos. May regresaba enfadada a la sala de donde fuera, acudía a él como en teoría no debía hacer, le reclamaba un beso que tampoco era adecuado a pesar de su consolidada y reconocida amistad, y le pedía un vals.

Se confesaba un ignorante en lo que al funcionamiento de la mente femenina se refería, y un valiente por reconocerlo aun ante sí mismo. Pero como fuera, May quería ser agasajada, así que fue él quien hizo una quizás un poco exagerada reverencia y le pidió aquel baile a ojos de todos los presentes, y fue también él quien la llevó a la pista para delicioso espectáculo de las matronas y envidia de las jóvenes.

—¿Estás bien? —le susurró ya en el centro del salón, a la espera de que los músicos tomaran sus instrumentos.

—Solo enfadada.

May no quería pensar. Prefería precipitarse como había hecho y pedir un baile... un baile y algo más... y arrepentirse después si era necesario. Así que habló olvidando toda prudencia.

—Y un detalle más, Alex.

—¿Sí? —Su tono le advirtió que tal «detalle» probablemente no lo sería.

No erró.

—¿Crees que podrías bailar conmigo como si yo te resultara fascinante y no hubiera otra mujer para ti en el salón?

Por suerte para Alexander ella no lo miró a los ojos mientras le preguntaba. Hubiera leído la respuesta en su mirada que por una vez reflejó todo el amor que sentía por May y que tantos años había guardado solo para sí.

Pero la dama sabía del rubor tiñéndole las mejillas y de su exceso, y la vergüenza la superaba. Bendito Alex que aceptaba sus demandas sin cuestionarlas.

Alexander bajó la vista, la vio arrebolada y apartó también él la mirada agradeciendo que ella no hubiera podido leer en la suya. Nervioso como aquella primera noche tantos años atrás cuando bailaron por primera vez, tomó su mano con suavidad sabiendo que no era del todo firme y con la misma delicadeza le respondió justo antes de que la música comenzara.

—Tal vez durante un vals sí podría olvidar al resto de mujeres de esta sala y sentirme hechizado por ti, May, y solo por ti. —A ella le pareció oírle suspirar, pero no se atrevió a mirarle, aterrada de que descubriera el remolino de sentimientos y sensaciones que sus palabras le habían provocado—. Creo que sí podré hacerlo —le susurró con la voz enronquecida.

Y sonó la música y entonces sí, se miraron y se dejaron llevar. Y una vez sus miradas se encontraron ya no pudieron despegarse sus pupilas.

A la mañana siguiente en muchas salitas matutinas se habló de cómo todos los presentes aquella noche en Almack's pudieron ver al marqués de Wilerbrough bailando con la hija de los marqueses de Woodward, absortos el uno en el otro hasta tal punto de parecer no recordar dónde se encontraban, pues aunque no traspasaron los términos del decoro sí los llevaron al límite acercándose hasta rozarse, robándose caricias cuando cambiaban de mano en los pasos o al tomarse del cuello o la cintura, la forma en que él la sostenía entre sus brazos y cómo ella se dejaba tomar... y sus miradas.

Cualquiera hubiera dicho que se creían solos en el salón y que habían olvidado al resto, tan intensamente se contemplaban el uno al otro.

11

Camps preguntó si necesitaban algo más, indicó con la cabeza al lacayo que saliera, se despidió y se fue también él dejando que las cuatro damas disfrutaran de la comida a solas. A tal efecto se había preparado un bufé en una mesa lateral. Serían ellas quienes se sirvieran en función de los caprichos de sus apetitos.

Era poco habitual ese tipo de almuerzos; solo el desayuno era informal y aun así se contaba siempre con al menos un camarero. Pero a la duquesa de Stanfort, la marquesa de Woodward y la condesa de Westin las unía una amistad inquebrantable y de largos años y preferían la intimidad a la escrupulosidad protocolaria.

May estaba más que complacida. Idolatraba a sus tías. Ninguna de las dos lo era en realidad, pero las llamaba así desde siempre. En casa de la condesa de Westin, Nicole Illingsworth, había pasado muchos de los veranos de su niñez; la duquesa de Stanfort, Judith Saint-Jones, era la madre de Alex y tal vez por eso tenía una especial afinidad con ella.

Antes de marcharse a Nueva York había podido disfrutar de algunas charlas con ellas; al parecer ahora podría convertirse en una asidua.

La admiración que sentía tanto por ellas como por su madre se fundamentaba en que cada una a su manera había logrado ser feliz y encontrar su lugar sin dejar de ser quienes eran. Si fuera justa hubiera considerado la posibilidad de que otras damas pudieran, en una intimidad a la que May no estaba invitada, departir sobre otras cosas que no fueran moda, esposo e hijos, y chismes; pero no pretendía ser ecuánime y dudaba además de que existieran muchas mujeres como su madre y sus amigas.

Porque si así fuera su mundo sería bastante más sencillo.

Aspiraba a ser como ellas, a integrarse en una sociedad estricta sin que esta la cambiara, y una parte de sí hubiera deseado encontrar una pareja que la complementase, que la hiciera mejor, un esposo como el que ellas tenían. Sin embargo el destino parecía querer negárselo. Confiaba al menos en ser feliz.

—¿Estás escribiendo algo ahora, May? —Fue Judith, la madre de Alex, quien le preguntó.

No solía hablar sobre lo que tenía en la mesa ni en general sobre sus publicaciones, no le gustaba, pues en cierto modo le avergonzaba. Tenía la sensación de que se la sobrevaloraba. Pero allí se sentía tan cómoda como en el escritorio de su casa.

—Terminé una novela poco antes de dejar América. En estos momentos está siendo valorada por la editorial.

Sonrieron todas y miraron a su madre, que sería quien decidiera si cumplía o no los estándares de calidad necesarios para ser impresa.

—Sabes que será publicada, cariño.

—Primera noticia. —Compuso un gesto divertido mirando a las otras dos damas.

—Según tu madre —Nicole le respondió con la voz a rebosar de orgullo—, las ventas en Estados Unidos han superado las expectativas y has firmado para que sean distribuidas también allí tus próximas tres novelas.

—¡Mamá! —le suplicó sonrosada.

No debía presumir de ella, no era correcto.

—No es de ti de quien se jacta —la tranquilizó Judith jugando a avergonzar a su gran amiga la marquesa—, sino de la capacidad de su editorial para poner en negro sobre blanco a las mejores escritoras.

Sonrieron de nuevo y April enrojeció también.

—Pero es cierto —la defendió ella presta, aun conociendo la broma. No podía evitar ser vanidosa respecto del valiente trabajo de su madre y de la infinita comprensión y apoyo de su padre—. Es una editorial pequeña. Fue creada con la idea de dar voz a las mujeres que tenían algo que contar y no gozaban de una porque nadie se la prestaba. Y ha logrado que grandes historias vean la luz.

—Como las tuyas, cariño.

—¡Mamá! —la exhortó de nuevo.

Fue Nicole quien decidió romper la incomodidad y hacer de su adalid, por más que la estuviera disfrutando.

—¿Así que fue eso lo que te retuvo en Nueva York?, ¿las musas? Porque primero te esperábamos para mediados del pasado año, y después para enero del presente. Y al final no has llegado hasta marzo.

Suspiró. No sabía qué decir y nadie le había hecho esa pregunta hasta ese momento precisamente porque sabían que desconocía la respuesta. Pero su tía estaba menos informada y sabía poner el dedo en la llaga con suavidad para no abrir heridas.

Podía contestar que sí y la cuestión sería apartada. Se descubrió en cambio respondiendo sin estar segura de qué decir, pero sabiendo con seguridad qué callar.

—No sé qué me hizo quedarme. Lo cierto es que deseaba volver. Y las Navidades fueron desoladoras lejos de los míos, de todos vosotros. —Brotó un gesto triste en sus labios mientras recordaba; divagaba con ellas allí y las otras le permitían, manteniéndose en silencio, pensar en voz alta—. Pero sentía que no estaba preparada para marcharme todavía. O quizá no lo estaba para regresar.

Seguía teniendo la impresión de que hubiera podido quedarse semanas y semanas y la sensación de que algo quedaba inconcluso la hubiera impulsado a postergar su marcha. Pero en el barco de vuelta supo que lo que fuera había acabado y lo que se le había hecho difícil y todavía le costaba comprender era cómo había podido confundirse tanto. Asumir su equivocación y los actos que esta le invitó a hacer había sido menos complicado de aceptar. Entender qué le llevó a tamaño error de juicio, cómo pudo haber estado tan ciega, todavía continuaba martilleándole el corazón y la cabeza por igual.

Trataba aún de desenmarañar la culpabilidad del dolor y la melancolía para dejar solo el amargo recuerdo y su pequeña gran moraleja. Y Alex y su cercanía estaban ayudando mucho.

«Alex», suspiró su cabeza al tiempo que su pulso se aceleraba.

Las tres damas la dejaron pensar un tiempo, pero al ver que no continuaba e intuyendo que no zanjaba la conversación porque trataba de darse a sí misma una respuesta que todavía no conocía, presionaron un poco más.

—¿Quizás esperabas algo? —Se pausó la voz de Judith antes de apostillar—: ¿O a alguien?

Parecía saber de quién hablaba pero no le importó. No sintió tristeza como apenas tres semanas antes. Solo la nostalgia de algo perdido.

Finalmente parecía avanzar, se felicitó. Y lo hacía aunque fuera porque otro hombre parecía haberse cruzado en su camino. No cualquier hombre, se corrigió al punto, sino Alex. Como fuera, lo malo parecía quedarse atrás y al fin soltaba lastres. El futuro se resolvería en su momento, acelerarlo era una quimera imposible; pero con la lección aprendida sería más cauta y se protegería mejor si el amor se atrevía a querer conquistar su corazón endurecido.

—¿Alguien? —inquirió Nicole mirando a su cuñada.

Fue ella quien le aclaró el comentario de la duquesa.

—Se refieren a Matthew, tía.

Calló esta y su madre la miró pidiéndole permiso para explicarse. Le gustó que ni a sus amigas más íntimas les hubiera revelado el contenido de sus cartas.

Pero si así había sido, se dijo, ¿cómo lo sabía su tía Judith?

—El señor Matthew Atwik es el subdirector de la editorial americana. Y fue también un buen amigo para May.

—Un buen amigo —repitió Nicole, mirándola a ella ahora.

Suspiró de nuevo y sonrió sintiéndose una necia, pero nada más; las heridas parecían más cicatrizadas que nunca. Matthew solo había sido un espejismo, un error que perdonarse.

—Sí, un buen amigo. Uno que durante un tiempo creí que podría ser algo más y finalmente no fue así.

—Si no supo ver la maravillosa mujer que hay en ti, no te merecía —dijo Judith enfadada.

Soltó una ligera carcajada, no lo pudo evitar. ¿Dónde estaba el femenino «oh, querida, cuánto lo lamento»? Su risa fue coreada por otras tantas.

—Vio la clase de mujer que era. —La voz de su madre era desafiante y no era a la dama a quien retaba—. Desde luego que la vio.

—Y ese debió de ser su problema, ¿me equivoco? —La beligerancia en la voz de su tía Nicole fue acorde a la de las otras dos—. Conoció a la verdadera May y supo que no sabría estar a su altura.

La condesa alzó las cejas y miró a April en busca de confirmación.

—Así fue, me temo.

—Bien. Diré algo en su favor: tuvo la decencia de saberse inferior y desaparecer antes de que tú le echaras. Así que —alzó su copa— brindemos por el inepto y desaventajado señor Atwik.

Brindaron y rieron y May deseó haber regresado

antes para compartir con ellas su angustia. Y quiso con más fuerza que nunca poder formar parte de aquel pequeño círculo donde siempre se había sabido protegida y, desde ahora, sabía que se sentiría acogida también.

—En todo caso, mejor entender que no estaba a tu altura antes de que fuera demasiado tarde, cariño. Siempre es mejor antes que después.

La voz de Nicole fue ahora más suave aunque no compasiva.

«Si supierais hasta qué punto comparto esa frase», quiso explicarles. Pero no podía hacerlo. Había cosas que eran tan íntimas que no podían contarse. Y «después de» podía ser tan relativo...

Si alguna vez sentía la necesidad de descargarse la conciencia o buscaba consejo, se repitió como tantas otras veces, Alex siempre estaría allí. Tal vez la juzgara, pero antes o después la perdonaría.

Se levantó para servirse un poco más de trucha.

—Alexander estaba seguro de que te casarías —comentó Judith en tono ligero, sin darle importancia.

Algo en cambio se revolvió en May. Se volvió a mirarla algo exaltada.

—¿Tu hijo te dijo que me casaría?

Maldito... No sabía si enfadarse o echarse a reír.

La duquesa dudó.

—Le pregunté por ti una de las veces que recibió una carta tuya y mencionó que te casarías. No —rectificó—, sus palabras exactas fueron, de hecho, «desde este lado del Atlántico se escuchan las campanas tañendo a boda». No comentó más, pero pensé que... Bueno, y ahora...

—No, no —se apresuró a tranquilizarla—. No estaba acusando a Alex de indiscreto.

—Sería una novedad que no acusaras a Alexander de nada, May. —Nicole hizo reír a las otras dos.

—¡Tía! No siempre me meto con él.

—¿No? —Sonrió su madre.

—No —se defendió—. En todo caso, Judith, me ha asombrado que precisamente él creyera que iba a desposarme.

Aunque no sabía qué le sorprendía. Hacía tiempo que sabía que la conocía mejor que nadie.

—Alexander pretende que subas al altar desde que tenéis uso de razón.

—No estoy segura de que hayan tenido jamás uso de razón; no el uno con el otro.

—En todo caso, lleva años diciéndole que se case de una buena vez.

—Y que tenga diez hijos.

—¿Diez?

—¿No conocías esa parte? Pues sí, diez como mínimo. Y que la primera sea una niña a la que llamar June.

Nicole rompió a reír de una forma tan espontánea y profunda que las contagió y estuvieron carcajeándose durante un buen rato.

Aquella fue la tónica durante el almuerzo, que se prolongaría hasta la hora del té.

—¿Cómo está resultando tu cortejo a la hija de Woodward, hijo?

Se atragantó. Acababa de dejar la taza de té sobre el

platillo y se atragantó con la infusión que todavía no había tragado.

—¡Papá! —dijo en cuanto se repuso.

—¿Qué? —simuló sorpresa alzando una ceja, pero su mirada era jocosa.

Se resignó.

Habían pasado la mañana juntos discutiendo un proyecto de ley. Alexander, como heredero, no tenía un sillón en la Cámara de los Lores ni tampoco un interés específico en la política, pero al igual que su padre sí sentía una enorme responsabilidad por la marcha de su país y estaba al día de la agenda de ambas Cámaras y de todas las propuestas que en ellas se generaban o debatían, así como de los cambios jurídicos más significativos.

Su madre había entrado a despedirse antes de irse a comer a casa de los Woodward seguida del viejo Tunewood, que les sirvió un almuerzo frío que habían picoteado mientras departían sobre la nueva política fiscal.

Habían terminado hacía menos de cuarenta minutos, a la hora del té. Así que de nuevo Tunewood había entrado sin ser requerido con el primer lacayo y habían colocado sendos servicios y dos diarios de la tarde.

Alexander y James nunca compartían la prensa. La duquesa solía burlarse de ellos y los tachaba de poco británicos.

—¿Y bien?

—¡Papá! —repitió.

—De acuerdo. —Alexander respiró más tranquilo. No le apetecía dar explicaciones—. ¿Y bien?

Maldito fuera.

—No vas a dejarme en paz, ¿no es cierto? —La sonrisa que recibió le dio la respuesta. Recordó lo que creyó escuchar mientras cerraba la puerta del estudio de Woodward y se lo temió—: ¿Acaso habéis apostado? ¡¡Papá!!

Una risotada acompañó una palmada cariñosa en el hombro.

—Todos hemos apostado por ti, Alexander. La pregunta es cuántas veces tendrás que pedírselo.

—Eso no me consuela ni me anima —refunfuñó. Vio a su padre dejar el diario sobre la mesa y mirarle con más seriedad.

—¿Te he contado alguna vez cuántas veces tuve que pedírselo yo a tu madre?

¿Cómo? ¿Insinuaba que su madre le había rechazado alguna vez?

—¿Mamá te...? No te creo.

—Tu madre... —Y le contó con una sonrisa de nostalgia cómo se casó con su duquesa—. Pensé en secuestrarla —terminó, bromeando, sabiendo que su voz había sonado tan romántica como su historia de amor lo había sido.

—¿De veras?

Podía creer cualquier cosa después de lo que había escuchado. ¿Su madre no había tenido intención de casarse con su padre, pretendiendo solo un romance? ¿Su propia madre?

—No seriamente. —Negó con una sonrisa sesgada—: Pero a tu tío Richard sí le pareció una buena idea.

Rieron ambos y Alexander se relajó por completo.

—¿Quieres contarme cómo va tu romance?

—¿Honestamente?

—Por favor.

—No tengo ni la más remota idea. Sé que entre nosotros ya no es como antes. Cuando estamos juntos... ahora...

El gesto de su padre se tornó adusto.

—Si vas a hablar de deseo te advierto que no comparto el punto de vista de Woodward...

—¿Quieres saber o no quieres saber? —le respondió con fastidio, cierto reto en su voz.

No era un crío y no le permitiría que le tratara como tal. Aunque desde luego no le hablaría de deseo. ¡Era su padre, por el amor de Dios!

—Dime. —James suavizó el tono, pero no relajó su ceño.

Quiso continuar, pero ¿qué diablos le explicaba? Trató de poner en orden sus ideas.

Sin éxito.

Así que expuso ideas en voz alta, sin más.

—Lo cierto es que esperaba pasar la temporada más o menos alejado de los salones contando con que también ella lo hiciera, y que sería durante el otoño cuando comenzaría a... ¿cortejarla? en cierto modo. Quería que se fuera dando cuenta poco a poco de que ya no éramos los de antes, que nuestra relación era otra y que podía ser mejor. Más completa.

—¿Pero?

—Pero se ha lanzado de lleno a la temporada —espetó de mal humor.

Su padre chasqueó la lengua.

—Lo que dices es tan cierto como que no necesitas esperar al otoño para que vea que ya no sois los jóvenes de antaño.

Alzó la vista.

—¿Qué quieres decir?

—Os vi bailar la noche de su llegada, hijo. Y no parecíais dos amigos de la niñez bailando y rememorando viejos tiempos.

La sorpresa fue tan grata como mayúscula.

—Aquella noche... No fue hasta el día siguiente que hablé con Julian y supiste... Todos supisteis de mis intenciones. —Sonó contrariado.

¿Qué habría creído ver en aquel vals? Cierto era que durante aquella pieza había notado a May distinta en su compañía. La había sentido temblar ante su contacto y hubiera jurado que había reaccionado a él como una mujer con un hombre cuando le agradaba, anhelaba incluso sus caricias.

Su padre era un hombre muy intuitivo. Quizás él sí sabría poner nombre a las reacciones de ella que no se atrevía a catalogar por temor a ilusionarse sin fundamento.

—Efectivamente, todavía no sabía cuán serias eran tus intenciones o si conocías siquiera que tu relación con ella había cambiado —le concedió—. Pero tengo dos ojos en la cara y te conozco. Tanto como Woodward a su hija. Incluso el cabeza hueca de Westin supo ver correctamente. Y como hablamos al día siguiente tras tu edificante confesión, en aquel baile hubo poco de inocente. Por fortuna, quienes no os conocen no pudieron saber que...

Dejó de escuchar.

Así que no eran imaginaciones suyas. Quiso abrazar a su padre. Sentía que May le respondía, pero que otros se lo confirmaran, otros que los conocían bien a ambos y que nada sabían de la seriedad de sus intenciones cuando lo habían intuido... Sumó al deseo de abrazar a su padre ponerse a dar brincos de alegría.

—¿Me has escuchado, Alexander?

El tono serio, casi amenazante, lo devolvió a la realidad.

—¿Disculpa?

Su padre lo miró con la arrogancia que sabía dar la edad.

—Que si otros hubieran sabido ver lo que vi yo aquella noche estaríais ya casados.

—Ya dije que...

—Y yo he apostado que te dirá que sí a la primera. —Por un momento el silencio se hizo espeso; no era un reto, era la confianza de un padre en su hijo—. Así que más te vale hacerlo bien y no como lo hiciera tu padrino Richard, que no hubo de pedirlo sino que le vino impuesto.

La alegría del momento lo volvió irreverente.

—Y también mejor que tú, quieres decir, que tuviste que arrodillarte...

Calló. La mirada que se había ganado era de órdago, pero no había podido evitarlo. Era curioso; nunca había tenido una conversación sentimental con su padre. Y, se dio cuenta, una era suficiente.

Este se puso en pie.

—Tu madre está en casa de Woodward almorzando

con April y Nicole desde hace más de tres horas. Y Woodward y Westin han quedado en Tattersalls esta tarde, así que imagino que vendrán aquí huyendo de una casa sitiada por mujeres en una hora más o menos. Hace más de dos décadas que designaron Berkeley Square como su punto de reunión y jamás han tenido la consideración de avisarme siquiera de que vendrán a importunarme. —Ni el tono seco hacía creíble la queja; eran íntimos y disfrutaban de su compañía, imprevista o no—. Lo que ha supuesto que tu madre antes de irse pidiera al servicio que preparase una cena improvisada. ¿Deseas quedarte?

Sonaba divertido y no tenía ninguna cita. Podía ir a su club, desde luego, y encontraría a sus amigos allí. O quedarse en casa leyendo. O acostarse temprano, madrugar, cabalgar hasta Berks y regresar como hacía a veces solo por el placer de estar una o dos horas en la finca familiar. Pero una cena con sus tíos y tías siempre era una delicia, a pesar de la diferencia de edad.

Le gustaba estar con ellos. Y hacía algún tiempo que ellos le hacían sentir uno más.

—Creo que sí. Sí —confirmó con seguridad—: Iré a casa, me vestiré con la ropa adecuada para cenar y regresaré a las ¿siete?

En la ciudad, y sobre todo durante la temporada, la hora de la cena se solía retrasar unas dos horas con respecto a los horarios del campo.

—Perfecto. Avisaré a Tunewood de que seremos ocho. —Y ante la pregunta que no hizo se alzó de nuevo la ceja arrogante de su padre—. Doy por sentado que May está con ellas y que será invitada también.

Y que no se negará a venir como tampoco tú lo has hecho.

Alexander se marchó sin estar ya seguro de si deseaba abrazar a su padre o boxear con él.

Pero sobre todo se marchó feliz. Aquella noche, sin esperarlo, vería a May. Y tras el vals en Almack's la expectación era mayor que nunca.

12

A las siete menos diez, acompañada de su madre, May entraba en la magnífica mansión palladiana que los Saint-Jones poseían en Berkeley Square con un pequeño nudo en el estómago. Se sentía como una jovencita inquieta frente a la idea de poder coincidir con Alex, nervios absurdos pues le había visto la noche anterior y además difícilmente coincidiría con él esa noche en casa de sus padres. Él tenía su propio espacio cerca del Palacio de Buckingham.

En Almack's, recordó, y su cuerpo vibró de nuevo, se había sentido por primera vez tranquila en sus brazos y había gozado de su cercanía, relajando su mente en lugar de analizar cada roce y cada sensación, y tratando de desenmarañar la amistad que sentía desde siempre, el enorme cariño que le tenía, para casarla con el hombre que veía ahora y que hacía que su cuerpo respondiera a su presencia con apasionamiento.

Esa noche no iba a verle, se repitió para convencerse, así que disfrutaría del sentimiento de anticipación porque era una emoción hermosa y ya en la cena gozaría de una velada agradable con sus padres y tíos.

Tras una profusión de saludos cariñosos y comentarios cruzados interrumpiéndose los unos a los otros olvidada la etiqueta, tan cómodos estaban, Judith los dirigió a una pequeña sala hasta que Tunewood anunciara que la cena estaba lista. Ofreció oporto a los presentes. Todos rehusaron.

Comenzaron las bromas entre los caballeros y las damas, atentas a cada palabra, rieron sin disimulo. Lord Richard, el conde de Westin, acostumbraba a ser el blanco de muchas de ellas, pero lejos de enfadarse las aceptaba con naturalidad.

May se preguntó si a su condesa le divertiría escuchar cómo acusaban a su esposo de tarambana cabeza hueca. Se volvió a observar a su tía Nicole y vio tanto amor en sus ojos verdes que se le cerró la garganta de emoción. Era, sin duda, la mirada de una mujer enamorada con los cinco sentidos.

Se percató entonces de que nada sabía de su historia de amor. Había memorizado la de sus padres. Y a grandes rasgos conocía también la de los duques de Stanfort: la duquesa enviudó de un americano y regresó a la finca familiar en Westin House donde se reencontró con el gran amor de su vida, James. El duque fue entonces enamorándose de ella poco a poco y, según se le había insinuado, antes de contraer matrimonio se amaron en secreto... Sonrió con tristeza. Algunas veces funcionaba; otras en cambio no era así y fracasaba y las consecuencias podían ser inasumibles.

—Pareces distraída, May. ¿Estás bien? —le preguntó Nicole en voz baja, no queriendo interrumpir las risas.

Su gesto se tornó alegre al regresar de nuevo al presente.

—Es curioso, pero justo pensaba en ti y en el tío Richard. —La mirada que recibió la invitaba a continuar—. Es sorprendente que nadie me haya hablado nunca de vuestro romance. —Los ojos verdes se volvieron interrogativos ahora—. Sé cómo se conocieron mis padres y cuáles eran las circunstancias. Conozco el embarazo... —calló; todos lo conocían y era una historia triste—. Sé también aun sin detalles del romance de James y Judith; que la duquesa estuvo siempre enamorada del duque y escogió un esposo americano para alejarse de él para siempre, pero que el destino quiso unirlos de nuevo y, fácil o no, finalmente se casaron y solo hay que verlos para saber cuán felices son.

El resto había callado y la escuchaban atentos.

—No fue sencillo, pero sí, mereció la pena —corroboró James, mas no era a May a quien miraba sino a su esposa.

Continuó casi pensando en voz alta según su costumbre.

—Sé de los duques y sé de mis padres, pero nada sé en cambio de vosotros y me extraña tanto que me parece casi insólito. Os conocéis como ellos también desde niños, ¿no es cierto? A fin de cuentas Stanfort Manor y Westin House son fincas colindantes y están a ¿cuánto?, ¿quince minutos escasos a caballo? —Le fue confirmado asintiendo con la cabeza—. ¿Cómo ocurrió?

¿Os amabais el uno al otro sin saber que era recíproco o fue algo gradual, quizá?

Nadie respondió. Vio cierto azoramiento en el conde y una mirada nostálgica en su condesa. Vio a los duques cruzarse una mirada extraña. Y cuando se volvió a su madre vio en ella una clara advertencia.

Se prolongaba el silencio. Recapacitó entonces que si no había sabido nada en tantos años tal vez era porque se le había ocultado de forma expresa. Así que iba a cambiar de conversación y obviar un tema que era evidente que incomodaba a todos cuando Nicole respondió:

—En realidad creo que no nos supimos enamorados hasta algunos meses después de habernos casado. Y la nuestra no fue una boda que decidiéramos nosotros, en realidad.

¿Qué se suponía que significaba tal revelación? ¿Los habrían forzado a casarse? Porque si era eso entendía ahora que nadie le hubiera explicado nada hasta entonces. Sin embargo, lo dudaba; le parecía excesivo, demasiado escandaloso. Se debatía entre inquirir más o callar. Su madre podía explicárselo después y no obstante si Nicole no quería que nadie, May incluida, conociera los pormenores de su romance, ella prefería respetarles y quedarse con la duda.

Parecían esperar una pregunta suya para continuar. Respiró hondo y se decidió a hablar. Tenían la confianza suficiente y también la autoridad para mandarla callar si se sobrepasada.

—¿Qué significa...?

Eligió ese instante Tunewood para entrar. Resignada se puso en pie convencida de que les llamaba a cenar. Cuál fue su sorpresa ante sus palabras.

—El marqués de Wilerbrough, milord.

Y Alex entró mientras su corazón daba un vuelco. Maldita fuera su suerte, se reprochó en un ataque de vanidad. Había pensado en ponerse el vestido de color añil, que además de estar en boga le sentaba mejor que el lavanda a rayas horizontales y verticales en un tono rosado y blanquecino que finalmente había elegido, creyendo que no necesitaría impresionar a nadie.

Y ahora que lo pensaba, ¿desde cuándo necesitaba impresionar a Alex?

—¡Alexander! No sabía que vendrías.

—Papá lo sabía. —Besó la mejilla de su madre—. Hemos terminado tarde y me ha invitado a cenar. Confío en no haberme precipitado al aceptar y que os veáis forzados a soportar mi compañía.

—Tú nunca molestarías, Alexander. —Nicole recibió un beso también.

—Siempre eres magnífica compañía. —Y April tuvo asimismo su beso.

—Tú serías incapaz de precipitarte —respondió ella airada, haciendo sonreír al resto.

—¡May! —Su madre la amonestó, aun divertida.

No supo si se quedó sin beso por condescendiente o porque a ella no le correspondía el contacto de sus labios. Se consoló recordando el de la noche anterior, tan suave como íntimo.

—Papá, Westin, Woodward.

Saludó a los caballeros y se quedó en pie detrás de su madre apoyando las manos en el respaldo de su silla.

Desde allí podía ver a May de frente. Estaba preciosa, la admiró. Como siempre.

—¿Interrumpo una conversación importante o ya estabais callados antes de que yo llegara?

El silencio se intensificó. May enrojeció sintiéndose culpable. Alexander la encontró adorable con la hermosa piel sonrosada.

Fue Nicole de nuevo quien habló.

—May quería saber sobre cómo nos comprometimos tu tío y yo.

Vio cómo la miraba. Vio cierta incredulidad y se puso a la defensiva, más aún tras sus palabras.

—¿Realmente no sabes que fueron forzados a casarse?

La noticia, aunque hubiera sido insinuada por los comentarios anteriores, la sorprendió. Pero que él lo supiera y no ella le molestó y el fastidio superó al asombro.

—Desde luego que sí. —Su voz destilaba irritación en cada sílaba—. Conozco de hecho los detalles más escabrosos del escándalo. Sencillamente me apetecía abochornarlos.

De nuevo entró Tunewood, ahora sí para pedir que lo acompañaran al comedor. Se pusieron en pie y salieron todas las parejas cogidas del brazo en el orden acostumbrado. Los duques y anfitriones delante, los marqueses detrás y cerrando el paso los condes de Westin. Se habían unido a la improvisada comitiva ellos, quienes también del brazo, tocándose apenas, les seguían.

Alexander caminó un poco más despacio para ganar distancia con el resto y poder hablar con ella sin ser escuchado.

—¿Estás bien? —le susurró sin mirarla—. En Almack's me sorprendiste con un baile y un beso. Y ahora casi me arrollas por un comentario inocente. De acuerdo, de acuerdo, no me mires así. Tal vez por un comentario no tan inocente. Me ha sorprendido que nadie te haya chismorreado que sorprendieron al tío Richard en una fiesta dentro de un pequeño estudio besando y... manoseando a la tía Nicole. Aquella misma noche se puso fecha de boda.

Estaba asombrada. Sabía de enlaces precipitados, pero jamás pensó que sus tíos...

—¿Estás bien? —le repitió.

Ni quería hablar del vals de la velada anterior ni quería hablar de su pregunta porque en parte la había hecho dado que también ella conocía a Alex desde niña y no había estado enamorada de él jamás. Ni lo estaba tampoco ahora, estaba convencida de ello; pero quería entender si el deseo podía surgir de pronto y sin permiso. En su tío James al parecer fue así. Claro que su tía Judith estuvo años en América... ¿Cómo no había valorado ese «detalle»?, se reprochó. Era muy probable que la lejanía hubiera hecho cambiar el punto de vista del duque. ¿Por qué no podía haber ocurrido lo mismo con ellos? ¿O con ella, al menos? Reencontrarse tras tanto tiempo había provocado...

—May, te he preguntado...

Se habían quedado algo rezagados. Estaban de hecho detenidos en medio del enorme corredor y Alex la miraba con extrañeza.

Cambió de tema y le preguntó por lo que le dijera la duquesa durante el almuerzo.

—¿Realmente creíste que me casaría con Matthew?

Alzó las cejas con sorpresa. No esperaba que el señor Atwik saliera a colación.

—¿Qué quieres decir?

—Que dijiste a tu madre que desde Inglaterra se escuchaba tañer las campanas anunciando el enlace.

El desgarrador sentimiento que lo embargó cuando algo en una de sus cartas le dijo que iba a perderla regresó a él con fuerza. «Sí, creí que te casarías con él y hube de reprimir durante semanas el impulso de embarcar hasta Boston y suplicarte una oportunidad.» No podía decirle algo así por más que aquel pensamiento lo hubiera angustiado hasta el punto de hacerle sentir que se estaba desangrando poco a poco.

—Es posible que comentara algo similar, no lo recuerdo. Pero sí, hubo algo en tus cartas, algo que no decías —se maldijo por ello, pero no pudo evitar que se le rompiera la voz—, que me hizo pensar que Matthew sería el elegido.

Su tono sentido la hizo volverse. Escrutó sus ojos con perplejidad y vio una emoción intensa en sus pupilas, el tono azul índigo brillando. Alex sabía leer en ella, se repitió, en su cuerpo y en su mente como nadie más lo hacía. Y había entendido por sus silencios lo que otros nunca sospecharon en sus cartas. A veces pensaba que la conocía mejor que nadie, ella misma incluida.

—Alex —le susurró.

Y poniéndose de puntillas le besó la mejilla, justo al lado de la comisura de los labios. No fue un beso pasional, pero sí apasionado, lleno de sentimiento.

Una pequeña corriente pareció cruzar sus cuerpos y cuando se separaron y volvieron sus ojos a los del otro, May pudo, al fin, leer aquel ardor en su mirada que hasta entonces no había sabido interpretar y entender: deseo.

Alex la deseaba.

Y tal vez tanto como ella a él.

O quizás era lo que quería creer, pero el estómago se le llenó de mariposas.

Alexander no esperaba ningún beso. Lo tomó por sorpresa y sentir su contacto tan cerca de sus labios le exigió lo mejor de sí mismo. Tentado estuvo de olvidar dónde estaban y quiénes los esperaban y dejarse llevar y poseer su boca allí mismo.

Tras apartarse, May se volvió y Alexander vio sus ojos grises brillantes y llenos de una emoción que hasta entonces no había querido nombrar: deseo.

May lo deseaba, lo supiera ella o no y sin sombra de duda lo sabía.

—¿No cenaréis esta noche?

Judith los devolvió a la realidad. Del brazo, sin mirarse ya, acudieron al salón.

Transcurrió la cena en magnífico ambiente aunque ninguno de los dos jóvenes la disfrutara. May apenas participó en la conversación y esquivó al máximo mirar en dirección a Alex.

Si hubiera estado más atenta o menos aturdida se hubiera dado cuenta de que él hizo exactamente lo mismo: escuchar y apenas hablar cuando fue interpelado, y evitar cualquier contacto visual con ella.

El resto de los comensales, no obstante, no estaban

aturdidos y sí atentos. Ellos, los caballeros, supieron que todo iba bien. Ellas, las damas, intuyeron que la situación iba a mejorar.

Hacía más de diez minutos que nadie tocaba las fuentes con los postres. Los tres matrimonios hablaban animados sobre recuerdos alocados de juventud mientras ellos apenas escuchaban, ausentes.

—Estamos aburriendo a nuestros jóvenes invitados —se quejó Nicole sin bromear del todo.

—No, no —se precipitó a corregirla May—. Me encanta la anécdota de la carrera por Hyde Park a medio vestir.

—Te encanta, pero la has oído narrar una docena de veces, al menos. —Sonrió su madre.

—Es divertida cada vez. —Sonrió ella algo forzada.

Judith buscó animarlos.

—Alex, ¿por qué no le enseñas la primera edición que me regalaste estas Navidades de *Romeo y Julieta*? —pidió a su hijo.

Los ojos de May se agrandaron por el interés.

—¿Tienes una primera edición de *Romeo y Julieta*?

—Mi madre la tiene, en realidad.

—¿De dónde..? ¿Cómo la conseguiste? He buscado...

—En Christie's —respondió con una sonrisa a la pregunta que la emoción no le permitía formular.

—¿Cuándo? He estado atenta a cada subasta. Incluso estando fuera pedí a mi abogado que...

—Una colección privada. No llegó a la sala...

—¿Cómo puedes acceder a ellas?

Estaba perpleja y también algo resentida.

—Creo que ahora son ellos los que nos aburren —Richard chasqueó la lengua con diversión.

Se sonrojó y el rubor le acaloró las mejillas.

—Lo lamento.

—No te disculpes, May —la justificó James con cariño—. Hijo, llévala al estudio y enséñale el volumen antes de que la impaciencia la venza.

Alexander se puso en pie.

Soltó la servilleta y miró a sus padres pidiéndoles permiso. Julian le devolvió un gesto afirmativo pero enigmático. ¿Por qué aquel misterio? April asintió extrañada de su contención.

Se exasperó como ya lo hiciera en el teatro. ¿Acaso su madre no veía en qué se había convertido el hijo de los duques de Stanfort? ¿Cómo no podía darse cuenta de que era un caballero apuesto y carismático capaz de hacer perder la cabeza a cualquier dama?

¿O es que su madre la creía inmune a todos los hombres?

Se puso en pie, y sin mirar a nadie en concreto, permitió que Alex apartara su silla. Llegaron a la puerta del salón, el mayordomo la abrió para que salieran y le cedió el paso para situarse justo a su lado, casi pegados, nada más traspasar el vano.

A cada paso su estómago se fue encogiendo y su pulso acelerando. Iba a la biblioteca de la casa de los padres de él, por el amor de Dios, no a su dormitorio. Y no es que fueran a estar precisamente a solas. Pero una vocecilla interior le decía que iban a gozar de una intimidad excepcional.

Y tras el impulsivo beso que le había dado justo antes de la cena la expectación crecía conforme se acercaban al estudio del duque.

Una vez en la puerta él se adelantó para abrirla. El pasillo estaba desierto, no se veía a ningún lacayo o doncella cerca. Todo su razonamiento se vino abajo.

Estaban solos. En una casa llena de gente pero solos.

—May —la invitó a entrar con una voz que hizo que le cosquilleara la piel.

Cruzó el umbral y se maravilló con el soberbio escritorio de ébano del duque que gobernaba la enorme estancia llena de libros.

Pero los libros, el escritorio y todo lo que no fuera el marqués de Wilerbrough quedaron relegados al olvido cuando este entró.

Alex había cerrado la puerta.

13

Alexander se sintió inseguro como nunca se había sentido. No era la primera vez que estaba a solas con May, le vino caprichoso a la mente un lejano vals, pero entonces eran solo dos jóvenes. Ahora eran un hombre y una mujer conscientes el uno del otro, no tenía ninguna duda de ello, no después del beso que le había dado en el corredor justo antes de la cena. La pasión que había refulgido en sus ojos grises había sido inconfundible. Y si ella sabía algo del deseo habría visto lo mismo en los ojos de él.

Y May sabía del deseo, de eso tampoco tenía dudas. No por su última novela, que dejaba entrever mucho más que sueños románticos; ni siquiera por la seguridad con la que la había visto manejarse con otros caballeros en aquellos cuatro días, situaciones en las que, por Dios, había tenido un aplomo digno de tanta mención como sospecha. Sino que desde que regresara...¡Señor, ¿de veras hacía apenas cuatro días?! Pero desde entonces había reaccionado a él, a su proximidad y a sus pequeños acercamientos conociendo con exactitud qué le ocurría a su cuerpo y qué se estaba fraguando entre ellos. Parecía maravillada con la facilidad con la que aquel torrente de deseo fluía entre ambos, él mismo estaba sorprendido y anhelaba explorarlo. Pero May no parecía ignorante o perdida por lo que sentía cada vez que la tocaba. Incluso se la veía tan anhelante como él.

Por tanto, May sabía del deseo.

Volvieron los celos y se obligó a acompañarlos de la lógica: tenía veintiséis años. No podía esperar una dama completamente ignorante a esa edad. Y menos todavía una como May, que sentía curiosidad por lo desconocido y tomaba lo prohibido casi como un reto. Se preguntaba cuánto sabría y cuánto habría experimentado. Y temía conocer la respuesta. Podía desilusionarse y no estaba preparado, tuviera derecho o no a exigirle nada, para una decepción así. Deseaba ser él quien se lo enseñara todo al respecto y no solo el final.

—¿Dónde está? —preguntó ella, incapaz de mantener el silencio durante más tiempo.

Supo que su voz había sonado temblorosa y no le importó. Si él se le acercaba notaría su estado arrebolado y sabría qué lo provocaba. Entendía ahora que debió negarse a acudir con él, pero ni tenía una excusa plausible para hacerlo ni lo deseaba tampoco.

Y poco tenía que ver una primera edición con sus ganas de estar allí.

—Espera aquí. Te lo traeré.

La voz de Alex sonó serena, en cambio. No obstante, pudo sentir en su tono algo distinto. Una cierta expectación... ese «algo».

Sintiéndose torpe por primera vez en presencia de un hombre, no sabiendo dónde sentarse, pues la *chaise longue* le parecía tan íntima como el sofá, y los sillones demasiado impersonales, se apoyó en el soberbio escritorio de ébano a esperar que regresara. Tal vez a su vuelta le indicara dónde podía sentarse. O quizá...

Lo vio alejarse y dejó de pensar para extasiarse con su espalda y sus hombros. Incluso su nuca, en la que no se había fijado hasta entonces, le pareció fascinante. ¿Podía un hombre resultar seductor por detrás? Acababa de descubrir que así era.

Vagó su mirada sin rumbo por la enorme habitación cubierta de suelo a techo por estanterías que contenían libros de todos los tamaños, colores y ediciones. Quienes allí moraban amaban la lectura. Los ejemplares dispuestos en los cientos de estantes no estaban ubicados como meros adornos colocados en función de sus larguras y tonos sino a criterio de quienes los habían comprado y leído. Quienes allí moraban eran amantes de una lectura ecléctica que combinaba clásicos con ensayos y teatro o economía con tratados de la evolución social de la mujer.

Conocía aquella biblioteca. Las veces que había estado, que recapacitaba ahora con extrañeza no habían sido tantas, había hojeado muchos de ellos.

Regresó Alex y con él los nervios.

—Aquí lo tienes.

Le ofreció un volumen encuadernado en tela verde oscuro, las páginas en papel algo envejecido pero bien conservado y cosido varias veces por el lomo. Lo tomó con reverencia y tras acariciar la tapa con suavidad pasó las dos primeras páginas para leer la primera impresión, con la fecha de edición en números barrocos. Suspiró y pasó páginas al azar, leyendo aquí y allá. Por un momento se olvidó de Alex y de dónde estaba y solo existió aquel hermoso ejemplar de más de dos siglos de historia cuyo tema parecía sin embargo atemporal.

Alexander no podía apartar la vista de sus manos, de cómo estas rozaban con mimo y elegancia el papel. Tenía unas manos preciosas, blancas y de piel perfecta con dedos largos y delgados y unas uñas pulcras y elegantes. No creía haber visto unas manos más hermosas.

Estaban hechas para acariciar. Para acariciarle, si pudiera él decidir por ellas.

—No hubiera dicho que fuera tu tragedia preferida.

Apartó la mirada del libro y se lo devolvió, sonriente, regresando a él, su mente y también su cuerpo atentos ahora a Alex y a todos sus matices. Este lo dejó en un extremo del buró.

—Y no lo es.

—¿*Macbeth*?

—Solo porque *Ricardo III* fue escrita trece años antes.

—En todo caso no eliges una historia de amor.

—*Romeo y Julieta* no habla de amor, sino de pasión.

Alexander la miró directamente, ambos se miraron durante unos segundos interminables.

—Mis padres fueron amantes antes de casarse.

No supo por qué enrojecía. Ya sabía aquello y no era una dama inocente, pero escuchárselo decir abiertamente la puso nerviosa.

—Lo sé.

—Y el tío Richard se enteró y quiso poner fin a dicho romance, así que cortejó a Nicole a modo de advertencia: si mi padre no se alejaba de mi madre él se acercaría demasiado a la tía Nicole.

—¿Por qué?

Supo a qué se refería.

—Porque era solo un romance. Sin más pretensiones.

—Tu padre...

¿El duque no tuvo intenciones honorables con la hija del conde de Westin?

Su voz escandalizada le hizo sonreír.

—Mi madre en realidad. —La vio divertido abrir los ojos con genuina sorpresa. Continuó—: Finalmente se casaron y Nicole se enteró por casualidad de que el galanteo de Richard había sido un chantaje.

Imaginó la reacción de la condesa y no pudo evitar sonreír con maldad.

—No me gustaría haber estado en la piel de su esposo en aquel momento.

También él sonrió.

—Ni en aquel momento ni en los siguientes. —Cuando Alex sonreía así su estómago se llenaba de mariposas—. Pero el azar quiso que en la siguiente temporada ambos decidieran casarse. Y al tío Richard no le gustó ver a Nicole dejarse cortejar por otros caballeros.

La escena se creó en su mente y la grabó en su memoria para otro momento.

—Ya. Y yo dudo que a la tía le gustara verlo a él rodeado de damas bobas buscando llamar su atención.

Se sentían relajados, el ambiente distendido. Los

nervios parecían si no haber desaparecido sí haber sido relegados, al menos.

—Desconozco los detalles. Pero una noche el tío decidió ser taxativo al respecto de aquellos cortejos, de uno en concreto hasta donde sé, y fueron sorprendidos en una situación muy comprometida. Se casaron menos de un mes después.

May sonreía. A pesar de su espíritu práctico se sabía una romántica empedernida y le encantaban las historias de amor.

—Y fueron felices y comieron perdices.

—No al principio; pero sí, el resumen es ese.

Su sonrisa se ensanchó. Alex se recostó en el escritorio a su lado, sin tocarla, pero muy cerca, y cierta sensación de apremio la recorrió. Se mantuvo en silencio, insegura de qué decir, no queriendo estropear el momento.

Quería preguntarle por la noche anterior y no quería incomodarla. Si la miraba directamente a los ojos temía cohibirla y quería una respuesta honesta, así que se había apartado de su campo de visión, se había colocado a su vera casi rozándola porque quería que sintiera su presencia y porque necesitaba sentir la suya, y entonces sí le preguntó con cálida serenidad.

—¿Qué ocurrió anoche?

Su suave voz, cerca de su oído, saber que su mirada se posaba en ella aunque no se atreviera May a levantar la vista, la extasiaron. No se sentía nerviosa, se felicitó. Se sentía... impaciente.

—¿Anoche?

En un momento hablaban de una historia del pasado que no les pertenecía, al siguiente del vals de la velada anterior que era suyo y solo suyo.

—Sí, anoche. —Su voz se volvió más suave y ronca. Mucho más íntima.

Suspiró antes de hablar.

—Que te pedí un baile.

—Y bailamos.

Y se quedó en silencio, a la espera de que continuara.

Merecía una explicación. Aunque solo fuera porque había correspondido a sus demandas sin cuestionarlas. O porque en Vauxhall la había consolado por más que ella se negara a admitir que los insultos la habían afectado. O sencillamente porque era Alex. Y deseaba dársela y explorar aquel vals en el que solo ellos habían existido. Continuó con tiento, no queriendo revelar en exceso cuánto había sentido en sus brazos.

—Y te pedí que me besaras.

—Y te besé en la mejilla.

Recordó aquel beso y también el que recibiera esa misma noche antes de la cena y un escalofrío la recorrió. El estremecimiento fue visible y supo que él lo habría advertido, pero no le importó. La conocía lo suficiente y habría sabido cuánto la había alterado su contacto en el mismo momento en que se habían rozado.

Continuó con la voz algo más baja.

—Y te pedí que me mirases como si te fascinara tanto que pudieras olvidar al resto de las mujeres de la sala.

—Y te miré fascinado y olvidé al resto de mujeres de la sala.

Y por un momento May deseó que fuera cierto. El

pensamiento se coló bajo su piel sin pedir permiso antes de que pudiera impedirlo.

No sabía qué decirle. La noche anterior lo hizo porque estaba enfadada. Porque que la llamaran inofensiva le había golpeado en lo más profundo de su orgullo.

Ahora, en cambio, sospechaba que tenía más que ver con él y menos con su edad o condición. Pero no podía decírselo.

¿Qué iba a explicarle? ¿Y cómo? ¿Qué quería, después de todo? ¿Y qué podía pedir, a fin de cuentas?

Era un mar de dudas.

—¿May? —la exhortó en voz baja.

—Estaba en el tocador —respondió en el mismo tono suave, ronco— cuando un grupo de jóvenes entraron hablando de ti. De tu apostura, de tu gallardía. —Lo notó azorado y en cierto modo se sintió mejor sabiendo que no disfrutaba con la atención de las damas—. Y especulaban qué hacías allí. No fue inteligente aparecer en Almack's el primer miércoles de temporada, Alex —le reconvino.

—Lo sé. —Lo supo en cuanto pisó aquel club, pero no iba a contarle que había acudido solo por la remota oportunidad de bailar con ella.

Ante lo embarazoso de su voz, el reconocimiento de su error, se sintió menos necia.

—Y creyeron que habías acudido porque tenías a una dama en mente. —Calló a la espera de que él hablara, el corazón en un puño, temerosa de que pronunciara un nombre. Aliviada continuó con torpeza—: Finalmente una de ellas... una de ellas...

—¿Una de ellas?

No sabía cómo decírselo, así que simplemente permitió que su lengua expulsara un torrente de palabras sin que su cerebro las midiera.

—Una de ellas... La cuestión es que estaban diciendo que eras el partido de la temporada, tan atractivo e imponente, con contactos importantes con la Familia Real y con una fortuna más que considerable, y que por extraño que pareciera nunca habías estado en Almack's. Que hasta entonces nunca habías acudido a ninguna fiesta o baile, solo a alguna mascarada, siempre en compañía de tus amigos y cuando...

—Conozco mi agenda social, May —dijo algo fastidiado. Sí, había alterado sus costumbres por ella y se había enterado en menos de una semana—. Pero ¿qué fue lo que te enfadó?

Se puso a la defensiva ante su tono hastiado.

—Dijeron que ya que el primer baile al que habías acudido era el que se celebró en mi casa... en mi honor... Insinuaron que tal vez..., solo tal vez...

—¿Sí?

Sabía lo que seguiría, pero quería que lo dijera ella. Para que lo asumiera, lo viera como una posibilidad real, y porque por Dios que era divertido verla tan azorada. May era una mujer segura de sí misma, una dama inalterable que de pronto se sentía absurda ante la posibilidad de que un hombre la cortejara. De que él la cortejara. Esos nervios la hacían adorable. Él llevaba años sintiendo esos mismos nervios.

—Que estabas allí por mí —susurró con voz frenética sin saber dónde mirar.

Pensaría que estaba preguntándole si estaba interesado en ella. Y no estaba preparada para escuchar su respuesta. ¿Y si le decía...? Le diría que no, sin duda... y eso... O peor, creería que estaba mendigándole unas lisonjas... Calló; agachó la mirada y calló avergonzada como nunca se había sentido con él.

Ninguno habló, pero aquel silencio fue distinto, tenso. Alex no sabía qué decirle. No podía preguntarle si le parecía absurdo porque su tono delataría que para él no lo era. May tenía cualquier palabra atragantada por la vergüenza.

—¿Y cómo enlaza eso con que salieras hecha una fiera? —preguntó al fin Alexander, dejando para el sosiego de su casa cualquier reflexión al respecto de aquella extraña conversación.

—Que lo negaron abiertamente tachándome de inofensiva.

Soltó una carcajada. Echó la cabeza atrás y rio con todas sus fuerzas sin poder evitarlo. ¿May, inofensiva? ¿May, su guerrera, inofensiva? ¿La May que había pateado su espinilla al menos una docena de veces? ¿La que le había llenado la boca de tierra?

¿Inofensiva?

Solo con recordarla se calentaban su corazón y su sangre. May hacía peligrar su cordura como ninguna otra lo haría jamás. Y quería ser un loco si ella participaba de su locura.

May en cambio no podía saber de los sentimientos de Alex, que el motivo de su hilaridad era lo alejada de la verdad que estaba aquella afirmación. Y se sintió más retada todavía que en el tocador de Almack's la noche anterior. Porque allí habían sido unas desconocidas, ahora era él quien se reía de ella. Y él la afectaba como ningún otro hombre lo había hecho.

En el club había sufrido su orgullo, ahora sufría algo más, algo mucho más profundo e íntimo. ¿Acaso había imaginado el deseo que parecía sentir él?

No, supo que no. Así que reaccionó sin plantearse siquiera si lo que hacía estaba bien o mal. Se dejó llevar por el instinto.

Se apartó del escritorio y dio media vuelta poniéndose frente a él. Cerca, muy cerca, casi pegada. Las carcajadas cesaron tan repentinamente como habían comenzado. Ni siquiera una sonrisa quedó en sus labios. Los ojos azules que le devolvían la mirada se oscurecieron y May no necesitó más permisos. Posó la mano izquierda en su hombro al tiempo que abría la derecha y la deslizaba desde su cuello hasta su nuca acariciando los gruesos mechones castaños mientras el pulgar vagaba errante por la suave piel deleitándose con su calor, con la textura de su cabello.

Y hechizada por sus ojos, que la miraban refulgentes de pasión, se puso apenas de puntillas, presionó la mano sobre su pelo y lo besó.

Puso todas las ansias que no sabía que guardaba en aquel beso.

En el momento en que tocó sus labios se perdió en su sabor, en él. No sabía qué había pretendido ni lo recordaba ya. Abrió la boca para acariciar la suya sin mesura y pasó suavemente la lengua por el labio superior. Y sintió apenas su gemido y cómo le permitía el paso, recibiéndola también, esperándola, deseándola.

May se apoyó contra su cuerpo perdida en un mar

de sensaciones. Y si bien una parte de ella era consciente de que Alex no la tocaba no le importó. No cuando él se removió lo justo para hacer que sus cuerpos encajaran; no cuando giró apenas la cabeza para que ella profundizara el beso; no cuando escuchó un segundo gemido suave brotar de su garganta, gemido que reverberó en el pecho femenino y la hizo arder; no cuando...

—Estaba preocupada porque llevabais demasiado tiempo a solas.

La voz de su madre, que no necesitó gritar para ser oída, la hizo brincar como un resorte. Literalmente. Dio un salto hacia atrás y se alejó del cuerpo de Alex cuanto pudo. Ni siquiera se detuvo a mirarlo, lo que lamentaría más tarde estando a solas, pues hubiera querido saber qué le decían sus ojos. Pero saberse sorprendida la hizo reaccionar sin ningún orden o lógica.

—Esto no es lo que parece —espetó sin pensar.

Se supo absurda. Su cara ardió y nada tuvo que ver con el calor que la había atrapado momentos antes. Absurda. Cayó en la cuenta de que en los últimos días había dicho muchas ridiculeces.

Alexander iba a intervenir cuando April alzó la mano para acallarle. Fue la furia del gesto lo que lo detuvo.

—¿Quieres decir que no te he visto asaltar, y quiero decir en el más estricto sentido literal «asaltar» a Alexander sin previo aviso y pegarte a él y besarle?

Ahora sí habló.

—Yo también la he besado, April.

—Ni siquiera la has tocado —le respondió sin dejar de mirar a May.

La frase de su madre le dolió más que el hecho en sí

de que la hubiera sorprendido. Le hizo sentir que había abusado de Alex, como si él se hubiera dejado besar por complacerla. O por no incomodarla.

—No haré lo correcto —dijo con voz temblorosa.

Y regresó con más intensidad el sentido del ridículo.

—Detesto tener que señalar —su tono cortaba el aire. Alexander nunca había visto a una mujer tan enfadada, ni siquiera a su propia madre— que ya no hacías lo correcto.

Tampoco May había visto así a su madre. ¿Qué se suponía que iba a ocurrir ahora?, se preguntó. ¿Le caería una reprimenda? ¿Les prohibirían quedarse a solas de nuevo? La mera idea hizo que la colmara el pánico. Quizá lo mereciera, pero no poder disfrutar de su compañía sin intromisiones le resultaba una condena excesiva. Insoportable.

—Mamá...

—¿April? —tanteó Alex interrumpiéndola, inseguro de que May dijera lo correcto si es que había algo correcto a decir, buscando protegerla de sí misma.

Al ver cortadas sus palabras se volvió a mirarle. Parecía más sereno que ella, se dijo con rencor. Claro que no era a él a quien estaban culpando de lo ocurrido. Al parecer él era la víctima y ella quien había forzado toda la situación y quién sabía si no había fastidiado para siempre su relación con Alex. Parecía que todo estaba en contra suya: su futura esposa que no entendería su relación, pues era el mejor partido de la temporada y si quería una esposa aquel año pasaría por la vicaría; y la extraña atracción que sentían y que no les permitía terminar de encajar el uno con el otro.

April leyó todo aquello en la expresión de su hija y se contuvo. No quería decir nada de lo que pudiera arrepentirse al día siguiente. Ni escuchar nada que le doliera el resto de su vida.

Contó mentalmente hasta diez antes de hablar.

—Hacía más de quince minutos que estabais aquí a solas y temía que alguien hubiera resultado herido. —Probó una ligera sonrisa—. Cómo iba a sospechar...

Su voz había cambiado, ya no tenía el deje duro de momentos antes. Alexander, viendo el cambio en su disposición, se apresuró a aclarar:

—Es un primer beso.

«¿El primero de muchos?», se preguntó la marquesa mucho más serena. Lo que había visto era un arranque de pasión de su hija, algo que ninguna madre debía ver. Pero ¿había interrumpido el principio de algo importante?

—Mamá —repitió May en voz baja buscando que la mirara; necesitaba que sus ojos le dijeran que no estaba decepcionada.

—Será mejor que vayamos al comedor. —Alexander se apartó del escritorio del que no se había movido y le ofreció el brazo.

Quiso darle aliento con los ojos, pero ella tenía la mirada clavada en su madre.

—Oh, no —respondió al fin April—, tomaos un minuto. Creo que lo necesitáis. —Y miró a su hija con una sonrisa trémula que templó el ambiente—. Es más, Alexander, creo que deberías retirarte ya.

—Quizá sea lo mejor —reconoció y ahora sí, la observó y ella le devolvió la mirada. Se la veía alterada pero no asustada—. ¿Me despedirás de todos?

Le envidió. Le encantaría poder hacer lo mismo y encerrarse en su alcoba a pensar en soledad. Sin embargo, iba a quedarse allí. Se consoló en que con suerte sería ese todo su castigo. Habló su madre por ella.

—*Es* lo mejor. Y sí, desde luego que lo hará. May, te espero en dos minutos en el salón.

Y sin más se marchó.

Dejando la puerta abierta de par en par.

—¿Estás bien?

—Estoy bien, pero debo irme —le respondió encogiéndose de hombros.

Alexander quería retenerla, quería abrazarla un instante. Pero no debía. No era el momento ni el lugar. Ya habían tentado demasiado a la suerte.

Cuando iba a marcharse, solo por curiosidad y por mucho más que ya analizaría en otro momento o quizá no, le preguntó aun sin deber pero sin censurarse:

—Alex, ¿hubieras hecho lo correcto?

No esperaba un interrogatorio tan directo. Ni una mirada tan directa tampoco.

—Esa es una pregunta con trampa.

¿Una pregunta con trampa? ¿Qué demonios se suponía que significaba eso?

—¿Qué quieres decir?

—Que después de escucharte decir que tú no lo harías, si digo que sí, que te pediría en matrimonio, quedaré como un pelele. —La mirada engreída la estaba enfadando sin razón y lo sabía. Ambos lo sabían—. Y si digo que no, entonces pareceré un truhán. Así que te quedarás con las ganas de saber qué hubiera hecho.

El escenario había pasado momentáneamente a un segundo plano; ahora solo estaba Alex, quien para colmo disfrutaba a su costa de lo bochornoso de la situación. Hubiera deseado darle una patada en la espinilla.

—En todo caso y según mi madre —respondió malhumorada—, soy yo quien te ha asaltado a ti. Tú al parecer ni siquiera me has besado. Así que nadie te juzgaría mal por negarte.

Tal y como lo dijo en voz alta las inseguridades regresaron con más fuerza, más cuando Alex parecía burlarse de ella.

Y él las intuyó y quiso darle confianza. Quería que supiera que podía besarle siempre que quisiera. Y que podía esperar sus besos, también. Quizá no fuera del todo correcto, pero sería el principio de mucho más, de todo lo que estaba por venir. Deseaba que lo fuera más que ninguna otra cosa en el mundo.

Así que le respondió con voz seductora:

—Los dos sabemos que eso no es cierto, May. Que también yo te he besado. —Admitió que el hermoso rostro se transformaba y volvía a mirarlo con la seguridad habitual—. Desde luego que te he besado —repitió con la voz enronquecida. Vio que ahora intentaba simular una sonrisa y él sonrió abiertamente—. En todo caso, me reservo el derecho la próxima vez.

Lo miró aturdida. Él había reconocido que la había besado de un modo tal que la había hecho sentir única, así que había dejado de pensar.

—¿Qué... qué derecho?

Se acercó y le dio un beso impersonal en la mejilla

que aun así le acarició en algún lugar recóndito antes de contestarle:

—El de besarte yo la próxima vez.

Y tras guiñarle el ojo en un gesto tan pícaro que hizo que todo su cuerpo temblara de anticipación, se marchó dejándola sola.

14

May se despertó temprano tras una noche de sueño ligero. Y lo hizo del mismo modo que se había quedado dormida: todos los acontecimientos de la noche anterior acudieron a ella en avalancha. Pero le arrancaron una sonrisa esta vez. La incertidumbre, la angustia... Todo parecía haberse marchado con la luna.

Sí, tenía una conversación pendiente. Dos, en realidad. Y ninguna sería sencilla. Después hablaría con Alex de aquel beso. No sabía qué iba a decirle ni cómo, y la idea de verle hizo que la sonrisa se desvaneciera un poco. ¿Qué ocurriría a partir de aquel momento entre ellos? Porque Alex iba a besarla de nuevo, ¿no?

En todo caso, la otra conversación era más inminente y menos prometedora: tenía que hablar con su madre. La noche anterior, tras despedirse de sus tíos, se había ido directa a la cama. Y sin duda lo hizo con su consentimiento porque no la llamó; ni siquiera con la mirada la había reclamado. Parecía haberla perdonado incluso, pues sin esperarlo April le había dado un beso de buenas noches. Animada, se puso en pie, se aseó, se vistió con ayuda de su doncella y bajó a desayunar. No había nadie en la sala. Extrañada preguntó a Camps.

—El marqués está en su estudio, milady. Y la marquesa ha pedido que le subiera una bandeja a su alcoba.

Las mujeres casadas podían desayunar en sus dormitorios si lo deseaban, no así las solteras. Pero su madre solía bajar por las mañanas al comedor tanto como a veces May pedía que le trajeran un chocolate a su alcoba. En la intimidad los Woodward anteponían la comodidad a las normas sociales. Tanto su madre como su padre se habían esforzado, dadas las circunstancias de sus respectivas niñeces, en que May y sus hermanos conocieran el rígido protocolo y que una vida feliz era posible sin quebrantarlo, o no completamente.

May tomó un plato de porcelana, puso en él lo suficiente para tres personas y se lo confió al lacayo que a tal efecto esperaba tras ella. Este la siguió hasta la misma puerta del dormitorio de la marquesa. Allí se lo entregó y se marchó. Desayunaría con su madre como tantas otras veces, en plena confianza.

Llamó, y por un momento la asaltó el temor a que la despidiera, a que continuara enfadada o peor, decepcionada. No obstante, cuando la vio asomarse le sonrió y la invitó a entrar.

—May, buenos días. Has madrugado hoy.

—Todos lo hemos hecho. Papá ya está encerrado en el estudio.

Colocó la comida en una mesilla, se sirvió té, añadió leche y azúcar y removió con la cucharilla sin apartar la vista de la taza.

—Mamá, sobre anoche...

Viendo April su zozobra la ayudó a continuar hablando con naturalidad.

—Sobre el beso que Alexander y tú compartisteis, quieres decir.

Le alivió que no dijera que había sido ella quien lo asaltara.

—Sí, sobre eso.

De nuevo silencio. Y de nuevo un pequeño empujón.

—¿Sí?

Siguió removiendo sin necesidad el té, el tintineo del metal contra la porcelana, el único sonido rodeado de silencio sordo.

—¿No vas a decirme nada?

Pareció pensarlo con detenimiento. May contuvo el aire esperando una respuesta.

—¿Quieres tú decirme algo?

Ahora fue su turno de meditar. Su madre detuvo sus dedos y con ellos el titilar de la cucharilla y retuvo su mano con afecto.

—Creo que no. Creo que en realidad preferiría no hablarlo.

—¿A qué has venido, entonces?

No la soltó. Al contrario, pareció infundirle aliento al darle un cariñoso apretón.

—Creí que tú querrías decirme algo.

—May, tienes veintiséis años.

—¿Significa que te parece adecuado que bese...?

—Desde luego que no. —Ahora sí la había soltado en un acto reflejo, tan espantada se había sentido ante la idea—. Pero tratándose de un primer beso, y siendo Alexander...

—Mamá, nada podría ocurrir entre él y yo.

Unos ojos tan grises y grandes como los suyos se fijaron en ella. Sintió que la miraba por primera vez, o al menos como a una mujer y no como a su hija.

—¿Por qué?

No sabía cómo explicárselo sin mentirle. Y no quería tener que mentirle.

—No me creerás si te digo que es por mi edad o porque hace años que nos conocemos, ¿cierto? —preguntó desconsolada.

—No —le confirmó como se temía—. O no después de cómo os besasteis anoche.

—Entonces déjame decirte únicamente que no ocurrirá. Nunca. Por razones que no puedo explicarte, jamás ocurrirá.

Y de nuevo aquella mirada fija se posó en la suya. Se sintió consecuente como nunca y no estuvo segura de poder sostener la responsabilidad que su madre le confería.

—¿Lo sabe Alexander?

Aquellas tres palabras la desarmaron.

Alex no sabía nada. Pero ¿qué necesitaba saber, después de todo? ¿Y cuánto querría saber? ¿Cuántas explicaciones tenía que darle, en realidad?

—No, no lo sabe.

—¿Y crees que debería saberlo?

Admiró a su padre por enfrentar aquellos ojos cuando discutían. Eran inquisidores como ningunos otros.

—No lo sé.

—Entonces averígualo, cariño.

Y no hizo falta decir más. Le pidió la leche y le ofreció un poco de pan.

La conversación había terminado. May era adulta y debía comportarse como tal.

Alexander despertó exultante. La noche anterior cuando regresó a casa se encerró en su estudio, donde con un vaso de vino pasó casi dos horas saboreando cada momento vivido con May.

Incluso había reconstruido su reproche cuando le preguntó cómo era posible que no conociera el escándalo de los condes de Westin, especulando si no habría preguntado al respecto, queriendo saber cómo dos personas que se conocían desde siempre podían enamorarse con el paso de los años. ¿Quién sabía si no estaría pensando en ellos, intentando poner algo de lógica en lo que comenzaba a sentir? May tenía una mente analítica que necesitaba comprender lo que ocurría. Tal vez fuera un insensato, pero tras aquel beso Alexander tenía esperanzas. Muchas esperanzas.

Ni siquiera el señor Atwik le preocupaba ya. No cuando él le había confesado con la voz rota que estuvo convencido de que se casarían y May le había besado en la comisura de los labios con tanto sentimiento. El beso de la biblioteca había sido apasionado. Aquel otro había sido un beso tierno, una caricia directa a su corazón. Como si May no hubiera podido evitar regalárselo.

Durante la cena apenas se habían mirado. Por primera vez se había mostrado contrita con él. Había permanecido en silencio, ensimismada. Las pocas veces que él se había atrevido a levantar la vista hacia ella la había visto desviar sus ojos de él. Le había resultado tan adorable que quiso alcanzarla, sentarla en su regazo y abrazarla.

Y por último estaba el beso. Aquel beso.

Sentir sus manos, su cuerpo, sus labios. Sentirla pegada a él en perfecta comunión había sido mejor que cualquier beso que hubiera dado, recibido o soñado jamás.

May sabía besar, sin duda. Era lo único que en cierto modo empañaba su alegría. Pero era un hombre razonable y también él sabía besar, después de todo. Y mucho más. Y May no se lo echaría en cara.

Porque después de aquel beso sublime la situación entre ellos había cambiado y debía saberlo. Y, a tenor de su rostro cuando le prometió más besos y le guiñó el ojo, los deseaba.

Sabía que el amor no era una sencilla suma de amistad más deseo, que había mucho más. Él mismo sentía un afecto inmenso por May, solo comparable al deseo que le hacía arder cuando pensaba en tenerla, y no obstante había algo más, algo inenarrable que convertía el cariño y el deseo en algo secundario. Y ese algo era el amor infinito que lo cautivaba cada vez que la veía, que lo llevaba superando desde siempre.

No era capaz de recordar cuándo comenzó a amarla. Ya de niños la había buscado, bien para discutir bien para aliarse con ella en alguna diablura. Y de un verano a unas Navidades supo que la buscaba por necesidad y no por diversión. Y se supo irremisiblemente enamorado y feliz por ello.

Ni en el escenario más optimista hubiera dicho que en menos de una semana habría logrado avanzar tanto con ella. Cómo era posible, no lo sabía, pero daba gracias al cielo por su buena suerte y por la buena disposición de May.

Ahora tenía que planificar con cuidado cómo continuar. No iba a presionarla, podía reaccionar mal. Podía, en realidad, ocurrir cualquier cosa. En ese sentido era una caja de sorpresas y no todas tenían por qué ser agradables. A lo mejor se dejaba llevar por él, a lo peor se sentía utilizada y se apartaba en un arranque de independencia tan ridículo como necesario para ella.

¿Qué hacer? Porque dejar que la dama manejara la situación estaba fuera de toda cuestión. Como había dicho, era una caja de sorpresas y podía ocurrir cualquier cosa.

Intentó entrar en su mente. ¿Qué estaría haciendo May en aquellos momentos? ¿Qué pasaría por su cabeza? Sonrió con ternura. Probablemente lo primero habría sido hablar con su madre sobre lo ocurrido. Eso si no lo había hecho la noche anterior.

La reacción de April había sido vehemente, pero cuando le aclaró que era un primer beso se había templado. La marquesa parecía haber entendido que sus intenciones iban más allá. Si Julian había sido informado imaginaba que también habría sido comedido en sus palabras dado que conocía sus intenciones de antemano.

Con toda seguridad, May no esperaría la calma de sus padres y estaría hecha un lío, tanto por el beso como la permisión en cierto modo al respecto. Su cabeza sería un hervidero.

Y su sonrisa se desvaneció. ¿May tratando de aplicar la lógica a los sentimientos? Aquello no era buen augurio de nada. Había cosas que carecían de razón.

—El corazón atiende a razones que la razón desconoce, dulce May —dijo en voz alta, solo para sí.

Dos golpes secos en la puerta interrumpieron el hilo de sus pensamientos.

—¿Sí?

Entró el mayordomo.

—Tiene visita, milord.

¿Visita? Qué extraño. ¿Y por qué no le decía quién era? Morton sabía dar emoción a su trabajo cuando quería.

—Y... ¿quién es?

—Una dama, milord.

¿A qué esperaba para decirle quién era? ¿Su madre? ¿Su cuñada, tal vez? Porque dudaba que fuera alguna de las matronas que había conocido en alguna de las veladas... No recibiría en ese caso. Respondió en el mismo tono hastiado, siguiendo el juego de su mayordomo.

—¿Una dama, en mi casa?

—Sí, milord. Y viene sola.

¿Sola, sin carabina?

Suspiró resignado. Le habían ganado la partida.

—Haga pasar a lady May, por favor.

Dichosa May. Y maldito él por pasarse la mañana fantaseando en lugar de prepararse. ¿Que qué haría ella una vez asumiera la situación? Enfrentarla, aunque eso supusiera saltarse cualquier etiqueta y visitar a un caballero soltero en su casa sin compañía.

¿En qué estaba pensando él para dejarse sorprender así? En besos, se respondió. Y a pesar de que debía amonestarse por ello la sonrisa tierna regresó a sus labios.

15

Cuando el mayordomo de Alex regresó al hall a buscarla, toda la valentía que había reunido para ir hasta allí se había desvanecido. Las razones que aquella mañana había esgrimido para hablar con él ya no le parecían válidas. ¿Qué narices se suponía que iba a decirle ahora: «Alex, si pretendes tener una relación conmigo me temo que no es posible porque voy a decepcionarte tanto que me odiarás»? Pero ya estaba allí y no podía marcharse. Ni cambiar su discurso tampoco. La otra opción era... No había otra opción, se reconvino, no cuando había actuado en un impulso. Porque ¿qué se suponía que buscaba una dama que acudía sola a la mansión de un hombre soltero con el que se había besado la noche anterior? Temió un ataque de nervios.

¿Y si daba media vuelta y salía corriendo?, fantaseó. El mayordomo no la alcanzaría, era un hombre de edad. Su imaginación, siempre gráfica, hizo que se viera corriendo cual Cenicienta a las doce en punto. Solo que ningún príncipe la seguiría desesperado. Se relajó un poco ante la ridícula escena. No tenía escapatoria, se recordó frustrada. Llegaron al estudio de Alex y se preparó para lo que viniera.

—Lady May, milord.

Respiró hondo y entró sin atreverse a mirarle.

—Buenos días, May.

—Alex —respondió en un resuello cuando alzó la vista para responderle.

Llevaba el cabello algo revuelto; había supuesto que no esperaba visita y no se había esmerado demasiado con el peine. Lo encontró especialmente atractivo. No llevaba abrochada la chaqueta tampoco y carecía de chaleco. Era un caballero cómodo en su estudio y que sin duda contaba con pasar la mañana solo.

«Varonil» fue la palabra que le vino a la mente.

—¿Traigo un servicio de té, milord?

Alex la miró interrogante. Respondió ella.

—Agua será suficiente.

—Enseguida, milady.

El sirviente se retiró. Entró en pánico y quiso pedirle, gritarle, en realidad, que no se marchara, que no era correcto dejar a una dama soltera a solas con un caballero.

Alexander percibió su tensión y se acercó a ella. May dio un paso involuntario hacia atrás con lo que le hizo sonreír.

—No voy a comerte.

El rubor hizo arder su tez. Nunca la había visto tan azorada.

—Alex —suplicó en voz baja no sabía bien qué.

Ni tan perdida.

—¿Por qué no te quitas la capa y los guantes y te sientas?

Pareció pensarlo antes de asentir. ¿Qué tenía que pensar?, se regañó. Había acudido allí traspasando cualquier límite del decoro. Quedarse con la ropa de abrigo puesta era una necedad.

Alexander se acercó a ayudarle con el lazo de la fina capa y aprovechó para acariciarle apenas la nuca con delicadeza. Sintió su estremecimiento e intuyó un suspiro. Satisfecho con su respuesta tomó la prenda y se alejó de ella con rostro estoico.

—Siéntate, por favor —murmuró.

Esta vez no dudó y eligió un enorme sillón orejero individual. Ansiaba distancia. La necesitaba. Solo con su cercanía se había puesto nerviosa y al rozarle sin querer el cuello para quitarle la capa, su piel había cosquilleado y había tenido que retener un suspiro de placer.

Si quería pensar debía mantener a Alex alejado de sí.

Se sentó en uno igual frente a ella y la contempló. La vio apartar la mirada.

No sabía cómo comenzar. Caprichoso impulso el suyo. Rara vez se dejaba llevar por el calor del momento y tenía que hacerlo precisamente esa mañana, con Alex, y por aquella delicada cuestión. Debió planear mejor la conversación. Se maldijo de nuevo por su impulsividad. Se suponía que era una mujer lógica y serena y no obstante había corrido a él sin saber qué iba a decir, qué quería aclarar.

O en realidad cómo explicarle lo que sí sabía que quería decirle.

Entró el mayordomo sorprendiéndola, pues no sabía que hubiera estado tanto tiempo callada, y depositó a su lado un hermoso jarro de cristal tallado lleno de agua con una copa a conjunto. Colocó otro juego igual al lado de Alex y se marchó en silencio, dejando la puerta entornada. Lo vio ponerse en pie, dirigirse a la salida y escuchó cómo la cerraba. Y ahora sí, toda ella se convirtió en un amasijo de nervios.

Alexander regresó al sillón. El servicio era discreto y lo que fuera a ocurrir en aquella biblioteca era privado. Entendía la prudencia del mayordomo, pero aquel hombre no la conocía. May olvidaría las puertas si se dejaba llevar por su temperamento. Era una mujer lógica y práctica, todos lo sabían, pero él la conocía mejor que todo eso y aquella mañana parecía... impresionable. Sabía además llevarla al límite de su carácter y hacerla estallar. Y estaba convencido, engreído o no, de que podría llevarla también al límite de su deseo. No esa mañana y no en su estudio, no era el lugar conveniente para la primera vez de una dama. Pero la sabía una mujer apasionada y quería hacerle olvidar cualquier razonamiento o pragmatismo cuando estuviera en sus brazos.

Así que, por lo que pudiera ocurrir en su biblioteca, la puerta permanecería cerrada por el bien de los dos.

Tampoco deseaba que cualquiera pudiera escuchar lo que hubieran de decirse. Tenía el presentimiento de que sería una conversación que cambiaría la amistad que hasta ahora tenían. Y su corazón y su cuerpo se aceleraron anticipando lo que pudiera ocurrir.

—¿May? —le preguntó, animándola a hablar.

Comenzó pisando terreno firme. Si la charla iba a complicarse, y lo haría, que fuera poco a poco y que pudiera tener un mínimo de control sobre ella.

—He hablado con mi madre esta mañana. —Le vio alzar las cejas, más curioso que preocupado—: Al parecer ha decidido obviar lo ocurrido.

—Dado que tu padre es un magnífico tirador, lo celebro. No me gustaría morir. O no solo por un beso tuyo.

La forma en que lo dijo, acariciante, hizo que la piel le cosquilleara de anhelo. Quizá le decía que un beso no era suficiente para morir, pero le sonaba a que no quería morir sin haberla tomado primero.

Alex la vio enrojecer y trató de mostrarse impasible, pero por Dios que deseaba levantarse, besarla, y hacerle eso que ella parecía estar imaginando y que la hacía ruborizar.

—El tío Richard y la tía Nicole fueron obligados a casarse por algo así.

Alexander sintió que su corazón se detenía. ¿Le hablaba de matrimonio? Por un momento creyó que su sueño se estaba haciendo realidad, pero May no parecía estar pensando en una boda. Cauto, se reafirmó en que fuera ella quien llevara el peso de la conversación. Era ella quien había acudido a él. Debía tener un guion preparado, al menos. Él en cambio estaba completamente perdido.

—Bueno, fueron sorprendidos por media docena de personas en un baile con más de doscientos invitados.

Tenía la sensación de que la estaba tanteando. Se acercaba y le rozaba la nuca para después mirarla con toda naturalidad, con inocencia incluso. Le hablaba con voz acariciadora para ahora exponer un hecho como tal, sin ninguna emoción. Era ella quien había acudido allí, teóricamente con una conversación preparada aunque no hubiera sido el caso, y debía ser él el sorprendido, quien no supiera qué decir. Una vez más, y ya había perdido la cuenta, sentía que él manejaba los hilos y la zarandeaba a su antojo.

Alex parecía capaz de dominarla a placer.

Suspiró y continuó. Hablar del romance de sus tíos había abierto una línea de pensamiento que le sería muy útil. Al parecer una parte de su cabeza todavía funcionaba en su favor.

—Tus padres y los míos, en cambio, fueron amantes y se casaron sin presiones.

¿No le estaría pidiendo que fueran amantes? Algo en él se revolvió. Tardó unos segundos en responderle, el tiempo que necesitó para que su voz sonara distendida.

—¿Sin presiones? Me temo que nuestros padres disentirían de eso. O nuestras madres, en realidad, que fueron quienes se sintieron presionadas por sus ahora esposos...

La vio asentir con seriedad.

—Lo sé. Y también que mi madre quedó embarazada a pesar de...

Ambos callaron un momento. May había contado a Alex que aquella parte de la historia de amor de los marqueses de Woodward no era la vertiente romántica de lo que vivieron. Su padre fue muy duro entonces.

Resarció a April con creces después, pero en aquel momento...

—¿Dónde quieres ir a parar, May? —la instó.

Exactamente al año anterior y a Matthew, se dijo. Tomó aire y se obligó a respirar con normalidad.

—¿Qué hubiera ocurrido si uno de ellos hubiera cambiado de opinión?

No estuvo seguro de comprender.

—¿Qué quieres decir?

—¿Qué hubiera ocurrido si durante aquel romance tu padre o tu madre, o mi padre o mi madre, hubieran cambiado de idea?

—¿Y no se hubieran casado? —preguntó incrédulo.

—Y no se hubieran casado —le confirmó en voz baja.

—Pero eso es imposible.

No cabía en su mente que pudiera ocurrir. Sus padres ¿no casados?, ¿o los de May?

—Mi padre estuvo cerca de no casarse con mi madre —murmuró.

Recordó la conversación con su padre un par de días atrás, cuando le explicó cómo se casaron.

—Pero se casaron —reafirmó, más para sí que para ella.

Sí, al final se habían casado. No obstante May necesitaba que comprendiera lo que trataba de decirle.

—Claro que lo hicieron, Alex. Pero ¿y si no se hubieran casado?

Se lo veía claramente confundido.

—¿Por qué no habrían de haberlo hecho?

Y aquel, se dijo May, era el quid de la cuestión.

—Porque uno de ellos se hubiera dado cuenta de que había cometido un error.

Cayó el silencio. May no quería hablar más hasta que él asumiera lo que le había dicho. Y Alexander necesitaba entender lo que había escuchado. Aceptarlo en realidad.

Pasaron varios minutos antes de que se decidiera a contestar, mientras su corazón intentaba negar lo que su cabeza ya sabía, lo que llevaba días sospechando: May sabía del deseo. Y ahora entendía cuánto.

—Ellas son damas, May. Y ellos caballeros. Han de asumir las consecuencias de sus actos. Un caballero no se acerca a una dama si no es con intenciones honorables. Y una dama no debería permitir tal acercamiento, ni aun sabiendo de dichas intenciones, mientras no tenga una alianza alrededor de su dedo anular izquierdo. Si bien es cierto que la sociedad perdona a las parejas que finalmente hacen lo que se espera aunque anticipen su noche de bodas, no deja de ser... incorrecto.

Por un momento se miraron y la misma idea asaltó sus mentes: había sido May quien se había acercado a Alexander con esos impulsos que debía refrenar, pero Alex no solo no se había apartado sino que además le había advertido que la besaría también. Su mente, capciosa, recordó la promesa de hacerle algo «terriblemente discreto» que solo ellos querrían saber. No dudaba del sentido de aquellas palabras. No después de cinco intensos días a su lado. No después de lo que ocurría entre ellos cuando se acercaban el uno al otro.

Alex también era consciente y alentaba aquel juego.

Y era un caballero tanto como May una dama. ¿Se aplicaría esa regla en lo que a ellos se refería?

Pero ni ella quería saber ni él se atrevía todavía a confesar.

Continuó donde lo había dejado, insistió de hecho.

—Así que él, guiado por el deber, debería casarse igualmente.

—Entiendo que sí, que debería hacerlo.

Ya no hablaban de sus padres, ambos lo sabían. May agradeció que no lo aseverara sino que diera su punto de vista en un tono casi desapasionado. Era una de las razones por las que había acudido a él en el pasado cuando había necesitado pensar. Porque procuraba siempre ser imparcial.

Alex se sabía a la defensiva pero no podía evitarlo por más que tratara de relajar su voz. No sabía dónde les iba a llevar aquella conversación, pero no le gustaba cómo se estaba desarrollando. No le gustaba en absoluto. No la interrumpía porque sabía que para ella era importante y lo que era importante para May lo era para él; no obstante, algo le decía que la situación estaba empeorando deprisa y que iba a desmoronarse sobre él sin que le advirtieran para cubrirse siquiera.

—Porque es un caballero.

Era una pregunta. Sabía que le preguntaba por la base de su afirmación. Alexander reflexionó más de un minuto.

—Porque es un hombre —aseveró.

La situación empeoraba para ella pero ya no podía detenerse ni deseaba hacerlo. Le había prometido que le contaría qué ocurrió con Matthew y deseaba hacerlo.

Y no por el beso de la noche anterior ni por evitarle una decepción si él pensaba en algo más que besos como aquel.

Quería compartir sus inquietudes y sus dichas con él. Quería que Alex y ella fueran uno. No estaba segura de qué significaba eso ni cuál era su alcance, pero confiaba en él, era *su* persona como le dijera él a ella comiendo en el Brown's el día que le presentó al príncipe Alberto. Y Matthew era una parte importante en su vida y debía conocerla, le gustara o no.

—¿Y si fuera ella quien cambiara de idea?

De nuevo le vio pensarlo con detenimiento.

Alexander sintió que le estaba exigiendo lo mejor de sí mismo e intuyó que no daría la talla, o no la que ella esperaba, se temió.

—May, no puedo saber qué esperas encontrar tras tantas preguntas o qué respuesta buscas en mí, pero una persona, sea cual sea su origen o condición, debe ser consecuente con sus actos. Si un hombre y una mujer, un hombre y una mujer solteros, mantienen relaciones, el siguiente paso es el matrimonio y ambos lo saben. Todos lo sabemos tanto como sabemos que debería haber sido la consecuencia y no la causa de dicho enlace.

Se sintió mal. Se sintió indigna, sucia. Se sintió barata, incluso.

Y necesitó de su comprensión más que nunca.

—¿Y si estaba equivocada?

—No hay marcha atrás —contestó sin pensar, y se arrepintió al ver su cara.

—¿Avocarías a un matrimonio infeliz a una pareja

solo porque cometieron un error? —No pudo pasar por alto la falta de aliento en su voz.

Vio los ojos acuosos y no se lo negó por más tiempo. Su corazón escuchó al fin a su cabeza y sintió cómo su alma se encogía solo de pensarlo.

—¿May?

Y ella se lo confirmó.

—Creí que lo amaba, Alex. De veras que sí. Matthew... Él era todo lo que yo buscaba en un hombre, o eso creí. Era apuesto, encantador, carismático, inteligente. Pero sobre todo parecía comprenderme; a mí y a mis necesidades. Le gustaba mi independencia, mi espíritu combativo, mis ideales progresistas, como él los llamaba.

No lloraba, pero la tristeza en sus ojos era infinita. Alexander sufría tanto como ella. No la interrumpía porque no podía, porque le dolía. Le dolía lo que habría sufrido, la decepción que destilaba su voz y apagaba sus ojos.

Y le dolía la certeza de que *su* May ya no era solo suya. Que había sido de otro.

Continuó. A pesar de la decepción en sus ojos azules, continuó porque necesitaba contárselo y necesitaba que la comprendiera. No sería hoy ni mañana ni tal vez en semanas. Quién sabía cuánto tiempo tardaría en aceptar su error, pero necesitaba de su entendimiento para comprenderse a sí misma, se dio cuenta. Para entender dónde se equivocó, qué no hizo bien, qué no vio. No quería volver a ilusionarse por cometer el mismo error. No cuando después se había sentido tan necia, tan manipulada. Y tan, tan ciega.

Y sobre todo necesitaba de su respeto. Sin él sentía que no tenía ningún crédito. Para ella Alex era quien mejor medía la valía de las personas. Había admirado desde siempre su probidad y su sentido de la justicia.

—Nos prometimos en secreto. No quería que nadie lo supiera hasta que no conociera a mis padres. Solo tú lo intuiste. Tú que me conoces como nadie llegará a conocerme nunca —susurró con sentimiento—. Así que no lo dijimos a nadie. El plan era zarpar juntos en la fecha acordada y anunciarlo aquí. Mientras tanto... Mientras tanto comenzamos a vernos a solas...

—No sigas —le rogó—. No me cuentes eso.

El pecho de May se encogió ante su sufrimiento.

—Cuando ocurrió comenzó a cambiar. No fue algo repentino sino gradual. Sí, seguía gustándole mi independencia, pero ya disponía por mí: dónde viviríamos, cuántos hijos tendríamos, cuál sería nuestra rutina... Parecía que mis decisiones se supeditaban a la existencia que había planeado por los dos y para los dos. O quizá no fue de ese modo. —Su voz perdió fuerza y se convirtió en un murmullo—. Quizá no quise ver que ya era así y me dejé cegar por lo que me convenía ver y fui una necia.

Se unió a su silencio. No había sabido que iba a revelarle la sensación de que había sido una ilusa, que en un exceso de optimismo había sido incauta, hasta que las palabas habían brotado de su boca. Hablarle del temor que la martirizaba muchas noches, del miedo a ser ella quien se había equivocado desde el principio como una joven enamoradiza y no él quien la había manipulado aun sin querer... Creyó que no podría y sin embargo le había resultado tan natural confesarse con él, admitir dicho temor que se mezclaba con la culpabilidad y que le hacía decirse que merecía lo que le había ocurrido por descarada.

Alexander era consciente de que estaba depositando en él toda su confianza, que le regalaba lo más profundo e íntimo de ella. Que si a otro le había prestado su cuerpo a él le estaba entregando su alma.

Se aferró a eso para no perder el control.

—Y rompiste el compromiso.

—Sí.

—¿Y él lo aceptó sin más? —sonó incrédulo.

—No, claro que no. —No había vanidad en sus palabras—. Pero mi decisión era inamovible y finalmente hubo de respetarme y aceptarla.

Supo que él jamás la aceptaría, que a pesar de su terquedad no renunciaría a ella, y no estuvo seguro de si admirar a aquel americano por dejarla ir o saberlo un perdedor. Porque no tener a May era vivir un infierno, pero perderla significaría ser un muerto en vida.

Una extraña idea le alarmó. Preocupado habló sin pensar, con crudeza.

—¿Por qué tardaste tanto en volver? ¿Quedaste embarazada?

—¡Alex!

¿Cómo podía pensar eso de ella? La culpa la golpeó con fuerza. ¿Por qué no, si a fin de cuentas le había confesado que ya no era doncella y había preferido romper cualquier compromiso a hacer lo que él, lo que todos, consideraban correcto?

Si había quedado embarazada, si había tenido que

renunciar a... No lo consentiría. No tenía que sufrir el resto de su vida por un error. Quiso tomarla de la mano pero ningún contacto le parecía conveniente en aquel momento.

—Porque si es así buscaré al niño y lo traeré, May —declaró solemne—. Diremos que es el hijo de una amiga con quien te sentiste especialmente unida allí donde no tenías familia ni amigos, y que tanto ella como su esposo han fallecido en un ataque en el Oeste o lo que tú decidas... Que tú eres la madrina y que es tu obligación hacerte cargo de él. Pero lo tendrás contigo.

Ahora sí, lloró. Alex estaría decepcionado, podría pensar lo peor de ella, pero seguía siendo su persona, podía contar con él incluso ese día.

La vio hundirse y olvidando toda prudencia se acercó a ella y la rodeó con sus brazos, ofreciéndole alivio. May se abrazó a él con fuerza, apoyó la cabeza en su hombro y lloró sin consuelo durante unos minutos. Sintió que también él se hundía, que el control que se había estado esforzando en mantener se desmoronaba como un castillo de naipes. Sintió que no conocía a la mujer que tenía entre su brazos. Se sintió estafado. Sintió que lo había engañado. ¿A quién había amado durante años? ¿Era acaso la May de quien se despidió seis años atrás un espejismo?

Mientras la abrazaba reconstruyó sus defensas. Por él. Por ella.

Cuando dejó de sollozar la apartó con delicada firmeza y le tendió un pañuelo. Esperó a que se calmara. A pesar de todo no mentía. Si había tenido un hijo lo traería a Inglaterra. Era lo menos que le debía. Por los buenos tiempos. Esos que parecían escurrírsele de las manos.

Cuando se serenó señaló el pañuelo y se lo guardó en la manga. Se lo devolvería limpio más adelante.

—No, no quedé embarazada. Hay métodos...

—No continúes, no explicándome eso.

Su voz ronca, casi suplicante, que no quería conocer los detalles más íntimos, se le clavó en las entrañas hasta dolerle.

—No regresé porque sentía que no podía hacerlo. No estoy segura de si porque tenía algo inconcluso en Nueva York o porque no me veía capaz de regresar. Hasta que finalmente me decidí a embarcar, no descubrí que lo que me había impedido hacerlo eran los remordimientos de conciencia.

—Los remordimientos de conciencia —repitió.

Y su voz sonó áspera, exigente. Reflejó cada sentimiento que creía controlado. No podía contenerse: estaba enfadado. Furioso. Deseaba gritarle cuán necia era. Explicarle que había malogrado su vida con un americano que no la merecía y al hacerlo había arruinado también la suya, rompiendo sus sueños.

May reaccionó a su censura como siempre lo había hecho, combatiendo. No sabía afrontar su reproche. No aquel.

—Sí, incluso las mujeres que no cumplimos las expectativas sociales los tenemos —le espetó; pero era a ella a quien culpaba—. ¿Qué esperabas? ¿Que me casara con él y fuera infeliz el resto de mi vida en un país que no era el mío porque cometí un error? Me equivoqué, lo sé, y viviré el resto de mi vida con esa equivocación. Ya te lo dije la noche de mi baile: no me casaré. Y no lo haré porque no soy doncella y un esposo merece eso, al menos.

Sus ojos azules hubieran congelado el averno, tan fríos se tornaron.

—Nunca quisiste casarte. —Su voz fue también helada.

Deseó abofetearle por simplificar tanto su vergüenza.

—Antes era una decisión. Ahora no tengo opción.

¿Y qué opciones le dejaba a él? Aquel error que fortalecía la decisión de una niña truncaba el proyecto de un niño, un joven, un hombre.

May se puso en pie, tomó sus guantes y su capa, incapaz de pasar un segundo más en su presencia. Él no se levantó ni hizo ademán de acompañarla hasta la puerta siquiera.

Bajo el vano se volvió y le dijo con voz triste:

—Creí que me veías como a Hester, capaz de asumir y sobrellevar con dignidad cualquier decisión que tomara a conciencia. Y me refiero a la decisión de romper mi compromiso, no a la de mantener relaciones no estando casada. —Alexander ni siquiera alzó la vista para mirarla—. Creí que verías fuerzas donde Matthew vio flaqueza.

Tampoco dijo nada porque no sabía qué decir. Necesitaba pensar. Necesitaba descargar su furia, su frustración y su dolor antes de volver a verla.

Porque de lo que único que no dudaba era de que seguía necesitando a May en su vida. Equivocada o no, doncella o no, seguía sintiéndola *su* May.

No la acompañó hasta la salida.

16

La única razón por la que había acudido aquella noche a Ranelagh era la remota posibilidad de encontrarse a Alex. Sabía que ella iría. En Vauxhall, tres noches antes, le dijo haber añorado aquellos jardines tanto como los de Chelsea, esos que a pesar de que su célebre rotonda hubiera sido demolida hacía más de tres décadas seguían siendo más elitistas que los del centro de la ciudad. Y una mascarada en Ranelagh era un reclamo para *la ton*. Así que vestida en verdes y dorados como una hermosa Cleopatra, y acompañada de un grupo de conocidas, arribaba al edén del sur de la ciudad pasadas las nueve de la noche. No se había equivocado. Vistosos palcos, bufetes con pequeñas exquisiteces y abundante bebida, lacayos con distintas libreas, un maestro de ceremonias, una orquesta de cámara, iluminación suficiente, caminos guiados por antorchas que se perdían sinuosos en zonas con obscura vegetación... y la luna llena como único testigo de lo que pudiera ocurrir.

Nadie parecía conocerse porque nadie quería conocerse.

Suspiró:

—Las anfitrionas de Nueva York se frustran tratando de emular esta mezcla entre perversa decadencia y glorioso esplendor, sin entender que solo en el viejo continente pueden coexistir en perfecta armonía. Únicamente en una tierra con siglos de historia, donde el suelo se ha regado con sangre de cientos de generaciones y abonado cada vez con aliento renovado, pueden entenderse veladas como estas.

Las damas más jóvenes la miraron escandalizadas; las otras, callaron. La sobrina de la señora Hobster, una joven precoz por cuyas venas también corría tinta, sonrió.

—Dejemos pues que la depravación nos lleve ahora y que la luz del sol nos purifique mañana.

Risitas tontas acompañaron el comentario antes de que se adentraran en la fiesta, conscientes de que se alejarían unas de las otras por acuerdo tácito, simulando perderse entre la multitud.

May cubría su rostro con una máscara veneciana. Solo su melena se veía, y la llevaba recogida en un intricado moño lleno de pequeños cristales que le daban luz. Dudaba mucho que la Reina de los Desiertos hubiera vestido así, pero las licencias históricas servían si con ellas las mujeres se veían bellas, ¿o no era cierto? Y aquella noche necesitaba sentirse hermosa, tanto como que la hicieran sentirse hermosa. Estaba despertando admiración y al cuerno si la tachaban de coqueta. Después de todo no era educado saber quién era la vanidosa dama tras la máscara veneciana dorada con brillos verdes.

—¿Puedo deciros que estáis preciosa, milady?

Se volvió al escuchar una voz ronca tras ella. No era él. No necesitó buscar sus ojos para saberlo.

Sonrió a la figura del Rey Arturo.

—Muchísimas gracias, milord.

Este le tomó la mano y se la besó en un exagerado gesto medieval que la hizo reír.

—¿Me concederíais este baile, hermosa dama?

Sonaba un vals, y no quería bailar el vals con nadie que no fuera Alex. Era ridículo, pero así era. Todas aquellas piezas le pertenecían desde aquella primera noche, a su vuelta, en el baile celebrado en su honor. Era probable que no los quisiera, o no durante algún tiempo, pero eran suyos igualmente.

El caballero que la pretendía debió de ver sus dudas, pero no cejó.

—¿Tal vez prefiráis un paseo por los jardines?

Su ofrecimiento era excesivo, incluso en una mascarada. Iba a replicar cuando alguien a su espalda se le adelantó.

—La dama quiere bailar, mas no con vos, Rey, sino conmigo.

Se volvió para encontrarse a Richard vestido de negro, con un antifaz que apenas le cubría los ojos y con un gesto tan adusto como el tono que había empleado. Nunca «Rey» le había sonado a agravio hasta entonces.

Westin era un hombre conocido por todos. Quien fuera que se ocultaba tras la máscara se despidió con cordialidad y se marchó tan rápido como había llegado. May no pudo evitar sonreír.

—Tío, no puedes hacer eso —le riñó con cariño.

El conde chasqueó la lengua.

—¿No puedo? Vaya, lo anotaré la próxima vez que vea a un hombre importunándote.

Ella también chasqueó la lengua.

—Sabes que no me importunaba.

—No hagas ese ruido con la boca, no es educado.

—¡Tío!

Ahora sonrió abiertamente. Ambos lo hicieron. May se convenció de que la sonrisa del conde le habría granjeado los afectos de muchas damas en su juventud. Y, si no estuviera enamorado de la tía Nicole, no dudaba de que también ahora muchas mujeres...

—No querías bailar con él.

—Eso no puedes saberlo —replicó con una sonrisa dulce.

—No le has dicho que sí.

Y May no bailaría con nadie que no fuera Alexander, se dijo Richard. Había apostado a que su ahijado conseguiría su mano la segunda vez que la pidiera en matrimonio. Contaba con que la joven se resistiera una primera vez, aunque fuera por pura cabezonería. No quería a nadie haciendo la competencia a Wilerbrough y ya que estaba allí en contra de su voluntad haría al menos algo provechoso.

—¿Qué haces aquí? ¿Y por qué vas de negro? Es una mascarada, no un duelo.

Se encogió de hombros con indiferencia.

—Voy vestido de Mefistófeles.

May sonrió antes de replicar con agudeza:

—Es el peor pretexto que he escuchado para no disfrazarse.

—Me lo enseñó Stanfort. Se lo diré de tu parte la próxima vez que lo vea.

Rio de nuevo. Sus tíos y su padre habían sido unos granujas de jóvenes. Los Tres Mosqueteros, los habían apodado. Y por las anécdotas que había ido escuchando a sus respectivas esposas, habían hecho las delicias de las matronas durante cinco o seis años, hasta que todos ellos se casaron. Y al parecer, Westin, más que ningún otro.

—En todo caso, solo has respondido a la mitad de mi pregunta. ¿Qué haces aquí? Dudo que hayas venido por voluntad propia.

Le pellizcó la nariz.

—Sigues creyéndote una sabelotodo. —Su tono rebosaba cariño—. Tu prima Eliza debuta el año que viene. Y tu tía quiere ver quién lo hace este año. Y me arrastra a determinados eventos porque considera que debo implicarme mucho en el debut de mi hija menor. —El conde se había aplicado al máximo con sus dos hijos y su otra hija, no era necesario pedirle nada—. Y no quiere ni oír hablar de que es el próximo año cuando Eliza comenzará a pisar Almack's, no este.

May sonrió. Eliza era preciosa y una joven dócil; se casaría en su primera temporada y lo haría con quien debiera. Tenía aun así una madre muy competitiva, que querría saber con quién se disputaría su hija al año siguiente la atención de los caballeros. Y cuando la condesa hacía algo que su esposo no aprobaba, este se desvinculaba de ella.

—Son tu hija y tu esposa, además de mi prima y mi tía.

—Eso mismo. —Sonrió y chasqueó de nuevo la lengua—. En todo caso, me consuela saber que no solo me ha movilizado a mí. El resto de mis hijos están en Londres, ya que no podían faltar a la fiesta celebrada por tu regreso, y tienen órdenes estrictas de relacionarse con las familias de los caballeros solteros más importantes. —May se echó a reír. La condesa de Westin era una mujer difícil de esquivar cuando tenía algo en mente. Y casar a Eliza era su objetivo—. Y ahora, jovencita, ¿bailarás conmigo, o dejarás que el Rey Arturo crea que me has plantado?

Le encantaba el vals y sus tíos y su padre no contaban como parejas de baile. Con ellos podía bailar porque con ellos no bailaba en realidad, con ellos no era lo mismo. Aunque bailar el vals con Alex no era comparable a nada. Bailar el vals con Alex era como... Enrojeció al pensar en cómo se acariciaban mientras se mecían.

En todo caso, se dijo regresando a pensamientos más seguros, uno con su tío Richard significaba menos que nada. Así que se dejó tomar por la cintura y llevar hasta el resto de parejas. Le encantaba mecerse al son de los compases en tresillos.

Alexander había acudido porque necesitaba verla. No se había reconciliado todavía con lo que le había confesado. Aunque de algún modo ya lo había sabido, desde que bailara con ella aquel primer vals lo había intuido por su contacto, por sus miradas, por sus palabras; no lo había querido asumir hasta no escucharlo de sus labios. Y ahora que no tenía más remedio que afrontarlo no sabía cómo hacerlo.

Pero hacía apenas unas horas que ella le había obligado a reconocerlo. Más adelante llegaría el perdón. Y este llegaría porque no podía estar sin ella. Ni siquiera durante esas horas de espera.

Y por eso estaba allí: porque necesitaba verla.

Llegó disfrazado, pues no hacerlo hubiera llamado la atención en exceso y prefería sentirse ridículo a sentirse el centro de las miradas. La algarabía era notable y la idea de zambullirse entre el gentío no le atraía en absoluto.

May era alta, se recordó, y también él. Buscó una zona menos abarrotada desde donde controlar el mayor espacio posible. Si se mantenía en un lugar terminaría por encontrarla. Contaba con que May deambularía y era por tanto cuestión de tiempo que apareciera en su campo de visión. Las probabilidades menguarían si ambos estaban en movimiento.

A no ser que estuviera en uno de los caminos... No. May no cometería el mismo error dos veces. Ni siquiera dudó de ello. No se marcharía con un caballero a una zona oscura.

Y si quisiera hacerlo, el caballero elegido sería él.

La noche era, en todo caso, proclive a ello, se dijo. El decoro y la laxitud iban de la mano en una mascarada. Y Ranelagh, como Vauxhall, tenía donde ocultarse. Todos veían aunque afirmaran no mirar. Y curiosamente todos eran discretos después siempre que la impudicia no tensara en exceso la elasticidad de la corrección.

La tentación hubiera sido inmensa si las circunstancias no fueran las que eran.

Tardó casi cinco minutos en encontrarla, y se sintió traicionado al hacerlo: estaba bailando. Sonaba un vals así que había asumido que no danzaría. Sería absurdo, pero era el primer y el último hombre con el que había valsado y aquellos bailes, sus valses, le pertenecían. Lo sentía así y ver que ella no lo sentía del mismo modo le dolió. Le dolió tanto como le había dolido saber que otro hombre había acariciado su cuerpo. El tormento regresó y a punto estuvo de marcharse. Pero la música incrementó el ritmo, viraron las parejas y quiso la suerte que pudiera ver a su acompañante: Westin.

El alivio le hizo sonreír, incluso. El tío Richard no contaba. Su padre, el de May, y su padrino, el de ambos, no importaban. Con ellos podía bailar tantas piezas como quisiera. Ellos no eran caballeros. No realmente. No para May.

Esperó a que terminara la pieza. Las parejas de baile no se apartaban hacia un lado u otro pues no había una pista concreta. Así que se acercó donde estaban. Supo cuándo le vieron por la sonrisa traviesa de May y la mirada seria de su tío cuando cayó en qué personaje había elegido para enmascararse.

—Buenas noches, May. Westin.

—Wilerbrough.

—Alex.

Silencio.

Su tía Nicole llegó también al verlos, una sonrisa divertida dibujada en su rostro.

—Buenas noches, Alexander. —Fue besada en la

mejilla. Los celos atacaron a May por sorpresa. No por su tía, supo, sino por ella. Quería también un beso suyo—. Bonito disfraz.

—¿Lo es? —respondió su esposo, seco—. No lo reconozco.

—¿No, querido?

—No, querida. —Su tono advertía.

Pero lady Nicole Illingsworth no se dejaba intimidar.

—Lleva la vestimenta de la Guardia Real Francesa del siglo XVII. La de Los Mosqueteros. Creí que habrías oído hablar de la novela de Dumas.

En cuanto May y Alex se miraron olvidaron lo que les rodeaba. Aquel entendimiento privado del que siempre habían gozado regresó con fuerza. Pero ya no era la vieja camaradería de niños; ahora la conciencia que tenían de sus presencias era mucho más profunda y superaba una relación de infantes; ahora los atrapaba y los mantenía sometidos el uno al otro.

May quedó cautivada por el instante. La mirada azul no se despegaba de la suya y por un momento le faltó el aire.

Ajenos a la extraña fascinación que la traspasaba, la condesa y su esposo continuaron pinchándose.

—He oído hablar de Los Mosqueteros, Nick.

—Créeme si te digo, Richard, que yo he oído mucho más acerca de Los Mosqueteros que tú.

—Creo que no quiero saber...

—¿Quieres tomar una limonada, May? —La voz de Alex la cautivó tanto como lo habían hecho ya sus ojos.

Los Westin los miraron y sonrieron con indulgencia.

—Marchaos —dijo el conde—, antes de que mi condesa se ponga nostálgica.

Alexander le ofreció el brazo y se alejaron en silencio. May no podía hablar, confundida como estaba en el roce de su mano, en la piel que sentía arder bajo su contacto.

Permanecían callados. Habían tomado dos vasos de limonada con un poco de champán y los portaban en las manos. May no sabía de qué hablar y bebía a sorbitos. Alexander disfrutaba de su compañía.

Rompió ella el silencio, pero su voz sonó forzada, chillona incluso.

—La elección de disfraz ha sido divertida. No la esperaba.

La miró. Y obvió que pareciera no recordar que tenía sentido del humor.

—No estoy segura de que Woodward o mi padre lo aprecien.

Su voz no era tan serena como su mirada.

—Creo que es la primera vez que te veo disfrazado —siguió May, con la mirada baja, incómoda pero incapaz de mantenerse callada.

—Lo es —confirmó a su rostro, aunque no a sus ojos pues ya no le miraba.

May no sabía qué hacer, no sabía qué decirle y nada le parecía apropiado. No después de confesarle su error de Nueva York. Que estuviera allí ¿qué significaba? No podía pretender obviar...

—Alex, respecto de esta mañana...

—No —la interrumpió, presto—. No —repitió con voz más serena.

—Alex —volvió a decir, y hubo de callar para tragarse las lágrimas.

No sabía qué esperaba, pero no aquello. No una negación de plano. ¿Tanto la reprobaba que no podía hablar con ella al respecto?

Alexander supo cuánto se culpaba y se sintió un inepto. Por primera vez en su vida no sabía qué hacer. Se sentía perdido con ella. Siempre había sabido cómo tratarla... Siempre, hasta ese día. Pero sin ella se sentía más que perdido. Sin su presencia se sentía abandonado.

—May —dijo también, sin saber cómo continuar.

Cabizbaja atinó a decir:

—Te entiendo.

No era difícil saber qué pensaba de ella. Se había dejado mancillar. No, no era cierto. Había consentido lo ocurrido para después negarse a hacer lo correcto. ¿Cómo no iba a censurarla? A ella misma le costaba justificarse, a pesar de que era su felicidad la que había inclinado la balanza hacia la vuelta a Inglaterra y una vida en soltería. Y lo aceptaba y no se revolvía en lamentaciones tardías, pero lo sabía una abominación para cualquiera que supiera de su decisión.

Alexander la tomó por la barbilla. Pretendía que fuera un roce delicado, pero fracasó. No fue violento aunque sí la atenazó. No quería que escapara ni quería él huir de lo que estaban viviendo. Fueran los momentos más hermosos como el vals del primer día o los más complicados, mucho más difíciles de lo que había esperado.

Y sobre todo no quería que viera reprobación en sus ojos, ni ver él derrota en los de ella.

—Si me entiendes entonces explícame qué me ocurre, porque yo mismo no me entiendo, May. No desde esta mañana.

Se hizo un paso atrás y la soltó. No tuvo más remedio que hacerlo aunque hubiera querido mantenerla tomada del mentón, sus pupilas fijas en ella, hasta poder leer en su alma, hasta dejarla ir para siempre o besarla para siempre.

No supo tampoco qué decirle.

—Supongo que no quieres saber de mí. O no todavía, espero —dijo en voz casi inaudible—. Deseo con fervor que sea así, que sea un... que sea momentáneo. —Su voz se tornó tan triste que lo traspasó—. Que sea un «aún no» y no un «nunca más» después de saber que yo... que ya no...

—Si ya no quiero saber de ti... —La voz, llena de ternura, la hizo levantar la vista—. Si todavía no quiero saber nada de ti, entonces ¿qué hago en Ranelagh esta noche, disfrazado por primera vez en mi vida?

May sabía que estaba allí porque también ella había acudido, pero no entendía que así fuera. Porque ¿qué demonios hacía Alex allí, con ella, ahora que lo sabía?

—Alex, Matthew... yo...

No quería escuchar aquello. No podía. No todavía.

—No —le repitió, esta vez su tono más sereno aunque igual de firme—. No aquí, no esta noche. No en Ranelagh, no en una mascarada. Y no todavía. —Su voz se dulcificó antes de continuar—: ¿No podríamos ser solo dos desconocidos, ocultos tras nuestros antifaces?

May sonrió con nostalgia. Sería maravilloso poder olvidar aquella mañana. Sería romántico, incluso... sí, romántico, por extraño que pudiera parecer, que por unos minutos fueran solo un caballero y una dama sin nombres ni procedencia.

—¿Podríamos serlo? ¿Tú y yo? —Su voz se escuchó soñadora—. ¿Solo dos desconocidos?

Vio a través de su máscara una mirada que invitaba a permitirse soñar.

—¿Por qué no? ¿Qué nos lo impide?

Lo miró, buscando algo en su rostro que le hiciera saber que le tomaba el pelo. Nada halló.

—Alex. —Se sintió cohibida—. Hace años que nos conocemos. Y nos conocemos demasiado. Sabemos tanto el uno del otro...

La interrumpió.

—También hace años que no nos vemos. En ocasiones siento que nos estamos conociendo de nuevo, que sabemos tanto y tan poco a la vez del otro.

Calló un momento asimilando lo que le había dicho, entendiendo que también él percibía esa extrañeza, que también creía que ya no eran los de antes y quienes eran ahora no cabían en la relación de antaño.

—Esta mañana has conocido lo peor de mí —susurró con voz ahogada.

Bajó la mirada, sin poder evitar la vergüenza. No porque se condenara a sí misma, sino porque él la condenara.

Alexander la tomó de nuevo de la barbilla y la obligó a mirarle. El tacto, no obstante, fue acariciante. Cuando sus pupilas volvieron a encontrarse apartó la mano, temeroso de acercarla más. No pudo en cambio evitar retirar esta poco a poco, dejando resbalar sus dedos por la delicada piel de su mentón hasta que no quedó más que rozar. La sintió temblar y supo que en cierto modo seguía siendo *su dulce* May.

—Esta mañana me has recordado una parte de ti, una más de una personalidad coral, May. Algo que nos ha unido porque nos es común.

—¿Una parte de mí? —Estaba confundida—. ¿Qué nos es común?

—La curiosidad por lo prohibido.

Se sintió dolida. Para ella había sido mucho más que eso. Y por tanto mucho más intenso y lacerante.

—Fue mucho más que eso. No simplifiques lo que...

Antes de que hablara supo que le había hecho daño. La apaciguó aun sabiendo que lo que le pedía era una tregua.

—Lo sé. Pero ¿no podríamos olvidarnos de todos los sentimientos que nos arrollan al respecto y ser solo dos desconocidos en una mascarada, en un parque enorme al sur de Londres? ¿Dos desconocidos a los que les une la pasión por lo prohibido?

Sus palabras viajaron como un relámpago por su columna vertebral y reverberaron en su estómago. Lo miró con atención, el anhelo mezclado con el deseo oculto en su rostro. No parecía bromear. En realidad diría que hablaba en serio. ¿Podrían olvidarlo todo una noche? ¿Dejarlo a un lado durante unas horas y que madurara? ¿Ser Alex y May, no los niños sino dos adultos, el hombre y la mujer que bailaran a su llegada un vals que hizo que su cuerpo cobrara vida?

«¿Por qué no?», se respondió. Cualquier situación sería mejor que la real.

—De acuerdo —aceptó, asintiendo con la cabeza—. De acuerdo —repitió más convencida.

—De acuerdo entonces. —Le sonrió Alex.

Alzó las cejas asustada al ver que se disponía a alejarse.

—¿Dónde vas? —se alarmó.

—A coincidir contigo en una mascarada. Así que mézclate con la muchedumbre.

Y antes de que pudiera comprender, había desaparecido.

17

Hacía años que no estaba tan nerviosa. Quizá desde la lejana noche en la que debutara, en el salón de los Tremaine, no había vuelto a sentirse así. La inseguridad la guiaba en cada paso. Y la expectación. Recordaba el temor a que nadie la sacara a bailar. Siempre se supo hermosa pero temió que ningún caballero la tentara. O ninguno que le interesara. Tuvo pesadillas que ahora sabía ridículas y le parecían tiernas, pero que significaron noches de insomnio: que se le enrojecía la nariz, que la atacaban las fiebres, que cometía un error de etiqueta imperdonable...

Ahora, en Ranelagh y con veintiséis años, su único temor era que Alex no la encontrara. No, no era cierto, se corrigió. Lo que temía, lo que de verdad le aterrorizaba, era que no la buscara. Llevaba diez minutos paseando entre el gentío, deteniéndose a saludar aquí y allá a quienes en principio no debía conocer y con quienes cruzaba frases casi anónimas, y nada sabía de él.

Tal vez esperaba que se alejara del baile. ¿Pretendería

acaso la intimidad de un camino oscuro y alejado?, dudó. Pero no, se convenció. No querría que se aventurara sola por las zonas menos transitadas. Errante, siguió deambulando, la mirada inquieta bajo su máscara.

Cuando la música dejó de sonar aplaudió como el resto de los que allí se aglutinaban. Fantaseó por un momento con buscar al Rey Arturo y bailar con él solo para fastidiarle. Se supo una boba, pero al menos aquel pensamiento le hizo sonreír. No lo haría, desde luego que no. No elegiría otra compañía cuando podía tener la de Alex. En caso contrario prefería estar sola.

—Buenas noches, bella Cleopatra —susurró sobre su cabeza, a su espalda, una voz varonil.

Imitaba un ligero deje francés al hablar, arrastrando con suavidad las vocales finales.

Sin esperarlo, su cuerpo se templó, sintió que la piel del cuello se le erizaba y, aun estando a una distancia prudente, pudo sentir el calor que emanaba de su cuerpo. Sus oídos se recrearon con sus palabras y agradeció ir cubierta porque se ruborizó de placer.

—Buenas noches, *monsieur*... *monsieur*... —quiso seguirle el juego a pesar de que se sentía sobrecogida por él.

Algo era distinto, algo parecía haber cambiado en quince minutos. Algo inefable que no sabía explicar. Alex no era el mismo y la hacía también sentir distinta. No sabía cómo, pero había creado un escenario diferente para ellos, uno en el que no parecían ser quienes en realidad eran.

Alexander la encontró adorable. Cohibida, incluso. Y no lo simulaba, no era una artimaña femenina para mostrarse decorosa. May parecía tímida, como si por primera vez no supiera cómo comportarse, qué decir y qué hacer en su presencia.

Como si fueran de veras dos desconocidos en una noche cubierta de velos.

Continuó su pequeña farsa sintiéndose un joven que cortejaba a una debutante, dejándose llevar por la ternura del momento.

—Dado que conocemos la edad de Aramis, Athos y Porthos... —Ambos sabían que se referían a sus padres y tío—. Yo debería ser D'Artagnan.

Acompañó a su respuesta una risita femenina y una ligera reverencia. May sentía que tenía dieciocho años y aquella era su primera temporada, y sonreía como una boba. Había mucho encanto en aquella noche, en los jardines de Ranelagh, en ir disfrazados, y en olvidar quiénes eran durante una velada.

—Buenas noches, *monsieur* D'Artagnan.

Y le extendió la mano para que se la besara.

Alexander miró su pequeña mano y la tomó con delicadeza pero no la acercó a su boca. La abarcó con la suya, dio un paso más hacia ella y le dio un beso suave detrás de la oreja, en el borde que la máscara no cubría, antes de susurrarle:

—A vuestro servicio, Majestad.

Un escalofrío la recorrió de pies a cabeza y él también pudo sentirlo. Pareció en realidad sacudirlos a ambos. May quedó callada, sin saber qué decir. Desde que regresara de América había querido que la besara en la mejilla, y ahora que lo había hecho, o donde la máscara se lo había permitido, había entendido que no lo hiciera antes, y desde luego jamás en público. Era... era... Que Alex besara su piel era excesivo. Y no obstante la idea de que no lo hiciera más la desolaba.

—Quizás os equivocáis de reina —atinó a responder, sintiendo sus ojos fijos en ella.

—Lo dudo —le respondió con voz segura. Y viéndola atenazada, tomó la iniciativa de su charla y le pidió el siguiente baile—. ¿Me concederéis el vals que sonará ahora?

Lo miró más segura, sus ojos grises inquiriendo.

—¿Cómo sabes...? ¿Cómo podéis saber, *monsieur*, que sonará un vals?

—Del mismo modo que sé que lo bailaréis conmigo —le susurró con voz afectada, exagerada—: porque es el destino.

Había pagado la siguiente pieza a la orquesta para que así fuera.

Y los músicos quisieron comenzar los acordes, así que sin esperar respuesta la rodeó con una mano, y la que todavía mantenía cautiva la depositó en su cuello. Ella tomó su falda y comenzaron a mecerse. Y como había ocurrido cada vez que bailaran sus cuerpos se reconocieron y se hablaron sin que ellos tuvieran que decirse nada.

—Bailáis maravillosamente bien, milady. —Alex continuaba con la suave dicción extranjera—. Seguro que vuestro primer vals de verdad, no con un profesor ni un familiar sino con un caballero... fue con un francés. Solo así se explica vuestra gracilidad.

Sonrió de nuevo como una niña. ¿Se habría sentido así a los dieciocho?, quiso recordar. ¿Algún caballero la hizo sentir liviana, hermosa, feliz bailando entre sus brazos? Confundida entendió que los brazos de Alex obliteraban las memorias de cualquier otro hombre, tal era la fuerza de su presencia y la reacción de su cuerpo a esta. Replicó presumida.

—Me temo que no fue un francés, *monsieur*, y que pecáis de pretencioso.

La boca de Alex compuso un gesto apenado, aunque la mirada tras su antifaz estaba llena de picardía.

—¿No pretenderéis hacerme creer que fue Marco Antonio? Con su coraza en el pecho dudo mucho que pudiera haceros virar.

Y la tomó por la cintura con firmeza y giraron con agilidad en varios pasos rápidos. May rio con ligereza y se agarró a su hombro con ímpetu. Cuando sus movimientos se volvieron pausados continuó aferrándose a él sin importarle lo adecuado o no de su gesto. Le gustaban sus hombros y sus manos, se había dado cuenta la noche de su regreso, y a él no parecía importunarle su contacto. De hecho era Alex quien había cerrado la distancia más de lo necesario, permitiéndoselo.

—No —le susurró, continuando la charla, encantado con cómo estaba transcurriendo su pequeño teatro—, no fue Marco Antonio, estoy convencido. ¿Me diréis pues quién fue el primer afortunado?

May alzó la vista y afrontó sus ojos. Había una mezcla de ardor y travesura en ellos que no estuvo segura de saber interpretar. No sabía qué esperaba escuchar Alex y, cauta, no se arriesgó a una respuesta que la dejara en una situación proclive a los excesos, pero no quería decepcionarle. Ni decepcionarse y zanjar ninguna opción.

Estaba disfrutando con un caballero como no recordaba haberlo hecho jamás. Se sentía estimulada por cómo sus manos dirigían su cuerpo al bailar y prodigaban alguna caricia casual o no tan casual; pero también por sus palabras, por sus pequeños retos, porque esperaba de ella algo más que la capacidad para contar los pasos que se entendía en cualquier otra dama.

—Fue un inglés, *monsieur*. —Simuló él asombro y ella compuso un gesto petulante—. Sí, un inglés. Fue un hombre, a quien los gascones creéis de sangre fría, quien me enseñó a bailar, según vuestras palabras, maravillosamente bien.

Alexander no estaba seguro de qué esperar pero, como fuera, su respuesta le satisfizo y mucho.

—¿Me decís, entonces, que hay un hombre inglés capaz de haceros bailar a su son, milady?

May no pudo afrontar su mirada. Su voz se había enronquecido, su ojos ardían a pesar de que su boca sonreía con burla. ¿Eran dos desconocidos bailando, o estaba en realidad flirteando con ella? Había hablado de la pasión por lo prohibido que compartían. Pensar siquiera en lo que pudiera significar hizo que su estómago se llenara de mariposas. ¿Querría él que...? No sabía qué quería, no tenía ni la más remota idea de qué intenciones cruzaban por la cabeza de Alex. La sensación de ser un títere en sus manos regresó, aunque esta vez no le importó. No porque no quería saber qué esperaba él, supo. Aquella noche solo eran dos desconocidos en Ranelagh, sin un pasado y sin un futuro. Solo compartirían su presente. Alex así se lo había pedido. Había dicho, incluso, necesitarlo.

Y se dio cuenta de que también ella lo requería.

—Os diré, *monsieur*, que dicho caballero lleva años tratando de convertirme en lo que según sus criterios debería ser una dama. —Lo miró directamente a los ojos—. Tal es su arrojo que pretende, efectivamente, modelarme a sus deseos.

Sonó a reto. A ambos les sonó a reto. No había sido su intención, pero no se desdijo.

Alexander dejó de mecerla poco a poco, llevándola a un lado, alejándola de otras parejas, hasta que los detuvo a pesar de que la música continuaba sonando con sus delicados acordes. Se miraron fijamente el uno al otro sin decirse nada. Ni el ruido, ni los otros bailarines, ni el resto de congregados, ni la música de fondo existían ya. Solo sus ojos y sus alientos. Solo sus manos tocándose. Solo sus cuerpos frente a frente.

Finalmente el valor abandonó a May y apartó la vista. ¿Qué se suponía que estaban haciendo? ¿Acaso no estaba ella jugando a un juego al que no tenía derecho, al que había renunciado al entregarse al hombre equivocado?

Alex debía estar enfadado con ella. O decepcionado. Aunque pretendiera obviarlo disfrazándolo de una noche de olvido, su pequeño cisma seguía allí, sobre ellos, cual espada de Damocles.

Y sin embargo... sin embargo... sería tan hermoso que una noche...

Una de las manos que la tenían presa la soltó. Suspiró lentamente, sintiendo su pérdida, lamentándola, esperando que la otra la abandonara también y se separaran en más de un sentido. Aunque durante unos acordes, durante casi un vals, había sido hermoso. Había sido tan hermoso...

Y aquel recuerdo sería suyo durante años. Sería la noche de un debut que no recordaba haber tenido.

La otra mano se movió y esperó a que su tacto se esfumara. Tiró de la suya, en cambio. Sorprendida, alzó los ojos, pero él ya no la miraba, caminaba hacia el perímetro exterior, algo alejado, un paso más adelantado, sin soltarla. Presta, se situó a su lado.

Anduvieron en silencio. Alexander no sabía dónde iba, solo que la quería a su lado un poco más. El enfado, la decepción, lo que fuera que le había atropellado aquella mañana y que ahora no recordaba, había quedado aparcado. ¿Habría sido así si hubiera bailado con ella cuando debutó? ¿La hubiera visto tan radiante a los dieciocho? ¿Habría sonreído con aquella ilusión a otros? Si así era, lamentaba no haber acudido a un solo baile para poder embeberse de su felicidad.

No debía, pero soltó apenas la mano para entrelazar sus dedos con delicadeza. May enredó los suyos también e imprimió una ligera presión, tan suave que fue casi una caricia. No era correcto, como tampoco lo era haberle colocado la mano en el hombro con suavidad, ni él haberla acercado tanto, ni haberla tomado por la cadera y no por la cintura.

No debían y allí estaban, caminando con las manos entrelazadas, alejándose de la multitud hacia la oscura soledad sin más intención que estar a solas cual dos desconocidos.

No Alexander y May, los que desde siempre se conocían.

No Alexander y May, los que aquella mañana habían abierto una secesión al compartir un secreto.

Solo dos desconocidos que se deseaban tanto que sus pieles parecían querer fundirse en cada roce.

May se dejó llevar. No entendía qué estaba haciendo pero no le importaba. Confiaba en él. Lo que hicieran, lo que fuera, sería apropiado porque era Alex quien lo hacía, y era un hombre recto.

Se detuvieron y Alexander miró atrás. La instó a mirar atrás también. Se habían alejado bastante, estaban ya en una zona de parterres y pequeños laberintos. Si se adentraban ya nadie podría verles. La tomó por los hombros, la volvió hacia él y la observó fijamente. May no rehuyó su mirada.

Respiró hondo. ¿Qué demonios estaba haciendo?, se dijo, nervioso. Tenían mucho por resolver. No era momento para dejarse llevar por el deseo. Si aquella mañana no hubiera existido, por Dios que la besaría hasta robarle el aliento, la cordura y el alma. Pero había existido y no debía besarla, no aunque sintiera que se estaba hundiendo. Porque se hundía y sabía que solo sus labios lo mantendrían a flote, que era su boca, la boca que había confesado su tropiezo, la que le enseñaría a olvidar.

Pero un beso esa noche confundiría a May más que ninguna otra cosa que pudiera hacer.

Él sabía qué necesitaba, que era a ella a quien necesitaba. Iba a perdonarla, ¡maldito fuera!, desde luego que lo haría. Si es que tenía algo que perdonarle, pues era adulta y tomaba sus decisiones tanto como él las suyas, la perdonaría. Esa semana, la siguiente; o esa misma noche, quién sabía.

Pero no estaba seguro de que May hubiera comprendido que un error no la condenaba para siempre. Que solo era un paso más en su vida de mujer, no el último. Y precipitar lo que tanto ansiaba... No era buena idea. Sabía que no lo era por más que también ella pudiera anhelarlo.

Y, sin embargo, devolverla ahora al baile, al tío Richard... Suspiró con más fuerza. No podía. May era su debilidad. Podía hacer cualquier cosa menos alejarla de sí.

Respiró hondo de nuevo, tratando de hacer lo correcto.

—Creo que deberíamos volver.

Esperaba que le dijera algo así. Había leído sus dudas en su rostro. No sabía qué las habían gestado, pero algo había cambiado en un momento. Habían bailado con una sensualidad que no se había manifestado tan patente hasta esa noche, que de algún modo al parecer Alex había mantenido a raya. Porque desde el principio había sido él quien había marcado los límites entre ambos, quien había manejado los hilos y ella quien se había sentido una marioneta en sus manos. Pero esta noche no se sentía en sus manos sino entre sus brazos. Y era donde quería estar, y al demonio si era o no correcto. Era Alex, y con él todo había parecido siempre correcto. Todo. Desde siempre.

La había apartado del baile antes de que terminara la pieza y la había alejado de allí con las manos entrelazadas y una mirada que prometía mucho más que un paseo. Y ahora en cambio tenía dudas. Las dudas que, extrañamente, descubrió no tener ella. Porque lo que fuera no tenía nada que ver con los dos desconocidos que habían dicho ser. Y May seguía queriendo ser una desconocida para él. Quería la noche que nunca tuvo cuando debutó. Y la quería con Alex. Solo podría tenerla si era con él, aunque fuera ocho años después. Únicamente él, de entre todos los hombres con los que se había relacionado socialmente a lo largo de los años, en Inglaterra y en América, la había hecho sentirse así: sin temor a mostrarse en toda su personalidad, especial siendo ella misma. Y al cuerno la razón, al cuerno por qué esa noche se sentía así, al cuerno por qué con él, y al cuerno lo que debían hacer.

—¿Por qué?

Alexander la miró con seriedad. May no rehuyó sus ojos en ningún momento. Los apartó él y los fijó en las manos, todavía unidas. Las separó despacio y volvió a su rostro.

—May. —Suspiró con voz cargada de remordimientos.

—¿Por qué debemos volver? —repitió May.

No quería escuchar las razones que ya conocía. Y aunque su voz había sonado segura, la tristeza que reflejaba se coló en él y los dos se encogieron al reconocerla.

—May... —quiso explicarle.

Pero se acercó a su cuerpo, se quedó a un suspiro suyo, y le colocó un dedo en los labios. Alexander no esperaba su cercanía y quedó sobrepasado por ella, por su calor, por su perfume. Nunca habían estado tan cerca. Ni siquiera cuando lo besó la sintió así.

—No soy May. Esta noche no nos conocemos. Esta noche solo somos dos desconocidos sin un pasado. Esta noche es nuestro presente. Sin un futuro. Solo somos un hombre y una mujer a los que les une la pasión. —Hizo una pausa significativa y continuó antes de que el valor la abandonara—. La pasión por lo prohibido.

Y no temió un rechazo porque no lo concibió.

Bajó la mirada de sus ojos a sus labios, donde aún descansaba su dedo índice. Se dio cuenta de que tenía unos labios fascinantes. Nunca se había fijado pero así era. Acarició el labio superior con el dedo y sintió que este le temblaba, el pulso bailaba sobre su boca. Hipnotizada lo apartó para dedicarse al labio inferior, que barrió delicadamente con el pulgar, maravillada por su suavidad. ¿Había besado aquellos labios unas noches atrás? Un pequeño escalofrío la recorrió. No eran aquellos labios. No era aquel deseo. Ni había sido la May de Ranelagh quien le besara.

Alexander solo podía mirarla, sentirla. Pero no quería dejarse seducir. Si iban a besarse quería seducirla él. Quería ser él quien controlara la situación. Quería que se sintiera hermosa y deseada y cautivada. Y especial.

—May —repitió contra su dedo, besándolo con suavidad.

—Chist, esta noche no tenemos nombres.

Alexander dio un paso atrás, saliendo de su embrujo.

Se sintió huérfana al perder su contacto y temió un rechazo.

—Dame la mano. —Miró la suya y estaba abierta, esperándola. Iba a ocurrir, se dijo maravillada. Iba a ocurrir, hubo de repetirse—. Dame la mano y déjame llevarte donde nadie pueda vernos, o por Dios que te besaré aquí y mañana dirán que los franceses han vuelto a conquistar Egipto.

Su tono hosco, ronco, la hizo sonreír. Tomó su mano y lo miró, y la sonrisa murió en sus labios. Sus ojos azules eran dos pozos de deseo. De crudo, desnudo deseo.

Nunca la habían mirado así y su ardor la sobrecogió.

Alexander tiró de ella con algo de brusquedad y la guio por algunos senderos hasta que encontró una zona que consideró lo bastante recóndita.

—Conoces bien los caminos —dijo May intentando aligerar la tensión que amenazaba con superarla; un nudo de nervios atenazando su estómago.

—No estoy seguro de que sea capaz de hallar el camino de regreso.

Por un instante su mente le dijo que si no regresar significaba quedarse con Alex para siempre no le importaba. Su propio pensamiento la asustó por la fuerza y la intensidad con la que la llenó la certeza de este. Pero apenas pudo reflexionar nada porque dio un paso hacia ella y todo lo que no fuera su imponente figura desapareció de su cabeza.

Alexander quería besarla como si fuera el primer beso que recibiera. Tierno, tranquilo, suave... hasta que la pasión los arrollara. Porque May sabría del deseo, pero también él y nunca había sentido lo que estaba sintiendo ahora y, romántico o tonto, acertado o equivocado, tenía la sensación de que aquel beso iba a escapar de cualquier control e iba a ser una experiencia nueva para ellos.

Así que se acercó a ella y la tentó de todas las formas que supo.

Se aproximó a su cuerpo poco a poco, las piernas, la

cintura, el torso, los brazos y la cabeza, hasta que prácticamente estuvieron pegados. Escuchó su suspiro y sonrió con ternura, también él sentía que le faltaba el aire.

Llevaba los brazos cubiertos y aun así los acarició sobre la tela con supuesto descuido, pasando las manos por la suave muselina con delicadeza hasta llegar a las clavículas, que dibujó con los dedos. La sintió temblar y no estuvo seguro de si era ella o eran sus propias manos. La contención lo estaba matando. Deseaba abalanzarse sobre su boca y devorarla.

Apartó la máscara que la cubría y la dejó caer en la hierba mullida. Se quitó también él el antifaz.

May se revolvió, inquieta como nunca había estado.

Colocó las manos sobre las mejillas y las acarició con los pulgares lentamente, y bajó apenas la cara, acercando sus labios. Los enormes ojos grises lo miraban inquietos, divididos entre el deseo y la enormidad de este.

—Cierra los ojos —le pidió en un susurro.

May estaba temblando. Todo su cuerpo vibraba en pequeños estremecimientos de pasión. Vio que Alex se acercaba a su boca y los cerró temerosa de no soportar la tensión.

Le faltó el aire cuando intuyó su aliento y se le encogió el estómago. Las piernas se le volvieron de mantequilla y su bajo vientre se revolvió. Si no la besaba pronto... Si no la besaba justo en aquel momento no aguantaría en pie... Si no la besaba...

Y sintió el roce de sus labios y dejó escapar un gemido de alivio. Fue una caricia suave, apenas un pequeño contacto que repitió con mayor presión una segunda vez. Y una tercera. No llegaba a besarla, solo la tentaba.

De nuevo su cuerpo se tensó y volvieron los pequeños escalofríos.

—Alex, por favor.

No pensó que podía ser ella quien lo besara. No podía pensar. Estaba atrapada, cautivada en él.

Alexander abrió apenas la boca y abarcó su labio inferior como tantas veces había deseado hacer. Aunque le fuera la vida en ello iba a besarla como siempre quiso hacerlo: despacio, asegurándose de que no dejaría ni un pedacito de su boca sin probar. Tomó con sus labios el inferior de May y lo atrapó antes de soltarlo para tomarlo de nuevo y darle suaves mordisquitos que la hicieron temblar. Satisfecho apartó las manos de las mejillas y la tomó del talle con más fuerza, pero no aumentó la presión. Acarició con la lengua y chupó suavemente y la escuchó gemir y también él suspiró de placer antes de dedicarle los mismos mimos al labio de arriba. Tenía una boca hecha para ser besada. Continuó sin profundizar en el beso, presionando más o menos, mordisqueando o lamiendo, esperando no sabía ella qué, pero esperando.

La respuesta llegó en el cuerpo de May. Se adaptó a él. Colocó cada suave curva en cada ángulo suyo. Sintió la pequeña cintura en su pelvis; sus pechos descansar sobre su torso; la supo de puntillas y sin romper el beso ladeó la boca, invitadora, pidiendo una mayor profundidad. Alexander la tomó por la espalda e introdujo la lengua en su boca. Cuál fue su sorpresa cuando la de ella salió a su encuentro y se fundieron en una y se acariciaron. Sus gemidos se mezclaron también. Alexander cerró el abrazo y May subió las manos hasta su cabeza y pasó las manos por su pelo sin orden, despeinándolo con los dedos, deleitándose con los mechones y su textura.

Bajó la otra mano desde la cintura hasta la base de su columna, la pegó a él, abrió su boca y la besó como no se debía besar a una dama. La besó como no se deseaba a una dama. La besó con toda la pasión que tenía un hombre y que un caballero aquietaba. La besó como si la vida le fuera en ello, como si fuera el último beso que fuera a darle y no el primero.

May sintió que la engullía en su pasión y se perdió en sus besos. El instinto la guio, le enseñó a devolver los envites de su lengua y de su cuerpo, le enseñó a acercarlo más, lo que parecía imposible, y le enseñó a pedir en silencio que no se detuviera.

Alexander la supo abandonada y se apartó.

—Abre los ojos —le pidió.

Le costó unos segundos procesar sus palabras y hacer lo que le pedía. Se miraron entonces frente a frente y vieron en el otro su propia pasión reflejada. Se deseaban, eran conscientes, y querían lo que estaba ocurriendo. Estaban convencidos.

—Detenme cuando todo esto sea excesivo —pidió Alexander con la voz rota.

—Nos detendremos cuando sea excesivo —le confirmó May.

Con la tranquilidad de que no se excederían, asaltó su boca exactamente como la estaba besando un momento antes, sin temor a los excesos. Hubo de sostenerla porque dejó su cuerpo inerte, tanto confiaba en él.

Depositó un reguero de besos por su mejilla, llegó a su oreja donde lamió apenas antes de bajar al cuello y continuar por el escote, delineó las clavículas y regresó por el mentón a su boca. May lo esperaba y asaltó ella sus sentidos con ardor, pegándose a él, besándolo sin saber qué hacía.

Alexander reconocía su urgencia tanto como su desorden. May no había sido besada así. Pero, reconoció, tampoco él había besado a ninguna otra mujer de ese modo. Aquel beso, que le fundía la mente y alcanzaba cotas de deseo que no había logrado ni con las caricias más íntimas, los había superado a ambos.

—Mi dulce May —susurró.

Pero ella no podía oírle. Todo su cuerpo estaba concentrado en Alex, y su mente hacía tiempo que se había evaporado.

Cuando las grandes manos bajaron por su corpiño, se aupó un poco para que le acariciara los senos. Ambas los cubrieron y se acercó buscando un contacto completo. Gimieron los dos y fue el turno de May de susurrar su nombre.

—Alex. —Suspiró—. Oh, Alex —repitió con más ardor cuando las movió sobre ellos y sus cimas se alzaron pidiendo también atención.

Quiso tocarle también. Bajó las suyas desde su cuello a su pecho y comenzó a acariciar con las palmas abiertas, palpando con las yemas de los dedos su torso duro, sus brazos flexibles, sus anchos hombros.

Alexander supo que había llegado el momento de retirarse. Si le permitía acariciarlo su control se esfumaría y aquella noche un beso era suficiente. Era más de lo que debían haber compartido y había superado cualquier expectativa. Y aunque sabía que podría confundirla más, no cambiaría una sola caricia de su boca ni por el elixir de la vida. No cuando ella se lo daba al regalarle esperanzas.

Tomó sus manos con las propias, entrelazó los dedos y volvió a acariciarle los labios cada vez con mayor suavidad hasta que finalizó el beso y quedaron ambos con los ojos cerrados, las frentes unidas.

—Mi dulce May —repitió.

Sonrió con ternura y le habló del mismo modo.

—Tuya para tu fastidio —dijo con los ojos cerrados, recordando cómo había firmado siempre las cartas que le enviara.

Finalmente abrieron los ojos y se sonrieron con cariño.

—Será mejor que regresemos.

Ella asintió y se dejaron guiar por la música y el bullicio para volver de nuevo al núcleo de la fiesta.

—Confío en que el tío Richard no nos haya estado buscando.

—Dudo mucho que lo haya pensado siquiera —la tranquilizó.

Pero lo habría hecho. Desde luego que sí. Y los vería al volver. Y no les diría nada a ellos. Pero a sus padres, al de May y al suyo, les pasaría un parte.

No le molestó. Le pareció incluso divertido.

Confiaba en que les dijera también de qué se había disfrazado.

18

May se había despertado temprano, a pesar de que la noche anterior le costara conciliar el sueño, se había vestido y se sentía más que dispuesta a desayunar y a comenzar el día.

Al acostarse había rememorado con minuciosidad los hermosos minutos vividos con Alex hasta quedarse dormida. Al menos media docena de veces había repetido en su mente fascinada aquel beso.

¿Podía sentirse más en un beso que en una noche de caricias? No necesitaba la respuesta porque la conocía, aunque no la comprendía. Ojalá pudiera hablar con alguien, pudiera aclarar sus dudas. Pero la única persona que conocía su secreto... sus secretos, era él. Porque Alex debía saber cómo la había hecho sentir. ¿Habría sentido él más en un beso que en una noche...? Se sintió ridícula. Desde luego que no, supo: era un hombre experimentado.

Y le dolió saber que para él no había sido memorable cuando para ella había sido tan especial.

Y era eso lo que no alcanzaba a comprender, lo que la confundía. Ella, que escribía historias de amor; ella, que había rebasado los límites creyéndose enamorada y tenía por tanto cierta experiencia; ella, que conocía de primera mano las historias de amor de sus seres queridos y no se entendía a sí misma ni lo que le estaba ocurriendo. Porque desde luego no amaba a Alex.

Se sintió mal al pensarlo. Le amaba, claro que sí. Como amaba al hermano de Alex, Christopher. Bueno, quizá no, pero porque Kit no había discutido con ella como solía hacerlo su dichoso hermano. Tal vez fuera la edad. Claro que tenía la edad de Kit, no la de Alex.

Era definitivamente una cuestión de caracteres, se convenció. Desde niños se habían repelido y atraído por igual, de ahí que hubieran pasado tanto tiempo juntos, y que, de todos los Illingsworth y Saint-Jones, fuera él con quien más afinidad tenía.

Pero no estaba enamorada de Alex. Eso sí, le quería muchísimo. Tanto como quería a su hermano. Besar a Kit pasó por su mente y la mera idea la hizo sentir mal, le resultó inapropiada; alarmante incluso. Claro que Kit estaba casado y era como un primo para ella, se justificó antes de detenerse a pensar qué decidiría su mente por ella.

La mera idea de considerar a Alex como su primo le resultó ridícula. Alex era... era... Negó con la cabeza, aturdida. Lo dejaría en que Kit era como un primo para ella y Alex era, sencillamente, Alex.

—¿Deseáis que os traiga el desayuno a la escalera, milady?

Se volvió para ver a Camps sonriendo. También ella

sonrió. ¿Cuánto tiempo llevaría detenida en aquel peldaño?

—Debería decirte que sí, y hacerte subir una silla y una mesa. —Se burlaba de él tanto como él lo había hecho de ella—. Y todo el bufé.

—El servicio dejaría de apreciar a milady.

Puso cara de engreimiento.

—A milady no debería importarle el servicio.

El mismo gesto le fue devuelto.

—Si así fuera no sería tal el aprecio. —La miró con fingido engreimiento, sabiendo que había ganado la discusión—. Milady —añadió para hacerla reír.

Bajó la escalera sonriente y besó la mejilla del viejo Camps. Había luchado con su padre en el frente durante la guerra de la Península y era uno más en la familia. Renqueaba. Perdió un pie en la batalla de Salamanca. Pero se negaba a jubilarse a pesar de que los marqueses le hubieran ofrecido un buen retiro. Tampoco quería oír hablar de pasar todo el año en Woodward Park y descansar mientras ellos se trasladaban a Londres, casi la mitad del año, para las sesiones del Parlamento y Navidad de octubre a enero, y para la temporada de marzo a julio. Su lugar estaba al lado de los Woodward, afirmaba. Y era cierto, estaba junto a ellos, no a su lado.

Sonó la puerta. Lo tomó del brazo con delicadeza, pero lo miró con diversión.

—Abriré yo.

Camps se horrorizó.

—No abriréis. Una dama...

Su sonrisa se ensanchó.

—No te preocupes por mi reputación. Soy más escritora que dama.

Y avanzó hacia la puerta, veloz.

—Milady, por favor —respondió azorado, tratando de seguirla.

Desde luego que no abriría. No ridiculizaría así al mayordomo. Pero era divertido devolverle la broma de la escalera. Y Camps la conocía: no haría nada que lo dejara en mal lugar. Al llegar a la puerta se volvió a esperarle. Este meció la mano, simulando que merecía un azote, antes de abrir. May se quedó tras la puerta y le guiñó un ojo.

—Buenos días, milord —saludó a quien llegaba.

—Buenos días, Camps. —Su cuerpo reconoció su voz tanto como lo hizo su mente—. ¿Está milady?

—Milady April está en su alcoba, milord. —Camps volvió al ataque dada la familiaridad del recién llegado y la constante en sus discusiones con la hija de los marqueses, tema central de sus trifulcas que tan bien conocía porque había sido testigo de ellas durante años. Así que abrió paso y tomó el sombrero que le ofrecían mientras simulaba un tono lastimero—. Y lamento profundamente tener que decir que no vive aquí otra dama.

Alexander rio y entró en la casa.

—¿Ha estado importunándote esa pequeña tunanta?

Salió cual resorte de detrás de la puerta, olvidada cualquier vergüenza por la noche anterior, espoleada su acostumbrada rivalidad.

—Yo no he importunado a nadie. Nunca importuno a nadie, de hecho. Y no me llames tunanta. —Lo vio alzar la ceja con arrogancia y deseó afeitársela—. Camps, dile que no te he importunado.

El aludido los miró a ambos, flemático. Estaba hecho a aquellas contiendas y evitaba verse incluido.

—No hagas a Camps mentir por ti.

—¡Ah!, ¿cómo...?

—Estabas detrás de la puerta, May. ¿Qué hacías ahí sino importunarle? —Silencio—. ¿Camps?

Más silencio.

—¿Dónde quiere milady que le sirva el desayuno?

—¿Ni siquiera has desayunado?

—¡No esperaba visita! —se defendió.

—Eso no significa que puedas remolonear.

—¡Un caballero no visita a una dama sin avisar! —La mejor defensa era sin duda un buen ataque.

—Camps acaba de decir que la única dama de esta casa es tu madre.

—¡No metas a Camps en esto!

Ahora sí, se dio por aludido.

—Si me permiten opinar, creo que la salita amarilla tiene una luz magnífica a esta hora de la mañana. Y si abren las puertas que dan al pequeño jardín interior podrán oler las rosas. Wilerbrouhg, ¿querréis café?

—Camps, ¿de qué lado estás? Alex no está invitado a desayunar.

—Por favor. Y la prensa.

—El periódico lo tiene mi padre —le dijo satisfecha—: Olvídate de leerlo.

—Café solo, entonces. Gracias, Camps.

—Milord.

May hubiera querido gritar de frustración.

—¡Camps! —protestó dolida.

Se volvió este con una sonrisa enorme.

—A vos os traeré café y tarta tatín. Milady.

Cabeceó dando por imposible al mayordomo. Adoraba a aquel hombre tanto como lo respetaba. Y le encantaba la tarta tatín.

—¿Qué haces aquí? —le preguntó, todavía en el mismo tono brusco de su pequeña parodia.

—Buenos días a ti también, May —la relajó él—. ¿Es ese el humor que tienes al despertar? Vaya, bueno es saberlo.

Un nudo se le atenazó en el estómago y, ahora sí, recordó la noche anterior. Por un momento se vio despertando a su lado. ¿La estaba provocando? Pero no la miraba siquiera, entretenido como estaba en dejar su abrigo y sus guantes sobre una silla.

—Buenos días, Alexander.

La voz de su madre la sacó de sus ensoñaciones.

—April —saludó este a la marquesa, que salía de una de las salitas para recibirle.

—¡Qué sorpresa! No sabía que vendrías. May no me lo dijo. Hija, deberías estar preparada para salir cuando un caballero...

—No soy una maldita dama —protestó, cruzándose de brazos.

Alzó las cejas, sorprendida, y lo miró a él buscando una explicación.

—No ha desayunado.

Alexander besó la mejilla que se le ofrecía, vio May con fastidio, un beso que una vez más se le negaba. Su malhumor creció.

—Se supone que tú no sabes qué humor tengo antes de desayunar.

Se hizo un silencio denso. La voz masculina fue muy seria por una vez.

—No se supone, May. Yo no sé qué humor tienes antes de desayunar.

Sintió la mirada de ambos sobre ella y se sintió desarmada. Necesitaba un café. Necesitaba pensar. Necesitaba... espacio. ¡Y él le robaba el suyo!

—Eres... eres... ¡eres un inepto, Alex!

Y se marchó hacia la salita amarilla con regios andares.

April lo miró con seriedad. La mirada que recibió de vuelta la tranquilizó. La marquesa se dejó convencer de que era una de sus pequeñas broncas.

—¿Vienes o no? —le preguntó enfadada en la entrada de donde les servirían el café.

—Si no voy, ¿cómo podrás explicarme cuán inepto soy y por qué?

Y sonriendo a April, quien quedó al fin aliviada de cualquier duda, fue hacia ella, prometiéndose no decir nada hasta que se tomara al menos la mitad de su café y una porción de tarta de manzana.

¿Podría hacerle el amor, una vez casados, al despertar? ¿O tendría que pedir el desayuno en la alcoba? Lo averiguaría. Y pronto, esperaba.

—Al parque.

—Sí, al parque. A Hyde Park.

—Tú y yo.

Le había propuesto dar un paseo en su tílburi en cuanto le había parecido seguro. Y, como esperaba, May se mostraba desconfiada. Le fascinaba el funcionamiento de su mente.

—Sí, tú y yo —repitió con seriedad, ignorando su sorna.

—¿Solos?

Y su sarcasmo.

—Dudo mucho que a las once de la mañana no haya nadie más allí. Pero si es tu deseo puedo pedir a Alberto una gracia y que vacíe el parque por un capricho tuyo.

Torció el gesto.

—No harías tal cosa.

—No me pedirías tal cosa.

—¡Alex!

—¡May! —la imitó, divertido.

Mas no le hizo gracia y no siguió la conversación. Se obligó a respirar hondo y a explicarse como si a un niño se dirigiera. Alex parecía burlarse de ella. La noche anterior la besaba, removía sus cimientos hasta hacer temblar todo lo que creía firme, y ahora la invitaba a dar un paseo en un lugar conocido por ser el nido de chismosas más concurrido en las mañanas londinenses. ¿Qué pretendía? ¿Ser la comidilla de la temporada? Pues que no contara con ella; gracias, pero prefería ahorrarse algo así.

—Tú y yo. A Hyde Park. En un tílburi. ¿No has pensado que la gente podría vernos?

—Puedo cambiar el tílburi por un coche cerrado si es ese tu deseo —le respondió en el mismo tono—. Pero te informo de que en Hyde Park resultaría ridículo.

Deseó dar una patada en el suelo. O en su espinilla. Chasqueó la lengua, tan frustrada se sentía.

—¿Te estás haciendo el obtuso solo por fastidiarme?

—No sé de qué me hablas. Y no chasquees la lengua. No, no lo hagas.

—Así que has venido para que demos un paseo tú y yo en un tílburi por Hyde Park.

—En el mismo tílburi, sí.

—Ya.

No sabía qué decir. No sabía a qué venía aquel paseo. No sabía a qué había venido el beso de la noche anterior. No sabía por qué no la despreciaba tras su humillante confesión. No sabía por qué se comportaba como si tal cosa. Y no sabía por qué quería que los vieran juntos en el lugar más atestado de gente de alcurnia a aquella hora precisa.

No entendía nada. Y eso la frustraba. Mucho.

—Podemos ir en tílburis distintos. —Y si seguía burlándose de ella le llenaría la boca con la tierra de alguna maceta—. Pero se nos hará más difícil hablar.

¿Hablar? Ahora entendía. Alex quería que hablaran. Era descabellado hacerlo en un lugar público, pero... o tal vez él buscaba un lugar público a propósito.

—Hablar —dijo, y su voz sonó sospechosa.

Alexander trataba de mantenerse impertérrito, pero la cara de piel inmaculada y ojos enormes reflejaba cada pensamiento suyo. La conocía bien, demasiado si es que eso era posible en alguien como ella, y su confusión se leía en sus pupilas, en el rictus de sus labios llenos, en su voz. Y en secreto estaba disfrutando. Él llevaba años confundido, al fin era el turno de May de no comprender qué ocurría y sentir que todo escapaba de su control.

—Sí, hablar. Es lo que hace la gente civilizada cuando sale a pasear en coche por el parque. Dudo que tu madre no te lo explicara cuando debutaste...

—Lo sé.

Chasqueó de nuevo la lengua.

—No hagas eso, May.

—No me digas qué puedo hacer y qué no.

—Alguien debería hacerlo.

—Es de eso de lo que quieres hablar, ¿no es cierto? De lo que puedo o no puedo hacer. —Su voz se volvió más dura—. Quieres «hablar».

Dio mentalmente un paso atrás. Sabía a qué se refería ella y no quería decir nada sobre Matthew, ni escuchar nada tampoco. La noche anterior, el beso compartido, habían relegado a aquel americano al pasado. Dolía, sí, pero tras perderse en su boca sabía que lo que tenían superaba cualquier experiencia anterior. Suya o de May. No le satisfacía, pero no le competía a él juzgarla: solo amarla.

—Bueno, hablar es lo que se suele hacer mientras se pasea. Pero si prefieres el silencio... Aunque permíteme dudar de tu capacidad para mantenerte callada toda una mañana.

No rio. Se enfadó más, en cambio.

—Lo haré en cuanto reconozcas de qué quieres hablar —le espetó con voz dura.

La miró a los ojos. Quería que supiera que sabía de qué estaba hablando y que entendiera que no quería conocer más sobre aquello.

—No he hecho una lista acerca de nada en concreto. Jamás pensé que tú y yo necesitáramos preparar una lista con temas anotados para poder mantener una conversación fluida. —Una sonrisa bailaba en los labios mientras respondía, y aunque no lo supiera también sus ojos brillaban divertidos—. Pero si lo crees conveniente puedo pedir a tu padre que nos preste papel y pactamos una lista de charlas. Tal vez la cena en casa de mi hermano en un par de noches podría ser un buen comienzo de conversación, si te parece bien.

Kit los había invitado a cenar a su mansión en Albany Street; a ellos y a todos los primos, en realidad.

May nadaba entre el enfado y el alivio. ¿Jugaba con ella, o en verdad decidía olvidar lo ocurrido? Porque la noche anterior le había pedido tiempo, le había pedido dejar de lado lo ocurrido en Estados Unidos.

Ahora, sin embargo, no pedía nada. Parecía dejar el pasado atrás. Y, se dio cuenta, aquel parecía ser su lugar adecuado: en América, casi veinte meses antes.

Lo miró con suspicacia, también una sonrisa tirando de la comisura de su boca.

—¿No hay nada en concreto de lo que quieras hablar, Alex?

—¿Y tú? —Al verla relajada presionó apenas, queriendo confirmar su postura y olvidar a Matthew de una vez y para siempre—. ¿Hay algo en concreto de lo que necesites hablar?

Bajó la vista y respondió en un susurro confuso.

—No.

Alexander quiso que su tono le infundiera la seguridad que parecía haber perdido en sí misma. En ellos.

—Entonces no hay nada que necesite saber. —Y se puso en pie y le tendió la mano—. ¿Nos vamos?

May miró la mano que le tendía, incrédula.

—¿Así de sencillo?

¿De veras era así de sencillo? ¿Ella ya no quería hablar más, él no necesitaba saber más, tema zanjado? Ningún hombre era tan indulgente. Nadie, ni hombre ni mujer, lo era. Había que respetar mucho a la otra persona, y confiar en ella, y valorarla, y algo más, para que fuera así de sencillo.

De nuevo supo a qué se refería. Y la miró para que comprendiera que dejaba el pasado en el pasado de una vez y para siempre; que aquel era su instante en el tiempo. Y aunque no pudiera decírselo, lo que él quería era un futuro. Había pasado veintiséis años añorándola y pretendía pasar los siguientes setenta y cinco, al menos, resarciéndose de su ausencia.

—¿Sencillo? —respondió con gesto exagerado—. Me has ofendido al llegar, has puesto a Camps en una situación complicada, has hecho que tu madre pensara tan mal de mí que no me sorprendería ver una carabina esperándonos al salir, me has ignorado durante el desayuno, me has llamado inepto...

—Nada nuevo, Alex. —Tomó su mano con una sonrisa que iluminó a ambos—. ¿Nos vamos?

May creyó que el pecho le estallaría de alivio. De felicidad y de alivio. Alex era un hombre excepcional. Como pocos.

Como ningún otro.

Cuando regresaron, tres horas después, todo parecía igual que dos días antes. Alex le había hablado de los avances en el Palacio de Cristal y May le había contado un proyecto que hacía casi dos años que tenía en mente y que ni siquiera había compartido con su madre: quería escribir teatro.

Habían saludado a muchos conocidos que los habían mirado con creciente curiosidad, May había inventado historias absurdas y los matrimonios más disparatados haciéndole reír, y él le había contado pequeños cotilleos, mas no de salón, sino de White's, esos que ninguna dama debía conocer.

Todo era igual entre ellos y sin embargo todo era distinto.

Porque Alexander sabía de Matthew y había preferido dejar a aquel americano en Nueva York. Y porque May había enterrado su pasado en lo que a él respectaba. Y en cierto modo el entendimiento de Alex la ayudaba a perdonarse, a juzgarse con menos dureza.

Y sentía que confiaba en ella, que la respetaba, que la valoraba... y había también un «algo más».

Porque la noche anterior se habían besado, pero ya no eran dos desconocidos tras sus máscaras. Eran Alex y May y se deseaban y cada roce hacía saltar una pequeña chispa entre ellos. No había buscado acariciarla de ningún modo, para su decepción, pero la pequeña llama estaba allí, latente, entre ellos, y podía sentirla y sabía que también él la estaba disfrutando.

No entendía qué estaba ocurriendo, pero no quería descifrarlo todavía.

No, porque la razón, la realidad, podían ser decepcionantes. Y deseaba dejarse llevar un poco más. Solo un poco más, se prometía, antes de que lo que fuera lo estropeara.

Llegaron a su casa a la hora de la comida. Alex la acompañó hasta la puerta como correspondía.

—¿Seguro que no quieres quedarte? —le preguntó por tercera vez, reacia a dejar que se alejara.

—Seguro. Tengo una cita en Buckingham.

—Ya. —Suspiró—. Muchas gracias por el paseo. Ha sido un placer contar con el honor de...

Iba a dar el clásico discurso de agradecimiento solo para fastidiarle, para hacer de aquella mañana y de aquel paseo un día cualquiera.

—May —le advirtió, y algo en su tono le dijo que él no bromeaba. Apartó la burla y lo contempló con aquiescencia—. Mucho mejor. Y ahora, ¿a qué baile acudirás esta noche?

Lo miró desorientada por un momento.

—Al de los Bates. ¿Por qué...?

—Porque si no me lo dices, no sabré dónde ir a reclamar mi vals.

Y sin más se marchó. Sin besarle la mejilla, sin despedirse siquiera.

Pero a ella no le importó. Entró en casa sonriente y soñadora, tanto que apenas saludó a Camps y desde luego no vio a su madre, que había estado a la espera durante la última media hora, paseando cerca de la entrada.

April aguardó a que desapareciera en el rellano de la primera planta antes de llamar al mayordomo.

—Envíe a un mozo a mi estudio en diez minutos.

Deberá llevar una nota a la duquesa de Stanfort. —Se marchaba ya a su pequeña salita que constituía su refugio cuando se volvió de nuevo—. Y otra a casa de la condesa de Westin.

El sirviente sonrió.

—¿Todo bien, milady?

—Eso espero, Camps. Pero por si acaso, esta noche miladies y yo atenderemos el baile de los Bates.

—¿Irá vuestro esposo? ¿Debo decir a su valet que...?

Puso los ojos en blanco como respuesta.

—A Julian no se le ha perdido nada en la residencia de los Bates, Camps. Pero gracias.

Y se marchó a su pequeña biblioteca privada. Tenía dos misivas que librar.

Duquesa y condesa recibieron idénticas líneas. Debían acudir al baile de los Bates, sin acompañantes y con sus mejores galas. Y verse en las terrazas de fuera y no en el gran salón atestado donde serían fácilmente visibles. Fuera, donde seguro estarían más tranquilas y podrían charlar en intimidad.

Tal vez ninguna de ellas supiera exactamente qué ocurría, pero sabían que era algo interesante y, obedientes y disciplinadas, hicieron lo que se les pedía.

Y muertas de curiosidad y sintiéndose cómplices de algo divertido, fuera lo que fuese.

19

Alexander estaba nervioso. Se rio de sí mismo sintiéndose uno más de los jóvenes que abarrotaban la sala y que seguían a la beldad de la temporada con la esperanza de ser honrados con un poco de su tiempo. Aunque sabía que él disfrutaría del de May, no estaba convencido de recibir el tipo de atención que deseaba. Bailando con ella podía despertar su cuerpo, y, besarla después, anticipó su deseo. Tras acariciar sus labios la noche anterior la necesidad de tenerla entre sus brazos se había acrecentado al volverse real, al saber con exactitud qué era lo que se había estado negando férreamente durante tantos años.

Pero quería mucho más que sus besos. La quería a ella. Quería su rendición ya que él se había rendido a ella. Hacía años que le tenía subyugado y necesitaba de un amor tan intenso como el que entregaba.

May sabía que, para él, el que no fuera doncella no era una calamidad, como también sabía que, aun conocedor de ello, la había besado. Y que la deseaba, que la deseaba muchísimo.

No debía tener dudas, pues, de que la estaba cortejando. Tenía que ser consciente de lo que estaba ocurriendo entre ellos, precisamente porque conocía el deseo. De ella dependía ahora alentarle o alejarle. Y a fe suya que se sentía alentado.

Así que esperó a que dejara de sonar la pieza que habían estado interpretando los músicos y regresó al baile. Se había mantenido hasta entonces en el salón de juegos adyacente parloteando con algunos conocidos, pero atento a lo que ocurría justo al lado. No se había acercado a saludarla al llegar, y nada tenía que ver que las matronas los pudieran convertir en el centro de las habladurías. Iba a bailar dos valses con ella, así que habría habladurías. Es más, esperaba dar mucho que hablar durante las siguientes semanas, hasta que se desposaran.

Si no le había hecho notar su presencia se debía más bien al hecho de que su dama ya sabría que estaba allí, se lo había dicho aquella mañana, y quería que sintiera la anticipación tanto como él, que disfrutara de los nervios de la espera teniendo la certeza de que en el momento adecuado se uniría a ella.

Así que cuando cesó la partitura y calló la orquesta se excusó con sus compañeros de cháchara y regresó al salón. No necesitó buscar demasiado, su altura era reclamo suficiente. Se detuvo en seco y torció el gesto en cuanto la vio. Otro caballero le estaba pidiendo su carné. Al cuerno expectación, anticipación y certezas, se dijo. May no bailaría con otro, lo sabía, y por un momento le habían traspasado los celos. Había pasado años esperando, apostando que no se casaría. Y ahora que estaba tan cerca de poder reclamarla... Compuso una sonrisa distendida y se acercó a ella, y por ende a su admirador. Cuál fue su sorpresa al reconocerlo.

—Henry. —Sonrió a su amigo el conde.

—Alexander —le respondió este.

—Me temo que pretendes mi baile.

Henry lo miró incrédulo.

—Lo dudo. No te he visto con la dama en toda la noche.

—¿Quieres decir que has estado toda la noche vigilando a May?

El otro alzó las cejas, sorprendido. El tono beligerante no le pasó desapercibido, como tampoco lo hizo que la llamara por su nombre de pila con una importante dosis de posesividad.

—Lo he hecho —le confirmó divertido, dispuesto a burlarse de él—. Y puedes rebajar tu furia. Ha pasado la velada ignorando a todos los caballeros que se le han acercado. Entiendo ahora que esperaba a uno en concreto. Milady —la saludó con una sonrisa—, Alexander —se despidió, claramente jovial.

Y se marchó, dejándolo algo fastidiado, pero halagado por la información, y a May ruborizada y con claros signos de embarazo.

—Oh, Alex, ¿le has oído? ¿Qué va a pensar de nos..., de mí? —se corrigió, tímida—. ¿Qué va a pensar de mí? ¿Qué dirán cuando el conde comparta sus impresiones con otros?

La música comenzó y también ellos a danzar a su compás, casi sin darse cuenta.

—Henry no dirá nada, puedes creerme. Es un buen amigo que disfruta intentando sacarme de quicio, pero no es un cotilla. ¿May? —Ella mantenía la vista baja—. ¿May? —repitió.

Ante su insistencia alzó los ojos, avergonzada.

—No es lo que Henry vaya a decir. Es lo que todos dirán.

La miró, sorprendido.

—¿Te preocupa?

—Debería preocuparte a ti.

No le convenció su respuesta. Alexander quería que hablaran de ellos. Le sorprendía que ella se mostrara prudente.

—No es eso lo que te he preguntado. Deja que me ocupe yo de mis preocupaciones. ¿Te preocupa la opinión que otros tengan de ti por la elección de tu compañero de baile? —Le vino a la mente que aquella temporada había prometido a su padre que buscaría esposo y algo en él se revolvió. Tal vez era eso lo que la agitaba; tal vez la muy cabezota todavía pretendía ser fiel a su palabra y no quería que otros caballeros no la cortejaran como consecuencia de sus excesos. Le habló con brusquedad, fruto de la impaciencia—. ¿Y bien?, ¿te preocupa?

A May no le gustó su tono como tampoco le gustó que no la incluyera en las preocupaciones de él. Lo que hacían juntos era asunto de ambos. Y hacían falta dos para bailar el vals.

—Deja pues que me ocupe yo de las mías.

Previendo un desplante antes de que llegara por cómo tensó su columna, tanto la conocía, la tomó con fuerza y la hizo girar varias veces por la pista. La música tal vez no lo requiriera, pero sí la situación.

Para cuando volvió a disminuir el ritmo la sintió más

relajada. Dejó pasar unos minutos en silencio antes de concentrarse en ella. La separó de su cuerpo y al acercarla la asió por la cintura y la rozó levemente con el pulgar. Notó cómo respondía y se estremecía apenas. Pero no lo miró. Tomó la mano que tenía en su hombro y describió un arco con ella sobre sus cabezas, obligándola a alzar la vista. Ahora que tenía su atención acarició la palma de su mano con discreción sin dejar de mirarla. La vio enrojecer y mirar hacia un lado, azorada.

—Alex —le dijo, entre la advertencia y el ruego.

Finalizó el movimiento colocando su pequeña mano en su propia nuca. Sin poder evitarlo May acarició su pelo y en respuesta la acercó un poco más a su cuerpo.

—Alex —repitió.

—¿Deberían preocuparnos los rumores?

May se congratuló al oírle hablar de los rumores que ambos generaban. Ahora sí era una cuestión común y por tanto la preocupación era compartida. Se sintió ridículamente satisfecha.

—Deberían —le confirmó.

La apartó de sí y la volvía a acercar al ritmo de los compases. A la misma escasa distancia.

—¿Y por qué deberían?

—Porque no puedes acudir a un baile y bailar solo con una dama.

—Ni tú bailar los valses solo con un caballero. Y sin embargo nos estamos consintiendo ser decorosamente estrafalarios. —Sonrió, ambos lo hicieron. Le rodeó el talle con cierta posesividad antes de seguir—. Y no, no te estoy pidiendo que bailes el vals con otros caballeros.

Es más, te agradecería mucho que no lo hicieras. —La ridícula sensación de bienestar se acrecentó en ella—. Menos aún si pretende cualquiera de ellos tomarse las licencias que yo me estoy tomando.

Y para dejar clara su posición le acarició la cintura. Pero May no necesitaba preguntar a qué se refería. Ni le cupo ya duda de que aquella primera noche, en su regreso, nada había sido casual entre ellos.

—Sabes que no bailaría el vals con nadie más —le susurró, cohibida.

El pecho masculino se llenó de orgullo.

—¿No irás a pedirme que baile yo con otras damas? —Silencio—. ¿May?

¿Qué estaba ocurriendo?, se preguntó por enésima vez. ¿Acaso la estaba cortejando? Alex no la cortejaría. Era un Saint-Jones, por el amor de Dios. El heredero de su padre. Y aunque ella fuera una Woodward tenía veintiséis años. Y él sabía que... Por un momento la lógica de su argumento la atenazó.

Alexander sintió cómo quedaba fría, inmóvil, y tiró de ella.

—No dejes de mecerte, May. Que hablen porque estamos demasiado cerca el uno del otro no me preocupa. Que hablen porque te detienes en mitad del baile, sí.

Reaccionó de inmediato. Detenerse sería un error imperdonable.

—Disculpa.

La miró con ternura, la misma con la que le respondió:

—No te disculpes. Solo...

—¡Desde luego que no me disculpo!

De pronto creía entender. Su edad, su condición... No eran las de una esposa, eran las de una... una... ¿Sería él capaz de... de...? No podía decirlo. Ni siquiera era capaz de pensarlo. Con toda probabilidad lloraría. Pero sería de rabia, se mintió.

Como fuera, a él no le gustó nada el giro de sus sentimientos, que una vez más leyó en sus ojos.

—Por eso te he dicho que no lo hagas, May —le respondió con voz calmada—. Porque no hay nada por lo que tengas que disculparte.

—Sé que no lo hay —repitió beligerante.

—¿Vas a contarme qué es lo que te ha detenido? —Su voz fue suave, dulce como nunca la había oído. Llena de preocupación.

Enrojeció. ¿Se preocuparía tanto si solo deseara...? Pero ¿qué más podía desear? ¿La ofendería así? Aunque tal vez sabiéndola con cierta experiencia no lo considerara una afrenta.

Le retorcería el pescuezo. Si se atrevía a insinuar siquiera que ellos... que ellos...

—¿May? ¿Me contarás...?

—No —le interrumpió, tajante.

No iba a contarle sus sospechas. No hasta que les diera forma ella primero. No hasta no serenarse. No quería hacer el ridículo.

—¿Puedo hacerte cambiar de opinión en los cinco minutos que restan de vals?

—No —de nuevo respondía categórica.

Alexander decidió darle tiempo. Poco tiempo, en realidad.

—De acuerdo, intentemos disfrutar entonces de los

compases que nos quedan el uno en brazos del otro. —La forma en que lo dijo, la voz enronquecida, hizo que un pequeño escalofrío la recorriera—. En el próximo vals, en algo más de una hora, quizás estés más serena y quieras contármelo.

Alzó la cabeza, alarmada, extinguida cualquier efusión.

—No puedes bailar dos valses conmigo —respondió sin resuello.

Su corazón, sin embargo, saltaba en su pecho de alegría irrefrenable. Si bailaba en público no podía pretender nada privado.

Entonces ¿qué demonios...?

—No puedo bailar tres bailes con la misma dama sin que todos den por sentado que existe un acuerdo privado entre las familias. —May bajó la vista y Alexander quiso abrazarla, tanta ternura despertó en él su gesto—. Dos, no obstante, nos están permitidos.

May ya sabía que era así, pero permitido no significaba correcto. No cuando eran dos valses. Y también él lo sabía.

—Alex, no debemos.

No sin que efectivamente se hablara de un posible compromiso entre ellos. Recordó las voces que había escuchado en el parque y en Almack's que tachaban de ridícula cualquier especulación respecto a ellos y, lejos de enfurecerse, le dolieron.

Alexander la tomó de nuevo con seguridad y la hizo girar. Los compases finales se acercaban y todas las parejas se movían a mayor velocidad, trazando círculos cada vez más abiertos, las faldas de las damas desplegándose cual abanicos, dando un hermoso colorido al salón mientras los caballeros las guiaban. Finalmente la música cesó y todos aplaudieron.

—Al cuerno quien diga que no puedo bailar contigo, May. ¿Desde cuándo tú y yo hemos seguido a pies juntillas las normas que otros nos marcan? —le susurró en un tono íntimo. Lo miró y la intensidad que vio en sus pupilas la hizo sentirse única—. Yo metí un asno en Oxford y tú tuviste tu propio *Grand Tour*. Solo tú puedes negarnos el placer de dos valses en una misma velada. Y si va a ser así tendrás que hacérmelo saber en un par de piezas, cuando venga de nuevo a buscarte. Porque no dudes de que regresaré a por ti.

La miró fijamente unos segundos más, sus ojos azules incandescentes, antes de irse al salón contiguo.

Regresó a su grupo de conocidas con una pequeña sonrisa y el pecho lleno de calor. La confusión a un lado, el convencimiento de un segundo baile al frente.

20

—¿Y bien? —preguntó Nicole Illinsgworth a ambas—. ¿Vais a decirme que solo ha sido un vals?

Las tres damas estaban en la terraza, apartadas con discreción, al lado de uno de los ventanales. Si bien April no les había dicho la razón por la que las había reunido, tampoco ellas habían preguntado. Habían estado departiendo sobre el debut de Eliza el año próximo, sobre las últimas decisiones del Parlamento, la nueva sombrerería en Old Bond Street... hasta que April les había pedido que prestaran atención.

Y todas ellas habían visto llegar a Alexander, apartar a su amigo Henry, y bailar con May. Y acercarla más de lo debido, y extraños movimientos en los cambios de mano, y decir extraños por no definir como acariciantes. Y en un momento dado tensión en los ojos azules, cierta posesividad en ellos.

Tanto como habían visto a May retraída, enfadada, confusa, alarmada, tímida... y muy satisfecha. Exultante, incluso.

Fue Judith quien respondió, rompiendo la concentración del resto.

—No diré que solo ha sido un vals, pero tampoco que ha sido algo más que un vals. —Apartó la vista definitivamente del interior del salón y se volvió a sus amigas—. Son Alexander y May. Podrían haber estado discutiendo sobre cualquier cosa y es obvio que May ganó la discusión.

—Y que tu hijo le amenazó con algo después que la puso avizora —replicó April.

—Algún castigo placentero para ambos dada la mirada que se han cruzado al despedirse.

Dos pares de ojos se espantaron ante el comentario.

—Eso ha sido inoportuno, Nicole —la riñó su cuñada.

—Negar la realidad es más que inoportuno: es absurdo.

April suspiró.

—¿Y cuál es, según tu experta opinión, la realidad?

—Se desean.

Judith emitió un gemido quejumbroso.

April se preguntó si debía revelar el beso que había presenciado en la biblioteca de los Stanfort.

La condesa no dudó en continuar hablando.

—Esperemos a ver qué ocurre en el siguiente vals.

La miraron estupefactas.

—No bailarían dos valses en una misma noche.

—¿No lo harán? Apostaría a que sí.

—Mi hijo no ha bailado con ninguna otra dama —expuso en voz baja la duquesa, sin querer definir lo que era obvio.

—Y mi hija no baila el vals sino con él —declaró a la vez April.

Nicole las miró, presumida. De nuevo Judith se negó a creerlo.

—No puede bailar tres piezas con ninguna dama sin disparar las lenguas de todos los dragones presentes. Si son dos bailes quizá...

—Dos valses también las harán rugir, Judith —se lamentó April.

—No deja de ser decoroso —se burló Nicole de las dos, divertida—, ni de estar dentro de los límites de lo civilizado.

—Son dos valses —repitió April con voz firme—. No cotillones, polcas, contradanzas o juegos de infantes. Son dos malditos valses.

—No adelantemos acontecimientos. Quizá no sea así. Quizá ninguno de los dos baile.

—Apostaría mi mejor abanico a que sí lo harán. Y juntos —dijo Judith, y chasqueó la lengua y se puso seria.

—¿Creéis que quieren despertar los rumores de manera premeditada?

—Tu hija se negará —respondió segura Judith.

—¿Lo hará? ¿A tu hijo? —dudó April—. Es un hombre muy apuesto.

Se daba cuenta ahora. ¿Por qué no había prestado más atención a Alexander? Porque era Alexander. Porque era Alexander Saint-Jones, por el amor de Dios. Ni más ni menos que su amigo de la infancia. Ese amigo con el que nunca había tenido una relación serena, con el que nunca había terminado de encajar. ¿Cómo había podido no darse cuenta de cuál podía ser la causa?

—Lo hará. Tu hija busca esposo, ¿no? No debería bailar...

Calló a media frase y se hizo el silencio.

May buscaba esposo y bailaba solo con Alexander. Y Alexander la buscaba y solo bailaba con ella.

¿Era tan sencillo como eso? No. Nada era tan sencillo en los matrimonios. Ni mucho menos entre Alexander y May. Y las tres damas no necesitaron decir en voz alta tamaña obviedad.

—Iré a por más champán y dejaremos esta conversación inconclusa hasta que suene el siguiente vals, según el programa en una hora y quince minutos. —Las miró traviesa—. ¿Queréis apostar?

No hubo envite pues nadie aventuró que no bailarían.

May pasó las dos siguientes piezas, una contradanza y una cuadrilla, en la pista. Si iba a valsar con Alex más le valía no dejar de bailar en lo que quedaba de velada.

Pero se movía por inercia e ignoraba a sus compañeros, sonriendo amablemente y respondiendo con monosílabos poco comprometedores, intentado poner algo de orden a su cabeza.

¿Qué hacía Alex? No la estaba cortejando. La razón no dejaba de gritarle que no podía estar haciéndolo porque ¿qué sentido tenía? Sabía de Matthew. Y era un duque que requería de una duquesa joven. Y sabía de Matthew. Y debía casarse con una dama intachable. Y sabía de Matthew. Y requería de una esposa ociosa que pudiera ser duquesa las veinticuatro horas del día. Y sabía de Matthew. Y ella era escritora. Y sabía de Matthew.

Y aunque fuera posible que hubiera perdonado su desliz con Matthew, seguía sin cumplir ninguno de los requisitos para ser duquesa de Stanfort. Así que temía que fuera precisamente eso, que supiera que ya no era doncella y que la lógica le gritaba que no sería elegida como su duquesa, lo que atrajera a Alex de ella. Él no podía pretenderla como esposa, de acuerdo, pero ¿y como amante?

La idea la hacía sentir dividida. La hacía sentirse menos que una dama, pero a la vez se sentía deseada como ninguna mujer en aquel salón.

Quería desechar el pensamiento pero no podía, no cuando un escalofrío recorría su columna vertebral ante la idea de él acariciándola, de ella pasando su mano por su espalda, por sus hombros y por su ancho pecho. Aún convencida de que no cometería de nuevo el mismo error, cierta euforia la dominaba y aquella insidiosa vocecita le susurraba que el error de su pasado había sido creerse enamorada, que ahora no tenía nada que perder.

Del mismo modo tampoco podía acallar a otra parte de su mente, una descontrolada y desquiciada y optimista hasta la locura, y que se ilusionaba ante la idea de que Alex sí la estuviera cortejando. Porque ella no quería que él la cortejara, ¿no era cierto? ¿Qué sentido tenía? Ella no iba a casarse. Nunca. Y si lo hiciera no sería con un hombre que esperara una duquesa a tiempo completo y que además le sacara de quicio con tanta facilidad como lo hacía. Esta vez fue su cuerpo quien le recordó que Alex hacía mucho más que eso.

Pero para «eso» no se requería de un acta matrimonial. Y de nuevo volvía a sentirse mal. Claro que para «eso» tampoco era necesario bailar en público con ella. Y solo con ella.

Así que, ¿qué demonios estaba haciendo Alex?

Tenía la sensación de haber caído presa de una espiral infinita y no hallar la salida.

Para cuando la música finalizó y él regresó, fiel a su promesa, se sentía mentalmente exhausta. Alexander lo notó nada más verla.

—¿Estás bien? —le preguntó antes de inquirirle nada, preocupado.

Su inquietud la conquistó por un momento. Alex la quería. La quería muchísimo. Y aquella era la cuestión. Porque también ella le quería. Su estómago dio un vuelco al pensar en la relación que tenían.

La que podían fragmentar aspirando a más de lo debido.

—May, ¿estás bien? —repitió, más preocupado.

—No lo sé —contestó, como si se respondiera a sí misma en voz alta.

—¿Quieres salir a tomar el aire?

—No, no —respondió presta—. Bailemos.

Quedarse a solas con él solo la confundiría más.

—Olvidemos el vals, May. No me sentiré rechazado ni ofendido. ¿Quieres salir fuera? ¿Prefieres que me olvide del baile y te deje sola?

Era un hombre maravilloso. La avasallaba primero con un segundo vals y apartaba después su cabezonería o su orgullo, quién sabía, para que ella se sintiera bien.

Pero entre sus brazos era donde se sentía bien. Siempre parecían ser el lugar acertado al que aferrarse.

—De veras, Alex, bailemos —pidió sin mirarle, sin querer que sus ojos reflejaran su desconcierto, su anhelo y su temor.

Pero la conocía bien. Y estaba atento a cada detalle, a cada pequeño gesto, a cada matiz suyo.

—¿Quieres bailar conmigo, May?

No exigía. Era una pregunta sincera.

Lo miró. Y no pudo negarse a pesar de que no debía.

Apenas habían comenzado a bailar cuando se sintió señalada, cuando vio a muchas mujeres ocultar sus bocas tras los abanicos.

—Están hablando de nosotros.

Alex la mantuvo a una distancia discreta, pero la acercó con la ternura de su voz.

—¿Es eso lo que te preocupa? ¿Lo que hace que tus ojos hayan perdido todo el brillo? —No podía mirarle—. ¿Me contarás qué tienes? ¿Qué ha pasado?

Suspiró. Ahora era ella quien necesitaba un poco de tiempo para pensar, para poner sus anhelos, sus cambiantes sentimientos en orden. Tal vez con la luz de un nuevo día...

—Alex...

—¿Sí?

Quería bailar con él, quería estar entre sus brazos y sentir su calor y dejarse llevar. No quería pensar. No quería entender ni quería preocuparse por los cotilleos del día siguiente.

Quería olvidar al resto y que solo existieran ellos dos.

—¿Podemos ser solo dos desconocidos bailando un vals?

Su tono, lleno de tierna confusión, le llegó directo al corazón.

—Podemos ser quienes tú quieras que seamos, May.

Y durante todo el baile se olvidaron del salón, de los invitados, de quiénes eran, y se concentraron en sus cuerpos y sus ojos, disfrutando de cada roce, de cada mirada, de cada sonrisa.

Cuando la música terminó, May le pidió que la acompañara hasta donde se encontraban los anfitriones. Una vez allí se despidió y se marchó a casa. Tenía mucho en lo que pensar; aunque no podía saber que nada más rozar su cabeza el almohadón se quedaría plácidamente dormida, con una tierna sonrisa en los labios.

Alexander se quedó una hora más a pesar de no tener ningún interés ya en aquella mansión. Salir tras ella hubiera sido indiscreto. Esa noche habían llamado la atención, pero no habían hecho nada reprobable. Y nadie podía aseverar nada sobre ellos. Porque nadie allí los conocía lo suficiente para hacer más que especular.

O eso creía.

—¿Y bien? —De nuevo Nicole rompía el silencio.

Judith miró a April con una sonrisa floreciente.

—Mi hijo está interesado en tu hija. Realmente lo está. —La sonrisa se convirtió en risa y finalmente tomó las manos de la marquesa en un acto lleno de cariño y esperanza.

Esta en cambio sabía más que ellas.

—¿April?

—No lo sé, Nicole. Es la cara de mi hija. Estaba asustada.

—Supongo que no esperaba la atención de mi hijo —respondió Judith, ilusionada—. Tiene veintiséis años y es escritora. No es precisamente la duquesa ideal.

—¡Judith! —la increpó ofendida su cuñada.

—No me mires así, Nick. Yo tenía esa misma edad cuando me casé con tu hermano. Y había muchas más objeciones a nuestro romance que escribir novelas. Lo que quiero decir... —se volvió a April— es que tal vez tu hija está confundida porque no lo esperaba y se siente insegura. Deberíamos infundirle optimismo. No es que mi hijo vaya a dar por buena una negativa pero... ¿April?

Seguía dubitativa, ponderando qué decir y qué callar.

—Mi hija no quiere casarse.

—Tampoco yo quería.

—No, Judith. Digo que no quiere casarse. No que no pueda o que no deba. Digo que no quiere. Algo pasó en Estados Unidos, no sé qué fue. Pero regresó muy decepcionada. Convencida de que no le daría una segunda oportunidad a ningún hombre.

—Aquel maldito editor...

—No fue él, Nicole —aclaró—. Fue ella. Creo que no confía en su propio criterio. Teme volver a desilusionarse y ha decidido no apostar al amor de nuevo. Y es una decisión inamovible, si en algo conozco a mi hija.

—Es obvio que sí confía en el criterio de mi hijo —la alentó Judith, sin poder evitar presumir—. Porque se deja guiar por él.

—Aun así.

—April. —Nicole la tomó del brazo, comprensiva—. Supongo que es difícil aceptar que tu hija pueda desear a un hombre, que más allá del amor, en el plano físico exista...

—No es eso. No, de veras que no lo es, Nicole. Los vi besándose.

Se ganó dos miradas estupefactas y una misma pregunta coreada:

—¿Cuándo?

No debería haberlo dicho. Se había sentido cuestionada, como si fuera una madre retrógrada que creyera que su hija no sabía nada de la vida sencillamente porque no estaba casada, y al defenderse había hablado de más. En cierto modo sentía que la había traicionado. A ambos, a Alexander y a ella. Y era por cierto una madre retrógrada que se había escandalizado al descubrir a su hija besando a un caballero, además.

—Cuando cenamos en casa de tu hermano —les explicó—. Aquella noche, cuando fueron a la biblioteca y no regresaban y yo bromeé con que quizás estuvieran discutiendo... Bien, estaban besándose.

No diría que era su hija quien había iniciado el beso. Había detalles que no eran relevantes.

—¡April! Eso es fantástico, ¿por qué no nos lo dijiste entonces?

—Porque mi hija me pidió que lo olvidara. Porque había algo en su mirada que me convenció de que aquello era, desde el prisma de May, un error. En cambio Alexander, viéndome tan enfadada, me aclaró que era un primer beso...

—¿Un primer beso? ¿Mi hijo te dijo que era «un primer beso»? —Sonrió con esperanza—. ¿No es romántico?

—Tal vez. —Su voz en cambio revelaba preocupación—. Pero dado que parecían tener una visión tan distinta de aquel beso, pedí a May al día siguiente que hiciera saber a Alexander lo que fuera que le impedía mantener una relación seria y con futuro con un hombre.

Callaron un momento.

—Como sea, deben haberlo superado, dado que la está cortejando.

—O tal vez ella no se lo ha dicho todavía —susurró April—, y tu hijo puede resultar herido, Judith.

La duquesa sonrió triste ante tal posibilidad.

—Tal vez quiere darse un tiempo, ya sea para probarse y confiar, o para dejarse llevar por la esperanza por vana que sea.—Sus ojos se tornaron tan tristes como su voz, que también se apagó—. ¿Quién la culparía por querer disfrutar un poco de lo que se desea aun sabiendo que no tiene ninguna posibilidad? Porque he visto la cara de tu hija, April, y no tengo ninguna duda de que desea ser cortejada por mi hijo, de que disfruta con sus atenciones, y solo con las suyas.

Se recordó a sí misma con idénticos sentimientos treinta años atrás.

De nuevo cayó el silencio, y el pesimismo se cernió sobre ellas. Fue Nicole quien devolvió algo de humor a la conversación.

—Bien, de momento Judith defiende a May y April se preocupa de Alexander, así que estamos en tablas.

—Sonrieron todas de nuevo—. Hablemos de esto con la almohada a ver qué pensamos mañana, y tomemos el té a las cuatro en mi casa. Y hablando de almohadas... no puedo dejar de preguntarme: ¿lo comentaréis a vuestros esposos?

Rieron. La idea rompió la tensión que pudiera restar.

—¿Os imagináis si Alexander pidiera a Julian la mano de May?

—¿Quién retaría a quién, esta vez?

Más risas.

—Entiendo eso como un no. Desde luego que no —se afianzó Nicole—. Ninguno de ellos aceptaría la situación.

21

El sonido de la puerta la despertó.

—May, ¿puedo entrar?

Abrió los ojos sobresaltada y miró el reloj que tenía sobre la mesilla. ¡Las once de la mañana! No solía dormir hasta tan tarde.

—¿May? —insistió April.

Se desperezó. Había descansado como no recordaba haberlo hecho en meses.

—Claro, mamá. Pasa, por favor —la animó, con voz somnolienta.

La precedieron dos doncellas con varios platos con comida. La marquesa portaba una tetera humeante y una lechera.

—Buenos días.

—He dormido muchísimo.

Era cierto, la noche anterior creyó que no podría dormir, no pensando que Alex podía estar buscando un romance con ella, debatiéndose entre la ofensa y el deseo. Pero había sido dejarse envolver por las sábanas y yacer dormida, fruto del insomnio de la noche anterior, suponía. O de dejarse llevar por dos valses. Sintió cómo se ruborizaba y apartó la vista.

—Estaba comenzando a preocuparme —bromeó su madre—. Una agenda apretada, estos días, ¿no es así, cariño?

Asintió con la cabeza, tímida.

—Parece increíble que se cumpliera ayer una semana desde mi regreso.

April estaba tan sorprendida como ella. Había planeado semanas tranquilas de compras y bailes, atendiendo visitas y visitando, tomando té en casa de conocidas con hijas debutantes e hijos interesantes. Y sin embargo todavía no habían recibido. Era domingo y la familia Woodward recibía los lunes. El anterior había sido la fiesta de bienvenida de May, y por cómo se estaban comportando Alexander y ella cabía esperar muchas visitas al día siguiente, pero ninguna interesante. Solo dragones ansiosas de cotilleos de primera mano.

¿Una excursión a Berks, quizá?, fantaseó la marquesa, que aborrecía a las cotillas. A esas matronas que todavía especulaban, treinta años después, sobre el duelo en que el duque de Stanfort salió herido, el duelo en el que ella se vio envuelta y del que nadie sabía. Afortunadamente.

Mientras su madre divagaba aprovechó para asearse. Despidió a su doncella como cada vez que subía su madre, pues sería un desayuno privado, se lavó la cara y los dientes, se cepilló la larga melena y se hizo una sencilla trenza que después le sería recogida con propiedad. Se puso sobre el camisón una bata y se acercó a desayunar.

—Sí —coincidió. La esperaba ya con la comida en la mesa junto a la ventana—, me parece imposible que solo haya transcurrido una semana desde el baile en tu honor.

May le alcanzó su taza y su madre le sirvió té. Añadió ella la leche e hizo lo mismo con la otra tacita.

—Mañana recibiremos —dijo mientras se la entregaba.

April cortaba una porción de tarta y respondió sin mirar a su hija.

—Después de lo que vi anoche en la mansión de los Bates creo que tendremos muchas visitas, sí.

Se sorprendió.

—¿Estabas allí? Diablos, no te vi.

Una mirada reprobadora siguió a su vocabulario malsonante.

—Antes de tu primer vals no pudiste hacerlo, porque mientras estabas en la sala rodeada de las amigas de la sobrina de la señora Hobster o atendida por algún caballero con el que bailaste, tus tías Judith y Nicole y yo misma estábamos en la terraza. Hacía demasiado calor dentro. —Se abstuvo de decirle a su madre que dudaba de que fuera esa la razón por la que no se había dejado ver en la sala. Ambas sabían lo que vendría después y para ello no tenía excusas—. Y si pretendías verme durante los dos valses que bailaste con Alexander te diré que no hubieras podido hacerlo ni aunque hubiera entrado, las tres lo hubiéramos hecho, y nos hubiéramos dedicado a gritaros y a haceros señas. Ninguno de los dos nos hubierais visto, en realidad, pues solo teníais ojos el uno para el otro. —Bajó la vista sin saber qué decir, pero su madre no estaba dispuesta a dejarlo pasar. No esta vez, y su tono duro lo dejaba patente en cada palabra—. May, ¿qué está pasando entre el marqués de Wilerbrough y tú?

No le fue difícil responder a eso con honestidad.

—No lo sé.

A punto estuvo su madre de perder la paciencia, tan frustrada se sentía. En una semana, ¡una sola semana!, su hija y el hijo de Judith parecían haberse saltado cualquier límite del decoro en las narices de sus propios padres y de cualquiera que quisiera verlos. ¿Y le decía que no sabía por qué? Necesitaba una respuesta mejor que esa. Y se lo hizo saber.

—Si no lo sabes quizá podría ir hoy yo de salita en salita a escuchar lo que allí se cuenta y darte la respuesta. Varias respuestas, con toda probabilidad, a cada cual más sórdida, para que escojas... escojáis... la que más os convenga.

—Mamá...

—¿Cómo habéis podido ser tan indiscretos? —Su voz rayaba el grito.

—¡No hemos hecho nada indecoroso! —gritó May.

La mirada que se ganó fue de órdago.

—No en público. Y quiero pensar que en privado no habéis pasado de aquel beso que presencié en casa de James y Judith. —Silencio—. ¿May?

Nunca había mentido a su madre. Nunca. Había podido pedirle que no la presionara y que confiara en ella, pero no le había mentido. Sin embargo hoy no podía demandarle espacio.

—May. —La impaciencia marcaba su actitud, no solo

sus palabras—. Te he hecho una pregunta: ¿ha habido algo más allá de aquel beso?

Tomó un plato con tarta para evitar que viera cómo le temblaban las manos, antes de contestar. De mentirle.

—No.

April apoyó la espalda en el respaldo de su silla, lo que la hizo sentirse todavía peor. Maldito Alex. ¿Qué se suponía que estaban haciendo? ¿Realmente lo que fuera valía tanto como para mentir a su madre?

Después de todo, se recordó con rabia, su madre no tuvo un romance intachable. Su padre... Y la madre de Alex... ¿Y le hablaban ahora a ella de...?

No, se amonestó. No cubriría una mentira justificándola. Una mentira no tenía justificación. Solo esperaba no ser sorprendida. Perder la confianza de su madre, por más que pudiera merecerlo en aquel momento, sería insoportable. Estaba apostando el todo por el todo sin estar segura de cuál era el premio. Y no había dudado, en cambio, en apostar por Alex. ¿Era la razón, su corazón, o la locura quien la dirigía?

—¿Y bien? Entonces ¿qué está pasando?

—No lo sé —repitió con voz controlada.

April volvió a tensarse.

—¿Me estás diciendo que tú, que aplicas la lógica a las cosas más sencillas, que tú que necesitas entender cualquier proceso, no sabes qué ocurre y no te importa?

No iba a dejarla en paz. Se sintió ofendida, tutelada, acorralada incluso. Su madre era su madre, de acuerdo, y aunque no lo pudiera saber, porque ella le había mentido, tenía razones para estar tan molesta como estaba.

No podía en una semana, recién llegada de Estados Unidos, estar flirteando abiertamente con un hombre con el que tenía muy pocas probabilidades de casarse. De nuevo un escalofrío le recorrió la columna vertebral ante la idea, y el estómago le dio un vuelco.

—May, no he venido a hablar sola.

Suspiró.

—Mamá, no sé qué está ocurriendo entre Alex y yo. Y sí, por una vez estoy dejando que ocurra lo que sea.

—Lo que sea...

—No me importa lo que digan. Y creí que tampoco a ti. —No podía defenderse de ninguna otra cosa.

Se cruzó de brazos ofendida.

—Lo que sea —continuó su madre en el mismo tono—, podría hacerte daño. O a él.

Se sintió desarmada.

—Lo sé.

—Tú lo sabes. Pero ¿lo sabe él?

El tono de April era implacable. Su madre estaba enfadada. Y con razón. Estaba siendo indiscreta. Al año siguiente viviría sola; era su último año en los mullidos asientos en las veladas de las señoritas que esperaban que sus carnés de baile se llenaran; se le había dado en cierto modo independencia por primera vez, sin carabina, y en una semana estaba en boca de todos.

—Imagino.

—¿Imaginas, May? ¿Imaginas? —April rayaba la histeria. Tomó su taza, la removió con irritación y la dejó sin beber siquiera—. Hace dos días me dijiste que había algo que te impedía casarte. Hablábamos de Alex, concretamente, pues le habías besado. —May se encogió—.

Te pedí que le contaras qué era eso que te impedía amar a nadie. Porque coincidimos en que él merecía saberlo dado que era parte implicada en aquel beso.

—Lo sé —replicó en voz baja.

Por favor, que no le pidiera que se lo contara. Por favor, que no le exigiera que revelara su secreto. No quería decepcionarla y mentirle... mentirle de nuevo. Sintió las lágrimas arder en la garganta.

—¿Y se lo has dicho ya?

La invadió cierto alivio. De momento respetaba su silencio.

—Sí —susurró en respuesta, sin saber qué más decir, esperando que le colocara la siguiente losa de culpabilidad sobre sus hombros.

April había alzado su taza y la dejó caer en el platito sin darse cuenta. Se astilló y el té se derramó sobre este y el mantel. Ninguna de ellas atendió al líquido. Se miraban fijamente.

—May —dijo con tiento—, ¿le has dicho a Alex la razón por la que no te casarás? ¿La verdadera razón, sea cual sea? ¿Sin ambages, sin medias tintas? ¿Sabe Alex qué es eso que te supone un impedimento para casarte?

May la miraba tan fijamente como recibía la atención de aquellos ojos tan grises como los suyos.

—Sí, mamá. Te prometo que sí.

—¿Cuándo?

—¿Cuándo qué?

¿Qué importaba? Había sido honesta con Alex. Tanto que se había sometido a su juicio.

—¿Cuándo se lo dijiste?

Su madre parecía nerviosa, expectante. Confundida, respondió:

—A la mañana siguiente de que nos... de que yo le besara. No creí que tuviera que pedirte permiso para ir a hablar con él así que acudí a su casa por la mañana y...

—Oh, May...

Su madre se levantó y se abalanzó sobre ella, abrazándola. Se dejó envolver sintiéndose poco merecedora de su cariño pero necesitada de él. Solo cuando se separaron y se recompusieron, preguntó:

—¿A qué ha venido eso?

Recibió una sonrisa ufana.

—A que Alexander conoce tu impedimento y aun así te corteja.

Sintió que había recibido un golpe.

—Mamá... —Todos sus miedos se agolparon en su garganta—. Alex no me está cortejando, no en realidad. No tendría ningún sentido. El marqués de Wilerbrough deberá casarse con una joven con ganas de ser duquesa a tiempo completo. Yo no encajo. Y él lo sabe. ¿Por qué debería cortejarme?

—¿Y qué se supone que está haciendo entonces? —La sonrisa presumida de su madre la estaba asustando de veras.

—Ya te lo he dicho —respondió en voz baja—: no lo sé. Pero sé que no me cortejaría. No sería adecuado.

—Alexander sabe lo que hace. Lleva años demostrándolo.

—Pero mamá —insistió—, no podría... Yo no podría...

Ni siquiera era capaz de decirlo en voz alta.

—Entonces ¿qué hacías ayer bailando dos valses con él frente a todos los dragones como si estuvierais a solas? Si no puedes «lo que sea», May, aléjate de él. —La idea de mantener las distancias fue tan dolorosa como una patada en el vientre. Por el gesto presuntuoso que recibió, su madre lo había esperado—. Y ahora pásame el pastel de manzana. ¿No pretenderás comértelo tú sola? —La mirada vanidosa le crispó, pero hizo lo que le pedía—. ¿Sabes a quién más vimos? ¿Recuerdas a las hermanas Sutherly?, las que se casaron con...

May dejó de escuchar. Y de comer. Se le cerró el estómago tanto como la mente.

—Buenos días, mamá. ¿A qué debo este honor?

—¿Necesita una madre un pretexto para ver a su hijo?

La duquesa despidió al mayordomo, recibió un beso en la mejilla y se sentó sin esperar a ser invitada.

—Nunca. Pero tú no sueles venir aquí sin un propósito.

—¿Cuánto tiempo hace que no nos vemos, Alexander?

Sonrió. Siempre directa al grano. Pero ¿no iría su madre a decirle que lo echaba de menos? Se sentó a su lado en el sofá y le tomó las manos con ternura.

—Hace tres noches, en tu casa.

—Error, querido. —Y, ante su desconcierto, tomó con más fuerza sus manos para que no se le escaparan—: Yo te vi anoche, en la mansión de los Bates. Pero tú no me viste porque estuviste oculto en el salón de juegos y solo acudiste al salón de baile para bailar dos valses. Y ambos con la misma dama. Lady May Woodward.

Soltó una carcajada. También Judith sonrió. Volvió a besarla en la mejilla.

—Mamá, si no te vi probablemente se debió a que eras tú quien debías estar oculta. Si te hallas en un salón, lo sé. Tu presencia no pasa desapercibida.

Se sonrojó de placer.

—¿Me halagas para cambiar la conversación?

—Te halago porque soy sincero. ¿Estabas escondida?

Ni siquiera intentó disfrazar que habían estado espiándolos.

—Escondida es una palabra fea, Alexander. Estaba en la terraza con tu tía Nicole y tu tía April.

Su sonrisa se ensanchó.

—Las Tres Mosqueteras.

—No nos llames así. Lo que me recuerda que Westin dijo haberte visto disfrazado de mosquetero en Ranelagh. A tu padre no le divirtió.

—Iba de D'Artagnan. Por la edad, ya sabes.

—Tu padre, definitivamente, no lo encontrará divertido. —Retrajo su sonrisa—. ¿Y bien?

—Y bien ¿qué?

—No utilices ese tono hastiado conmigo, Alexander, te conozco bien. ¿Qué haces cortejando a la hija de los Woodward?

—No sabía que siendo hija de los Woodward me estuviera vetada —respondió medio en broma medio en serio.

—¡Oh, Alexander!

Con emoción se arropó en el ancho pecho de su hijo y se dejó abrazar. Este la rodeó con cariño y le besó la coronilla. Sin soltarla, le gustaba tener cerca a su madre, le preguntó:

—¿A qué viene esto?

—A que no lo has negado.

De nuevo soltó una carcajada. Judith se hizo atrás.

—Mamá, como celestina no llegarías lejos.

Judith puso los ojos en blanco.

—Tal vez. Pero ¿puedo preguntarte por qué la cortejas de un modo tan notorio?, ¿tan público?, ¿y tan precipitado? Dios, hace apenas una semana que llegó.

Se encogió de hombros. Había cosas que no contaría. Ya había confesado a su padre y a sus tíos que llevaba años enamorado de May. Pero entre caballeros era un sentimiento tranquilo, llevadero. Si su madre solo por un cortejo se había abalanzado sobre él... Prefería no pensar qué haría si conociera la intensidad y longevidad de su amor.

—Claro, que con el carácter de May y su necesidad de analizarlo todo es preciso hacerlo así, púbico y notorio. A esa jovencita —con veintiséis años a él le pareció divertido que la tachara de jovencita, tierno incluso— hay que arrollarla para que se dé cuenta de que la pretenden. ¿Sigue sin querer casarse?

Chasqueó la lengua.

—No lo sé, mamá, no se lo he preguntado.

A punto estuvo de decir «todavía», pero se refrenó a tiempo.

—Antes de la cena en nuestra casa comí con su madre. Comimos tus tías, ella y yo. Y se la veía convencida de no querer acercarse a un altar. ¿Recuerdas a aquel caballero americano con el que creíste que se casaría? Al parecer le hizo daño.

La mención de Matthew Atwik se le clavó como un puñal en el estómago. Que lo hubiera dejado atrás no implicaba que estuviera preparado para hablar de él.

—¿Y quién crees que puede ser más persuasivo, mamá?, ¿el mal recuerdo de un hombre americano, o el cortejo de un caballero inglés?

La cara de su madre se iluminó.

—¿La pretendes en matrimonio?

—La tanteo en matrimonio. —Se alarmó al ver su gesto. Maquiavelo parecía un infante en aquel momento—. No des nada por sentado. No, mamá, no lo hagas. Puedo leerte la mente, también yo te conozco. Y en estos momentos estás pensando en ir a casa de Woodward, dado que su marquesa también estuvo allí, y comenzar a confeccionar una lista de invitados.

—No es cierto —dijo enfurruñada.

Sería por la tarde, y en casa de Nicole.

—Mamá, por favor, no precipitéis nada. Dejad que todo siga su curso. May y yo nos estamos conociendo de nuevo. Y como has acertado a señalar, hace apenas una semana que regresó. Podemos gustarnos, o puede regresar y acomodarse la vieja amistad y quedarse en nada. Dejadnos explorar lo que está creciendo entre nosotros y dadnos espacio. ¿De acuerdo? —La cara de su madre era de fastidio—. ¿Mamá?

—De acuerdo. —Suspiró.

La besó en la mejilla.

—Gracias. Y ahora que este tema ha quedado zanjado... —su tono no admitía réplica alguna—, ¿quieres tomar algo?

—No, gracias. —Se puso en pie—. Tengo que irme. A casa, Alexander, a casa. Y no, no he quedado con nadie allí. Quiero mirar unas cifras con tu padre. Eso es todo. Y no, no le diré nada. No sabría qué hacer y a lo peor retaba a duelo a Julian.

Se marchó escuchando de fondo la carcajada de su hijo.

En la última semana Alexander había reído más que en los últimos seis meses, se dio cuenta. ¿Y pretendía que ella no hiciera nada? No entendía la labor de una madre.

22

Llegaba antes de lo esperado. En otro lugar sería de pésimo gusto acudir a una cena a la que había sido invitada a las seis y media con más de cuarenta minutos de adelanto. Pero aquel lugar no era cualquier lugar ni su anfitrión cualquier anfitrión. Era Christopher Saint-Jones o Kit, el hermano de Alex. Y la familia de este era la razón de su anticipación. No conocía a su esposa, Anna, ni tampoco al vástago del matrimonio. Se habían casado dos años atrás, mientras ella vivía en Nueva York, y su hijo James había nacido hacía apenas cuatro meses.

La misma tarde de su llegada, antes de cenar con los suyos, envió una misiva a su mansión de la ciudad solicitando acercarse a Albany Street el día que recibieran para hacerles una visita. Sus líneas le habían sido devueltas junto a una cortés negativa. Cuatro días después llegaba una invitación a cenar esa noche, explicando que los primos Illingsworth y Woodward, y también Alex, estaban invitados aprovechando que todos estaban en la ciudad.

La idea de que se reunieran los nueve como cuando eran jóvenes la tenía encantada. Claro que, sonreía mientras era llevada a una pequeña salita y declinaba cualquier oferta del mayordomo, Eliza seguía siendo una jovencita. Era la menor de los cuatro Illingsworh y la única que no había debutado. La única soltera, de hecho.

Además de ella, pensó, y su sonrisa se ensanchó. Además de ella, claro. Ella estaba soltera. Que fuera a ser soltera para siempre no significaba que a los ojos de otros no estuviera soltera «de momento».

Se abrió la puerta y se puso en pie esperando conocer a lady Anna Saint-Jones. Fue Kit, en cambio, quien entró. No pudo sentirse decepcionada. Extrañada sí, pero la alegría de verle superaba cualquier desencanto. Un Kit con pantalones y botas y una camisa, pero sin chaleco ni corbata ni desde luego chaqueta. Un Kit que había preferido bajar a saludarla a presentarse como de un caballero se exigía. Un Kit, por tanto, que mostraba cuánto se alegraba de verla y cuánto la había añorado, y que se acercaba a ella con los brazos abiertos.

—¡Kit! —Su voz rebosaba de entusiasmo.

—¡May! ¡Cuánto tiempo ha pasado!

Se dejó abrazar. Notó mucho cariño en aquel gesto. Adivinó también un pequeño grado de necesidad, de consuelo. Y no sintió, para su desolación, nada similar a lo que la embargaba cuando eran los brazos de su hermano, los de Alex, los que la rodeaban.

Se separaron sonrientes, mirándose a los ojos. Kit tenía los mismos ojos que su hermano y que su padre, pero tenía también el pelo oscuro del duque. Y una sonrisa perenne en los labios como su madre, la duquesa. Era un hombre muy guapo.

—Desde mi marcha a Nueva York. Han pasado algo más de tres años, ¿quién lo diría? Pero has cambiado. Estás... estás... Detesto parecer una matrona, Kit, pero pareces todo un hombre.

Se echó a reír.

—Soy un hombre, May.

Ella se sonrojó.

—Claro que lo eres. Pero quiero decir que... ¡mírate! Eres esposo y padre. Eres un hombre de familia. Parece que «Kit» no te siente ya. Pareces Christopher Saint-Jones, en realidad.

De nuevo él sonrió.

—Para nosotros, para la familia, siempre seré Kit.

También May sonrió con dulzura.

—Hablando de familia, entiendo que, dado mi mal gusto de presentarme antes de lo esperado, no podré conocer a tu esposa todavía. —El gesto de Kit se tornó adusto al momento; lo supo porque él no hizo nada por disimularlo—. Esperaré a la cena para conocerla y dejaré que me deslumbre ataviada con sus mejores galas. Sé de buena tinta que es una dama muy hermosa.

—Anna, mi esposa —especificó sin necesidad—, no bajará a cenar.

Algo no iba bien. Y de nuevo le permitía saberlo. Agradecía la confianza y creía entender que en cierto modo le pedía ayuda.

—Tal vez no debimos venir. Quizá podríamos ir a cenar al Brown's y dejaros descansar. Cuando lleguen todos podemos ir hacia allí. Si enviamos un mozo al hotel ahora para que avise al maître y nos prestas un carruaje...

—No es eso, May. Me encanta que estéis aquí. Necesito que lo estéis. —Se pasó la mano por el pelo en un gesto afligido—. Y no es que Anna no lo desee, o no le gustéis. Antes de que naciera James... —Pareció darse cuenta de lo que decía y se retrajo—. Dios, no sé qué hago contándote esto.

May le tomó la mano.

—Me lo cuentas para que te escuche, para que te sea más liviano, y porque quiero ayudarte si es que es posible.

La miró a los ojos, sus pupilas cargadas de ternura y agradecimiento. Se acercó y depositó un suave beso en su mejilla que la hizo sentirse muy querida.

Pero no sintió ningún escalofrío recorrer su columna ni encogerse su estómago. Lo que en el fondo no le extrañó.

—¿Kit? —lo instó a continuar.

Sin soltar la mano que tenía presa la llevó a un sillón cercano y la invitó a sentarse, dejando que ella se acomodara antes de imitarla.

Calló unos segundos antes de continuar donde lo había dejado.

—Antes de quedar embarazada era una esposa alegre y atenta. Y estábamos enamorados, May. Sé que no es correcto hablar de nuestros sentimientos, pero nos amábamos. Nos amamos —se corrigió—. Pero cuando quedó encinta se tornó... No lo sé. —Se le veía confuso—. Sé que las mujeres en estado de buena esperanza pueden volverse excesivamente sensibles, pero Anna... Anna... Se puso triste.

May no sabía qué decir, así que prefirió callar y no decir nada. Continuó allí, en silencio. Nada sabía de embarazos o matrimonios; y su corta experiencia al respecto había resultado un fracaso. No daría consejos gratuitos.

Kit pareció aclararse antes de continuar.

—Creí que quizá no quería ser madre, no todavía. Lo hablé con ella, pero me dijo estar encantada. —La miró a los ojos—. Me lo dijo llorando. El doctor dijo que a veces ocurre, que os volvéis... se vuelven melancólicas. Pero James ya ha nacido y todo sigue igual. No quiere saber de nuestro hijo. —Agachó la vista—. Ni de mí.

Estuvieron callados más de cinco minutos. Finalmente fue May quien habló.

—No sé qué decirte. No sé nada de embarazos ni de matrimonios. Pero volveré las veces que sean necesarias para conocer a Anna, y si hay algo que esté en mi mano para alegrarla de algún modo, sabes que puedes contar conmigo.

Sintió un pequeño apretón en su mano antes de que la soltara del todo.

—Gracias. —El tono sentido caló en un lugar muy profundo de May—. En todo caso mi hijo está impaciente por conocer a su tía May, la escritora. Así que subiremos a la segunda planta, a la habitación de James, y te lo presentaré. Y mientras mi hermano y tú os disputáis su atención yo terminaré de vestirme.

Se le hizo un pequeño nudo en el estómago.

—¿Alex está ya aquí?

—Sí. —Sonrió—. Mi hermano es el padrino de James y acude a diario a verle, aunque sea solo unos minutos.

Salieron hacia la segunda planta, pero Kit ni siquiera llegó al cuarto de los infantes. Le señaló qué puerta era y, con una sonrisa, con su sonrisa de siempre, regresó a la escalera, rumbo a su habitación en la primera planta. May no podía saber que era una alcoba distinta a la de su esposa.

Alex sostenía a James en brazos. Durante la última semana apenas lo había visto. Su prioridad había sido May, y el poco tiempo libre del que había dispuesto lo había dedicado a la Gran Exposición, así que había visitado poco a su ahijado, y apenas si había hablado con su hermano. Sus labios se convirtieron en una fina línea al pensar en Kit.

Escuchó unos golpes en la puerta y se volvió, esperando que fuera la niñera. La sorpresa fue muy grata: May estaba bajo el marco y le sonreía con timidez.

—Buenas tardes.

—Hola, May.

Esta señaló al bebé.

—He venido a conocer a James.

—Claro, acércate. —E inclinó un poco al niño para que lo viera, para que se vieran—. James, esta es lady May Woodward. —La ternura en su voz, en toda su persona, la sobrecogieron hasta emocionarla—. Te intentará hacer creer que no es una dama sino una escritora, pero no te dejes engañar, es ambas cosas. Y hay tres cosas que debes saber de ella. Una es que te cuides de enfadarla: me ha llenado las botas con gusanos, la boca de tierra, me ha pateado la espinilla, me ha cortado el pelo mientras dormía... Creerás que con la edad se ha moderado, pero no, solo ha aprendido a ponerse una máscara social de cordialidad y a refinar sus métodos de tortura. Así que créeme, no la enfades si no estás dispuesto a acarrear con las consecuencias.

El bebé parecía divertido con la situación. Miraba a Alex con atención, suponía May que porque reconocía su voz y la asociaba al cariño de su tío.

—¡No le digas esas cosas! —Pero su protesta estaba salpicada de alegría.

—Desde luego que sí. Debe saber de ti. —Y volvió su atención al niño—. La segunda cosa que debes saber es que está soltera. Sí, aunque parezca increíble esta dama tan inteligente y hermosa está soltera. Así que si estás interesado deberías crecer lo más rápido que puedas, por si acaso. Hay muchos hombres pretendiéndola.

Rio, feliz.

—James, no hagas caso a tu tío. Para cuando tengas edad de casarte yo seré una solterona caduca, y ese carácter del que te ha hablado se habrá acentuado tanto que nadie me invitará a su casa, tan insoportable me habré vuelto.

Hablaba con voz risueña al tiempo que extendía las manos. Alex le colocó con tiento a su ahijado en los brazos y no se alejó, se mantuvo a su lado maravillado con la escena, deseando que pudiera ser su propio hijo, el hijo de ambos y no el de Kit y Anna.

—James sabe que debe confiar en mi criterio, así que me escuchará. Se lo repetiré cuando no estés presente.

May lo miró engreída.

—Es un bebé, no puede entenderte.

Alexander le devolvió el mismo gesto.

—¿Y tú eres escritora y presumes de imaginación?

—Yo nunca presumo de...

—¿Y has escrito además cuentos para infantes?

No permitiría que la hiciera rabiar. No cuando tenía a aquel precioso bebé en brazos que la miraba con atención, como si quisiera descubrir todos sus secretos a través de sus ojos.

—¿Y la tercera cosa? —preguntó cambiando de tema, sin mirarle, atenta al niño, a cada gesto de este.

—¿Qué tercera cosa?

Chasqueó la lengua.

—Sabes perfectamente a qué me refiero. Así que ¿cuál es la tercera advertencia a James sobre mí?

Alexander se acercó más a ellos y le susurró a ella, y solo a ella, aun sin mirarla.

—Que si está interesado en tu soltería —bajó todavía más la voz, su tono acariciándola—, yo te vi primero.

Una ráfaga de deseo la traspasó. Tomó airé por la boca porque le faltaba. La presencia de Alex se le hizo mucho más notoria. No sabía qué decir, ni siquiera podía mirarle.

Fue el bebé quien salvó su mezcla de terror y euforia. James profirió una pequeña carcajada que los subyugó a ambos.

—¡Oh, Alex!, ¿le has oído? —Se volvió a mirarle, su rostro feliz, sus ojos brillantes—. ¡Ha reído!

—Es cierto —corroboró, acariciándole la tripita, lleno de ternura.

—Seguro que se ha reído de ti. —May le acarició sin embargo un moflete—. No deberías reírte de tu padrino. Se cree un hombre muy importante y podrías lastimar su confianza.

El niño rio de nuevo. May lo abrazó y dio unas vueltas con él, causando más risitas y su propia felicidad.

Alexander se mantuvo al margen durante unos minutos, dejando que disfrutaran el uno del otro, deseando más que nunca fundar una familia con ella. Ver a May con un hijo suyo en brazos.

—Deberías ser madre, May. —Suspiró, pensando en voz alta.

Ella se volvió. Ya no sonreía.

—Para ello debería casarme. O al menos sería especialmente recomendable. —Su suspiro fue de frustración. Besó a James en la frente y lo abrazó contra su pecho—. Y mi esposo merecería honestidad por mi parte. Quizá pudiera engañarle en la noche de bodas, no lo sé. Existen métodos... Pero yo no haría algo así —negó, convencida—, y ningún marido querría a una esposa que cometió un desliz como el mío. Un desliz de los que se escriben con mayúsculas y con sangre, no con tinta.

Alexander no se movió de donde estaba, se esforzó en demudar su gesto y en que nada revelara que para él era una conversación personal. Imprescindible.

—Te dije una vez que te enamoraras de un hombre que valiera la pena, que te mereciera. Y ese hombre,

May, quizá te sorprendería. Tal vez por ti hiciera concesiones. Tal vez supiera mirar al futuro y no al pasado.

Lo miró fijamente a los ojos durante unos instantes interminables. No hablaban de nadie en concreto, se hubo de recordar. Era una conversación hipotética, una situación ficticia. Una conversación que no debía explorar porque carecía de sentido. Recordó a su madre aquella mañana preguntándole cómo era posible que ella, que aplicaba la lógica a todo, se estuviera dejando llevar por el ritmo que Alex marcaba, y supo de pronto la respuesta: porque Alex le daba esperanza. Una esperanza que creía haber perdido. Una esperanza que le hacía volver a creer. Y solo por eso siguió hablando aunque fuera una insensatez, aunque pudiera hacerle daño.

Dejó a James en la cuna y se quedó al lado de la camita, no queriendo acercarse a él, y habló de Matthew, de cómo se sintió, y lo hizo sin ambages, incómoda pero segura por primera vez.

—Creí haber encontrado a ese hombre al otro lado del Atlántico, y resultó ser un fraude. No él; ni tampoco yo. Toda la situación fue un fraude. No estoy segura de querer arriesgarme de nuevo. No quiero sufrir una decepción así otra vez —reconoció con voz suave—. Si encontrara a un hombre que me hiciera volver a creer y finalmente no fuera lo que esperaba, o yo no fuera lo que él esperaba... No soportaría la decepción. No sabría sobrellevarla. No de nuevo. No, porque si me arriesgara una segunda vez sería por un amor como el que describo en mis novelas. Ese que creo que en realidad no existe. El que nos debería hacer felices todos los días de nuestras vidas aun cuando las desgracias nos azoten.

Calló para ordenar sus ideas y él se mantuvo también en silencio y la dejó pensar. No se acercó a ella tampoco. Respetó su espacio y sus tiempos.

—No sé en qué me equivoqué, por más veces que intenté entender dónde estuvo mi error de juicio no lo hallo, no soy capaz de darle perspectiva suficiente para verlo. Y suponiendo que aprendiera de aquel error y encontrara a un hombre que me enamorara de nuevo... —bajó la vista y sintió el rubor inundando sus mejillas; también Alexander lo vio y quiso decirle que ella no podía saberlo todavía, pero que ese hombre iba a ser él—, no estoy segura de que haya hombre capaz de superar algo así.

Ahora sí respondió. Ahora que ella había dicho lo que necesitaba decir, ahora que conocía bien sus dudas, sus miedos.

—No sé qué paso, May, pero estoy convencido de que el error de juicio fue suyo, no tuyo. Y no, no pretendo alabarte para hacerte sentir mejor. Soy yo, Alex; y eres tú, May. Si creyera que fue tuyo el desliz encontraría una manera delicada de decírtelo. Y lo haría para que superaras lo ocurrido y volvieras a creer. Porque mereces volver a creer, volver a ilusionarte. Mereces enamorarte y ser esposa y madre. Es algo que está en ti y que no te hace menos escritora. —May le escuchaba hechizada. Sus palabras le llegaban tan hondo como el deseo que despertaban en ella. Más allá, si es que era posible—. Eres una dama distinta, May: una mujer excepcional. Eres hermosa, pero eres también inteligente e independiente. Constituyes un reto para cualquier hombre. Y cualquiera que no sea un hombre de pies a cabeza puede cometer el error de tomarte por un desafío y querer convertirte en quien no eres, rebajarte al nivel de lo cotidiano. —Ningún discurso le había sonado tan hermoso; ni los mejores sonetos la habían emocionado así—. No dudo de que Matthew se enamorara de ti tal y como eras. Lo que dudo es que supiera apreciarte tal y como eras.

Alexander en cambio no podría amarla más. Conocía sus defectos, habían crecido juntos, y sin embargo no cambiaría un momento de su pasado por compartir cada instante de su futuro. En muchas ocasiones se había dicho que aceptaba cada uno de sus fallos porque habían hecho de ella la mujer que era; aquel, entregarse a otro hombre, quizá fuera el mayor error a perdonar, pero sería también su mayor prueba de amor. Si era capaz de mirar al porvenir sabiendo de su pasado, juntos serían invencibles, capaces de superar cualquier cosa. Y sabía que sí podía hacerlo. Era el turno de ella de convencerse también. Y su labor ayudarla en ese convencimiento.

—Quizá debí esforzarme más para que me comprendiera —pensó en voz alta.

—Quizá debió saber aprobarte y quererte como eras, si lo que quería era conservarte a su lado —le replicó con voz suave.

No exigía al señor Atwik nada que él no estuviera dispuesto a hacer, supo. May se acercó a él poco a poco, sin dejar de mirarle, sus ojos atrapados en los del otro. Cuando estuvo frente a él, a unos pocos centímetros de distancia, le acarició la mejilla con ternura.

—Eres un hombre maravilloso, Alex. Siempre lo he sabido.

Por un momento se perdió en su mirada gris. Y por ese mismo momento temió arrodillarse allí mismo y confesarle sus sentimientos.

—Mientes. —Sonrió, apartándose lo suficiente para no cometer una locura, maldiciendo el lugar y el momento. En su casa la hubiera besado hasta que la pasión hubiera acallado a la razón, hasta hacerla suya para siempre—. Si lo hubieras sabido desde siempre no me habrías golpeado, llenado la boca de tierra, cortado el cabello con unas tijeras de costura mientras hacía la siesta, llenado las botas...

Rompió a reír, una dulce carcajada llena de alegría que llegó hasta él.

—Bueno, soy una mujer versada en letras que sabe que maravilloso no es sinónimo de perfecto.

Sonrió y callaron unos minutos, relajados en la presencia del otro. May tenía la sensación de que el peso que llevaba veinte meses cargando sobre sus hombros se había aligerado, de que podía perdonarse, incluso. Pero de sentirse perdonada a volver a enamorarse...

—Sigo creyendo —pareció leerle el pensamiento— que estás hecha para el amor. Que serías una gran esposa y madre.

Lo miró agradecida, el ambiente distendido ahora.

—Tengo veintiséis años, y...

—La reina a tu edad tenía ¿cuántos? ¿Seis hijos? Y estoy convencido de que todavía tendrá algunos más. —Le guiñó el ojo con picardía y aquel pequeño escalofrío regresó a ella; esta vez fue bienvenido—. Así que no eres vieja para ser madre o esposa. Mi madre, de hecho, me tuvo a tu edad.

Lo miró a los ojos con seriedad, sin importarle si debía o no preguntar, buscando una respuesta honesta sin cuestionarse por qué.

—¿Te casarías con una dama que no fuera doncella?

Le devolvió la misma mirada fija sin temor a lo que pudiera leer en sus ojos. May necesitaba creer tanto como necesitaba él que recuperara la ilusión. Aún no tenía fe en ellos y Alexander debía regalársela.

—Si la amara, si de veras la amara... —Su voz se escuchaba enronquecida por la emoción—. Si no pudiera imaginar a otra mujer en mi lecho ni a otra madre con mis hijos en sus brazos, sí. Sí lo haría. —Su tono era firme, no cabían dudas en él—. La desposaría y dejaría el pasado atrás que es donde debe estar, para construir un futuro y mirar siempre adelante. Con ella andando a mi lado, construyendo juntos nuestro camino.

Sus palabras, sus ojos oscurecidos, todo en él la tenía hipnotizada.

—¿Aun sabiendo que no serías el primero? —preguntó con un hilo de voz.

Asintió y se acercó a ella para susurrarle:

—Ser el primero es importante, May. Lo es y no puedo negarlo. Pero por una mujer así lo único imprescindible para mí sería ser el último para ella. Que después de estar conmigo no quisiera estar con nadie más. Porque la mujer adecuada, doncella o no, sería también para mí, ya que no la única porque también yo tengo un pasado, sí la última mujer con la que yacería. Ninguna más querría ya en mi lecho.

—Alex —susurró.

El silencio crepitaba entre ellos, la distancia que los separaba parecía cubrirse en apenas un suspiro y sus miradas ya estaban entrelazadas, tan perfectos se sentían el uno para el otro.

Los segundos pasaban, pero no se decidían a romper la pequeña barrera que se habían impuesto. Alexander bajó la vista a sus labios y movió apenas un milímetro el rostro hacia ellos viendo cómo se abrían, como si desearan recibirle, invitadores.

May vio posar su mirada en sus labios y el deseo se arremolinó en su vientre. Deseaba besarlo. No, se corrigió. Lo que deseaba, lo que nunca había deseado con tanto ímpetu, era que la tomara entre sus brazos y la besara como si fuera excepcional, una rareza, única. Como si para Alex ser el último que la besara fuera imprescindible.

Como la había besado en Ranelagh. Como había deseado desde esa noche que volviera a hacerlo.

Por un momento se dejó llevar y acercó también su rostro, deteniéndose ante el temor a ser rechazada, insegura de si él sentía lo mismo en aquel momento.

Sus alientos se acariciaban ya.

El instante se estaba eternizando. O la besaba o rompía el momento, pues su contención no daba para mucho más. Y la supo una batalla perdida.

Rindiéndose a ella acercó sus labios...

—Escucho demasiado silencio, y estando James en la habitación me preocupa. —La voz de Kit, burlona, se escuchaba en el pasillo, muy cercana. Se separaron, veloces, justo cuando este entraba—. Por un momento temí que Alexander te hubiera sacado de sus casillas y le hubieras pateado el trasero en presencia de mi hijo. Me alegro de que no haya sido el caso. Quiero ser yo quien le enseñe a hacer morder el polvo a mi hermano mayor.

—Nunca lo has logrado, me temo.

—Sí lo ha hecho —defendió May a Kit por costumbre—. Solo que tú decidiste que había hecho trampas.

—Hizo trampas.

Kit y May lo miraron con escepticismo.

—Futuros duques —dijo ella.

—Futuros duques —corroboró el recién llegado—. En fin, dejaremos que se crea invencible hasta que alguna dama lo venza. Y ahora será mejor que bajemos. Faltan diez minutos para las seis y media.

Alex le ofreció un brazo y Kit el otro. Feliz, los tomó ambos y bajaron la escalera.

Solo una mano le cosquilleó durante el trayecto.

23

May no creyó que pudiera relajarse, mucho menos divertirse, tras la intensa intimidad en la habitación de infantes de James, con Alex tan cerca diciéndole que si la amara, la perdonaría, haciéndola sentir... libre. Libre para corresponderle. Porque quizá no hubiera dicho su nombre, pero su corazón le había gritado que se refería a ella aunque la razón se hubiera encogido en su pecho ante el temor a equivocarse.

Y sin embargo durante las más de tres horas que estuvieron todos ellos recordando viejas anécdotas y contando detalles sobre sus nuevas vidas, dejó de lado lo ocurrido y disfrutó de la velada como hacía años que no se dejaba llevar. Tres de los cuatro Illingsworth estaban casados, y como le dijera su tío Richard, estaban en la ciudad a solicitud de su madre. Su hermana Edith y su esposo vivían en Londres, y su hermano Phillipe y Louisa también estaban allí para la temporada, sospechaba que al igual que sus primos a solicitud de su propia madre, apoyándola. Y Alex y Kit residían en la capital todo el año.

No hubo una pausa para que los caballeros fumaran y bebieran brandy mientras las damas esperaban con jereces u oportos. No fue necesario porque a nadie le importó un poco de humo ni necesitó de intimidad para una conversación discreta. Los nueve parloteaban, reían a carcajadas, se interrumpían a veces, vociferaban alguna barbaridad tratando de callar a otro para evitar ser ridiculizado... May los quería tanto que no imaginaba una vida sin ellos. Y afortunadamente los esposos y esposas parecían tener un carácter de disposición alegre o tolerar con elegancia la situación viendo a sus parejas disfrutar de la velada.

Cualquiera de ambos casos era bueno pues podía ser el inicio de veladas similares sin que fueran sus padres el nexo de unión. Lamentó la melancolía de la esposa de Kit y se negó a pensar en una esposa para Alex. Eliza en cambio... estaba convencida de que le costaría disfrutar al año siguiente, dado su carácter tímido.

—Deberíamos hacer esto más a menudo —dijo pensando en voz alta, captando la atención del resto—. No esperar a que sean nuestros padres quienes nos citen en Berks para pasar juntos las Navidades, menos ahora que muchos tenéis familia y será complicado poder coincidir en una fechas tan señaladas, sino fijar nosotros algún día concreto, o tal vez dos, durante el año y vernos. Por San Jorge, quizás. O como hacen en Estados Unidos el último jueves de noviembre, por ejemplo. Y todos los años saber que esos son los días en los que nos hemos de ver. Así nuestros hijos se conocerán tanto como nosotros. —Los miró a todos con afecto antes de terminar—. Creo que sería hermoso.

Callaron todos un instante antes de que el griterío comenzara de nuevo.

—San Jorge es en plena temporada, muchos podemos venir a Londres. Porque entiendo que quedaremos en la capital.

—Quizás en Berks también. Alexander puede invitarnos para noviembre, estén o no los duques. Es una casa enorme y podríamos instalarnos todos allí unos días.

—Eso sería fantástico, seguro que James y Judith podrían ir a casa de mis padres y dejarnos Stanfort Manor para nosotros solos.

—Si no podemos ir a Westin House, y que sea Phillipe quien envíe a sus padres a la heredad vecina.

—Y en la ciudad bien podríais venir a mi casa —propuso Edith.

—¡No! —se escuchó desde cuatro sillas distintas, todas las voces jocosas.

Las damas que no eran de la familia se sorprendieron ante la negativa. Una invitación a casa de los Merrington era casi tan ambicionada como una a Palacio.

—Aquí estamos solos. Y Edith llenará su comedor de sirvientes.

Era cierto, la cena se había servido al estilo ruso según las costumbres del siglo XVIII para evitar la necesidad de ningún lacayo entrando o saliendo.

—¡Y nos obligará a hablar de temas educados!

Lejos de ofenderse, esta rio.

—Os obligaría a «ser» educados, sin duda.

Su esposo la defendió.

—Edith es la mejor anfitriona de la ciudad.

—¡Precisamente por eso! —dijeron varios a la vez, y la carcajada fue general.

Cuando llegó la hora de marcharse May se despidió de todos con un abrazo, incluso de quienes hasta esa noche eran meros conocidos y en cambio deseaba ahora volver a ver. Las damas sabían que no tardarían en tomar un té juntas, que alguna de ellas cursaría una invitación privada. Que era el principio de algo hermoso.

Ya en la puerta, con todos los carruajes esperando, se dieron cuenta de que ella había venido dando un paseo. Phillipe le ofreció acercarla.

—Preferiría regresar a pie, en realidad.

Hubo un coro de negativas.

—Ven con nosotros —le ofreció Johanna—. Apenas somos cuatro y a diferencia de tu hermano no nos desviaríamos de nuestro camino.

—No es necesario, de veras.

Quería andar. No deseaba que la noche acabara todavía, y dar un paseo hasta casa alargaría un poco más la sensación de felicidad que la recorría. Necesitaba, también, pensar en lo ocurrido con Alex, y en los sentimientos que en ella había despertado.

—Puedo acompañarla yo y venir mañana por mi caballo.

Escuchó decir a Alex. Se volvió a mirarlo pero él hablaba con Kit y parecía un comentario casual.

—Eso sería del todo inconveniente —dijo Edith.

Cómo deseó poder chistar a su hermana.

—Además, May podría patearle la espinilla, echar a correr y darle esquinazo.

—¡Phillipe! —riñó Louisa a su esposo—. Eso es una calumnia.

Hubo risas contenidas y algún susurro.

—Quiero dar un paseo hasta casa —dijo cruzando los brazos, simulando empecinamiento.

—Quiero acompañarla. —Alexander hizo el mismo gesto, causando la hilaridad del grupo.

Todos ellos, emplazados bajo las enormes columnas dóricas del pórtico de la mansión de Kit, sintieron por un momento que tenían diez años menos, estaban en Berks y era primavera. Sonrieron felices.

—Pediré que un sirviente os acompañe —sentenció Kit—. Así será adecuado.

Zanjada la cuestión cada cual subió a su carruaje y se marchó.

—Ha sido una noche fantástica. —May suspiró meciendo la mano al viento, despidiéndose de las manos que asomaban por las ventanillas de los carruajes que se alejaban.

—La primera de muchas. Has tenido una idea magnífica.

Se volvió a mirarlo y vio unos ojos sonrientes, llenos de afecto.

—No conocía a algunos de ellos, y con otros apenas había tenido contacto. ¡Han hecho unos matrimonios estupendos, Alex!

En aquel momento regresó Kit, y May se sintió culpable.

—Pete os acompañará a casa —les dijo. Sin duda la había escuchado. Ya no sonreía.

Se acercó y lo abrazó con fuerza.

—Gracias por una noche preciosa, Kit. La próxima vez seremos uno más porque Anna nos acompañará y reirá tanto o más que el resto. Verás como sí.

Kit la besó en la mejilla y se despidió de su hermano.

—¿Vamos? —Alex le ofreció el brazo.

May colocó su mano sobre él, anhelante de su contacto, y tomaron dirección al sur, rumbo a Piccadilly.

Pasaron el trayecto en animada conversación, rememorando algunas de las bromas de la cena, intercambiado opiniones sobre los esposos y esposas de sus primos, con el lacayo de Kit tras ellos, a una distancia suficiente pero prudente. Se encontraron a varios conocidos a los que se detuvieron a saludar con naturalidad y buen humor. Las caras de estos reflejaron interés al verlos pasear solos por la noche, y aunque una cena que reuniera a los hijos de tres de los lores más conocidos e influyentes de la ciudad fuera una razón lógica para que regresaran juntos viviendo cerca, siendo ellos los únicos que permanecían solteros, fue Pete y su presencia quien los salvó de cotilleos más graves.

Hablarían de ellos, claro. Llevaban haciéndolo toda la semana y un paseo nocturno no supondría demasiada diferencia. No con una carabina.

Ninguno de los dos quiso hacer comentarios al respecto, como evitaban también lo ocurrido antes de la cena. May no sabía qué decir y Alex parecía no querer decir nada.

Alexander prefería callar y darle tiempo para que comprendiera lo que le había declarado, y que se acomodara a la idea de volver a ser amada, sentimiento que creía previo a que ella volviera a amar.

Así que siguieron charlando sonrientes, simulando ignorar cómo la mano de May presionaba su brazo en busca de un mayor contacto cuando quería decirle algo o cuando le hacía reír, y cómo ese contacto le era correspondido cerrando Alexander ese mismo brazo, acercándola más a su cuerpo.

Cuando estaban cerca de Grosvenor él se volvió y despidió al lacayo.

—Pete, gracias por tu compañía, pero ya no será necesaria. —El estupor del joven, a quien se le pedía que regresara cuando faltaba media manzana, estando en una calle en la que daban las partes traseras de las mansiones, molestó a Alexander, pero se explicó. No quería interrogatorios de Kit al día siguiente—. La casa de los Woodward tiene también entrada trasera, la dejaré allí. —Señaló la puerta del servicio por donde entraban también los carros de los tenderos. El joven pareció querer protestar—. ¡No, maldita sea, claro que no la dejaré allí mismo! ¡La dejaré en la puerta de su casa, sana y salva! —respondió algo alterado, separándose de ella, ante la duda en los otros ojos.

No acostumbraba a tener que dar explicaciones.

El lacayo miró a May, ambos lo hicieron, asintió, y solo entonces el joven hizo lo que se le pedía.

Se mantuvieron en silencio hasta que lo vieron desaparecer por la esquina.

—Tu hermano mañana hará preguntas —dijo alegre, en parte por la situación, en parte por la anticipación de lo que fuera que Alex tuviera en mente.

—Mi hermano mañana no obtendrá respuestas —respondió Alexander todavía fastidiado.

Queriendo que regresara el caballero divertido que tanto le gustaba, lo tomó de nuevo por el brazo y le preguntó:

—¿De veras entraremos por la parte trasera, cual delincuentes?

Ahora sí, atrajo toda su atención. Miró la pequeña mano que lo tocaba y la cogió, tomándola en la suya y entrelazando sus dedos. Un pequeño escalofrío los recorrió y ambos lo reconocieron en el otro.

—De veras, pasearemos un poco por los jardines de tu casa antes de que te acompañe hasta la puerta.

Y la dirigió hasta la pequeña valla, abrió para permitirle el paso, cerró tras él, y le indicó con la mano que lo guiara; pero ella objetó:

—Sabes que no es tan sencillo. Que algún mozo vendrá. Nadie se cuela en una mansión de Mayfair en plena noche.

Lo sabía.

—Esperaremos entonces a que vengan y les diremos que somos nosotros. —La solución de Alex parecía inocente. Y sin embargo ella se sentía culpable. Alexander podía leer cada pensamiento en sus hermosos ojos y la espoleó—. ¿May?

—¿Lady May? —los interrumpió una voz.

Se separaron de inmediato.

—Sam, buenas noches. —El sirviente llevaba a uno de los perros atado. Como predijera, nadie se colaba allí sin permiso. Ni un minuto había tardado la jauría de su padre, que dormía cerca de los establos, en advertir a la casa. Vio cómo el mozo miraba a quien la acompañaba—. El hermano del marqués ha dado esta noche una cena para los hijos de Westin, los Saint-Jones y los Woodward. Wilerbrough ha tenido la amabilidad de acompañarme hasta aquí junto a uno de los sirvientes de lord Christopher. Precisamente acabamos de despedirle. Daré un paseo por los jardines hasta que me alcance el sueño. Puedes descansar tranquilo, Sam, y muchísimas gracias. Contigo la familia está siempre más segura.

El mozo de las caballerizas miró de nuevo a Alexander y dudó. Finalmente, sin otro remedio, hizo lo que se le ordenaba.

May sabía que había sido condescendiente, pero no se le había ocurrido otro modo de quedarse a solas con él. Y quería quedarse a solas con él.

—Tu madre mañana hará preguntas —dijo Alexander, preocupado, dándole la oportunidad de despedirle también a él.

La imagen de su madre abrazándola aquella mañana, convencida de que Alex la cortejaba, fue lo que le vino a la mente, y no la de una madre enfadada. Y las palabras de Alex antes de la cena llegaron justo después.

—¿Quieres marcharte? —le susurró sin atreverse a mirarle.

No necesitó más acicate. Volvió a tomarla de la mano antes de responder, la voz enronquecida, sus cuerpos rozándose.

—Tú conoces estos jardines mucho mejor que yo. Así que dime, May, ¿dónde vamos?

Y todo el valor la abandonó. ¿Qué esperaba Alex?

¿Qué buscaba? ¿Qué se suponía que debía responder ella? Una dama decorosa le diría que iban directamente a la puerta de su casa. ¿Sería eso lo que él esperaba? ¿La estaba probando? Si fuera el caso no habría despedido al lacayo de su hermano. Y si ella hubiera querido eso, se dio cuenta demasiado tarde, no hubiera permitido que el joven se fuera y los dejara solos. Además, ¿quién era él para probarla?, se rebeló.

Él sabía que no era una dama decorosa. Aunque, qué demonios, ¡sí lo era!, se defendió por primera vez en casi dos años, sintiéndose beligerante consigo misma. ¡Desde luego que lo era! Había cometido un error pero no era una mujer caída en desgracia, se justificó. Tenía principios, y una moral firme. Había cometido un error, se repitió, un error cuyas consecuencias había asumido y con las que iba a vivir. Pero no iba a culparse por él el resto de su vida, ¿no era cierto? No pretendía flagelarse con él día y noche cual mártir. Aquello había quedado al otro lado del mar. Ni, se recordó, Alex la culpaba por eso. Alex le había dicho... Aquella noche él le había dado a entender...

Alexander la sintió temblar de pies a cabeza, y no era eso lo que buscaba, supo. Quería que se relajara a su lado, no que se sintiera forzada. Con esa idea le aclaró, despejando sus dudas, en un ronco susurro:

—Solo deseo un beso de buenas noches.

Alzó la cabeza sorprendida por su confesión, por la efusión que su voz destilaba, y se topó con unos ojos azules ardiendo de pasión. Por un momento le faltó aire y al siguiente su corazón latía desenfrenado. Sintió calor en las mejillas y un cosquilleo en el estómago. Reconoció el deseo, el de Alex y el suyo, y se mezcló este con una necesidad desconocida.

Tiró apenas de su mano y lo condujo a la parte este de los jardines, la más retirada de la casa y su preferida. A cada paso su pecho resonaba con más fuerza y su cuerpo cobraba más conciencia del cuerpo que la acompañaba.

Al fin se detuvo cerca de un banco de piedra.

Alexander alzó la mano que guardaba la suya y se la besó sin dejar de mirarla. Fue una caricia de su boca mientras sus ojos le decían que se morían por devorarla.

—Alex —susurró, sintiéndose sobrepasada.

—Esta noche solo voy a besarte, May.

Su voz sonó a promesa. Le pareció que a la promesa de noches futuras. Sin soltarle la mano la invitó a sentarse y se sentó a su lado. Sintiéndola inquieta, tímida, adorable, la tomó por las rodillas y la volvió hacia él, colocando ambas piernas sobre las suyas, acomodándola. Se volvió un poco hasta que quedaron muy cerca el uno del otro.

—Alex —repitió ella.

—Solo será un beso —susurró de nuevo.

Esta vez no era una promesa, esta vez necesitaba recordarse a sí mismo que no debía propasarse.

Poco a poco bajó la cabeza hasta su cuello y lo acarició con su aliento. Notó cómo temblaba y se maravilló de la facilidad con la que sus cuerpos se reconocían y se deseaban. Cuando ocurriera, cuando hicieran el amor, iba a ser sublime, se prometió.

Pronto.

Fue May quien acercó la piel a su boca, y sin resistirse él quien abrió los labios y besó su cuello. Quería que fuera un roce delicado y como tal comenzó, pero no sabía cómo se encontró dándole pequeños mordisquitos debajo de la oreja, lamiendo con deseo la piel antes de besarla, y tentando su mentón antes de llegar a su boca. Quedó hechizado mirándole los labios entreabiertos. Estaban hechos para que los besara. Para que sus bocas permanecieran unidas el resto de sus vidas.

—Alex —le susurró May, necesitada de él, hipnotizada con sus ojos.

Alzó la vista y vio tanto deseo que se perdió sin remedio en May.

La tomó por la nuca con firmeza sin saber lo que hacía y se abalanzó sobre ella, hambriento. Como si llevara toda una vida sin besarla y no apenas tres noches. Queriendo cobrarse en uno solo todos los besos que sentía que ella le debía. May se adivinó devorada y la sensación la desequilibró por un momento. Al siguiente, su cuerpo tomó vida propia y supo qué quería. Sus brazos rodearon a Alex y mientras una mano acariciaba las hebras de cabello de su nuca la otra vagaba errante por su espalda, maravillada por su tacto, pegándola a él. Necesitaba sentir su torso sobre su piel a pesar de las telas que los separaban. La presión de su cuerpo sobre sus pechos.

Y cuando la lengua de Alex entró en su boca la suya salía ya a su encuentro, apremiante, queriendo sentirle en cada parte de su cuerpo sobre sí. Alexander gimió y soltó su nuca para dejar que sus manos se dieran un pequeño festín. Sabía que no sobrepasaría según qué límites, que la respetaba más que la deseaba. Confiaba en que su sentido común y su amor mantuvieran su pasión a raya.

Conquistaría a May en su lecho y le haría el amor despacio, desnudos los dos, sin temor a ser descubiertos y sin prisas.

La idea, y la seguridad de que así sería, lo volvieron audaz. Una mano se perdió en la parte baja de su espalda, la otra en su pecho, que rozó con suavidad. May gimió y la acarició con fruición entonces, haciendo que ella se arqueara contra su mano con abandono. Bajó la boca al valle de sus senos, hasta donde la seda de su vestido le permitía. Las dos manos de ella se colocaron sobre su cabeza y presionaron contra su cuerpo. Con pericia sus dedos soltaron los primeros botones del vestido, descubriendo su pequeño seno, redondo, perfecto.

—Eres preciosa —la veneró.

Fue ella de nuevo quien se arqueó y le acercó su pecho. Lo lamió con deseo antes de succionarlo.

—Alex —gimió—. Alex —volvió a gemir cuando las caricias de su boca se tornaron más atrevidas.

Y perdió cualquier control y dejó de pensar.

Si una mano de Alexander se dedicaba al seno de May, la otra, sin que él lo supiera, tan abstraído estaba, se coló por debajo de su falda, cuyas piernas descansaban sobre las suyas, e inició un suave ascenso por sus pantorrillas, sus rodillas, sus muslos, hasta su mismo centro.

—Alex —susurró, la voz espesa, cargada de deseo.

Toda ella se agitó ante la íntima caricia, y su pequeña convulsión le hizo reaccionar. Alzó la cabeza y la miró: estaba tan hermosa, ida por el deseo, por sus manos, por su cuerpo. Supo que solo él podía hacerla sentir así, como sabía que solo ella le hacía perder el control de ese modo.

La vio abrir los ojos y salir poco a poco de la pequeña neblina de deseo. No quería que tuvieran un final brusco; no quería que pensara que aquella caricia había supuesto un cambio, algo negativo y que por eso se había detenido.

¡Cuán lejos de la verdad estaba precisamente aquella afirmación!

Volvió a besarla con fiereza, haciendo que la pasión regresara a ella, mas la mano que se escondía bajo su falda regresó a la fría noche poco a poco. Esa misma mano ayudó a cerrar los botones del corpiño tras un último beso a la piel que escondían. Y las caricias de sus bocas se fueron relajando hasta detenerse.

Con un suspiro May abrió los ojos y encontró los de Alex fijos en ella, llenos de ternura. No supo qué decir, así que permaneció callada, mirándole, sonriéndole.

Un minuto después, seguro ya de que si se encontraba con Woodward o con April nada en su estado delataría lo ocurrido, le retiró las piernas, se puso en pie y la ayudó a levantarse.

Llegaron a la mansión en absoluto silencio, absortos el uno en el otro. Antes de alcanzar las escalinatas Camps abrió la puerta.

—Dulces sueños, May —le susurró.

—Dulces sueños, Alex —le respondió en el mismo tono íntimo.

Y entró en casa.

Feliz.

24

Se despertó temprano y salió a dar un paseo por Hyde Park a caballo, esta vez diligentemente acompañada. Fue Sam, de hecho, el mozo de la noche anterior, quien se ofreció a ir con ella. No hablaron sobre lo ocurrido en los jardines, hubiera sido una desfachatez. No hablaron de nada, en realidad, más allá de las cuatro palabras de cortesía por ambas partes.

Azuzó a su castrado y se dejó llevar, concentrándose en la brisa contra su cara. Había descansado muchísimo pero una vez despierta no había logrado dormirse de nuevo, así que, negándose a pensar, a darle vueltas a lo ocurrido, a repetir una y mil veces la conversación con Alex y a tratar de entenderla y desvelar qué se escondía tras sus besos, se vistió, tomó un poco de té y de bizcocho y salió al trote hacia el enorme parque, donde dio rienda suelta a su montura, y se olvidó de Alex y de sí misma.

Una hora después regresaba a casa, exhausta. Pidió un baño bien caliente y se dejó relajar por las hábiles manos de su doncella, quien le masajeó la espalda y la cabeza mientras la bañaba.

Así que eran cerca de las doce cuando volvió a la planta baja, dispuesta a iniciar una vez más el día.

Su padre había salido. No veía a su madre por ninguna parte. Y el servicio estaba especialmente ocupado. ¿Qué se estaba perdiendo? No tardó en saberlo. El mismo tiempo que tardó su madre en encontrarla.

—Cariño, buenos días. Me han dicho que has madrugado. Será mejor que comamos pronto y descanses un poco si has estado cabalgando como cuando eras una niña salvaje y recorrías los lindes de Woodward Park de este a oeste. Y por tu sonrojo y tu sonrisa mal disimulada veo que así ha sido. Ah, Beth, avise a la cocinera de que comeremos en apenas media hora. Así podremos hacer una pequeña siesta y a las cuatro estar despejadas y radiantes.

Y entonces lo supo: era lunes. Y la familia Woodward recibía los lunes. Deseó que se la tragara la tierra.

—Ni lo sueñes, jovencita. Pasarás aquí la tarde. Tu padre se ha escapado y haré que me compense por ello, pero tú no harás lo mismo.

Suspiró.

—¿Puedo refugiarme en la biblioteca al menos hasta la hora de comer?

—Deberías desear supervisar los arreglos florales y los deliciosos pasteles que se servirán durante el té, May.

Tampoco ella se dejó engañar.

—¿Has supervisado tú los arreglos florales, o los deliciosos pasteles?

April se vio sorprendida y a punto estuvo de responder enfadada, pero la verdad la hizo estallar en carcajadas.

—Tenemos una magnífica ama de llaves y una hacendosa cocinera que velarán para que la tarde esté a la altura de esta familia, May.

—¿Quieres acompañarme a la biblioteca?

La marquesa miró a su alrededor. Todo parecía estar bien. Las doncellas se afanaban en dejar todo reluciente y los lacayos movían algunos muebles, suponía May que para hacer mayor el espacio en el que se reunirían aquella tarde. Su madre debía de esperar muchas visitas.

Lo que, dado su comportamiento, no era sorprendente.

—Sí, creo que sí. Aquí parecen no necesitarme.

Sonrió con cariño a su madre.

—Siempre te necesitarán, mamá. Lo que has conseguido con los años ha sido que no te persigan a cada paso que dan.

Madre e hija leyeron hasta la hora de comer. Tomaron un tentempié y se concedieron una siesta ligera.

Se levantarían con tiempo suficiente para acicalarse sin que se notara cuánto tiempo habían dedicado para parecer naturales, y pasarían la tarde con su mejor sonrisa, tomando té y deliciosos pasteles en una salita con los muebles dispuestos de un modo distinto y llena de hermosos arreglos florales.

April y May, en el fondo, disfrutaban del punto decadente que la temporada significaba y les suponía.

Más de treinta damas se agolpaban en la sala de música. La marquesa había acertado al elegir esa dependencia en concreto. Algunas jóvenes tocaban el arpa o el pianoforte, otras cantaban, todas ellas tomaban té y parloteaban sin cesar.

El tema de conversación recurrente era la fiesta en honor a May. Porque había sido el domingo anterior, porque había abierto la temporada, y porque había acaecido en aquella misma casa.

—Por supuesto, todos esperábamos que abrieras el baile con tu padre, y aun así fue tan sentido. Te detuviste a besarle y creo que todas suspiramos tras nuestros abanicos.

Sonrió con nostalgia. ¿De veras habían pasado solo ocho días?

—Quedó patente que la relación del marqués con vuestra hija es muy estrecha.

—Tanto como lo es con Edith y con Philippe. —April sonrió.

—Desde luego que sí —se afanaron en confirmar las invitadas.

—Fue un baile magnífico. ¡El mejor de la temporada! —dijo una joven, risueña.

Recibió miradas de indulgencia. La temporada apenas había comenzado. Era probable que pocos bailes igualaran la elegancia y fastuosidad del de los Woodward, pero era seguro que para aquella joven aquel había sido su primer baile y que perduraría años en su memoria.

También en la de May, se dijo mientras iba a servirse un poco más de té a la mesa auxiliar. En aquel baile había tenido lugar su reencuentro con Alex. Y en nada se parecía a lo que ella hubiera podido aventurar. Nada la había preparado para lo que había ocurrido. Había encontrado a un caballero completamente distinto al que esperaba, del mismo modo, suponía, que él había encontrado a otra May. Tal y como a ella seis años la habían hecho madurar, y su vida independiente en América y su decepción la habían convertido en alguien distinto a quien se marchara, también Alex había cambiado.

Seguía siendo esa mezcla de granuja en la intimidad y hombre serio y responsable en público. Ella lo sabía mejor que nadie. Siendo niños había visto su gravedad y cómo esta se transformaba en diversión cuando era ella el objeto de su recreo. Y lo mismo ocurría ahora en cierto modo, se dio cuenta. Frente a otros seguía siendo ese mismo hombre sensato y circunspecto, pero cuando estaban solos... cuando nadie los miraba... Todo su cuerpo vibró.

Camps abrió la puerta tras un discreto toque y entró. Todas las damas se volvieron a mirarlo, curiosas por saber quién más acudía a visitar a la marquesa y a su hija.

May deseó poner los ojos en blanco tanto como sospechó que hubiera querido hacerlo su madre. A Camps le divertía mantener el misterio y tenía a las presentes embobadas.

—Lord Alexander Saint-Jones, miladies.

Hubo un murmullo general y sintió todas las miradas puestas en ella. Agradeció tener la tetera en las manos en aquel momento. Se volvió apenas de lado a las presentes y evitó mirar a la puerta.

—Buenas tardes a todas.

Alexander entró en la sala con una sonrisa serena. La vio en un extremo, pero fue a su madre y sus tías a quien se dirigió, como la etiqueta exigía.

No debía estar allí, pero la tentación había sido enorme, y en más de un sentido. Daría que hablar y lo sabía. Pero dado que el final de las habladurías estaba cerca, tan convencido estaba de su feliz desenlace con May, creía divertido torturarla un poco, apareciendo unos segundos por su casa el día en que recibían visitas, y dejando que recayeran sobre ella miradas inquisitivas y preguntas mal disimuladas.

—Alexander —lo saludó su madre, quien desde luego había acudido a dejar constancia de que la casa de Stanfort era íntima de los anfitriones.

—Tía Nicole. —También los Westin mostraban sus estandartes, sonrió para sí.

—No te esperábamos. —También April se puso en pie.

Las besó a las tres y permitió que se sentaran antes de responder.

—May sí me esperaba.

Ella agradeció haber dejado ya la tetera o se le hubiera caído de las manos. ¿Le esperaba? ¿De veras? No quiso mirarle. No lo haría.

—Buenas tardes, May.

Se volvió a saludarle porque no le quedó otro maldito remedio.

—Buenas tardes, Al... lord Alexander. No diré que sea una sorpresa, aunque no os esperaba tan temprano.

¿Acaso no había pensado hacía un momento que

era un granuja cuando era ella el objeto de su diversión? Iba a dar que hablar, pero sería ella quien se quedara a escuchar los comentarios. A pesar de todo tenía que controlar la sonrisa que bailaba en la comisura de su boca. Alex era ingenioso, sin duda.

—Estaba impaciente por tomar prestado el libro que me recomendasteis en Almack's.

¿Tenía que mencionar su encuentro en Almack's frente a todas aquellas... aquellas... aquellas dichosas cotillas? Hasta su llegada todo había ido tan bien. Ahora la interrogarían y lo harían con poca discreción. Lo miró a los ojos y vio cierto regocijo en ellos. Almack's era una declaración de guerra y él un granuja. Desde luego que lo era. Aunque aparentara frente al mundo ser un hombre serio, futuro duque y amigo personal del príncipe Alberto. Ella lo conocía mucho mejor que eso.

—May, cariño, será mejor que le prestes el libro que ha venido a buscar. Estoy segura de que Alexander tiene prisa —la instó su madre, ante el silencio de ambos, que nadie parecía decidirse a romper.

—¿La tiene? —respondió Judith, divertida de pronto—. Hasta donde sé no tiene planes inmediatos. Quizá quieras tomar el té con todas nosotras, Alexander.

May se animó ante la idea de torturarlo.

—Si es así podríais tomar una taza mientras lo busco. No estoy segura de dónde lo guardé y la biblioteca de Londres, aunque no es comparable a la de nuestra casa en Durham, es considerable. Quizá miss Charity —la aludida, una joven de diecinueve años conocida por su locuacidad— podría serviros un poco y entreteneros mientras lo busco.

—Estaría encantado si no fuera porque en realidad sí tengo algo de prisa. Me temo que mi madre no conoce tanto como desearía mi agenda.

—¡Qué más quisiera yo que saber qué estás haciendo con exactitud, Alexander!

Si bien otras damas rieron comprensivas y también sus hijas, ni sus tías, ni May ni desde luego él simularon no saber de qué hablaba la duquesa.

—Pasaba por aquí camino de casa. Tengo un montón de cartas por revisar, pero pensé en entrar un segundo a saludaros... —hizo un pequeña pausa para mirar a May—, y a recoger el libro.

—Estoy intrigada —reconoció Nicole—. ¿De qué libro se trata que tan cautivado te tiene?

—Es la obra de una escritora inglesa, tía —respondió presta ella, deseosa de terminar la conversación.

—Oh, una autora inglesa. —Suspiró, soñadora, la joven risueña—. ¿No será por casualidad *Orgullo y Prejuicio*?

Judith simuló la carcajada con una pequeña tos. April apenas pudo contenerse. Nicole continuó, imperTérrita.

—Confieso que me sorprendería menos ese título que *Sentido y Sensibilidad*. Porque ni sentido ni sensibilidad encuentro en...

May no quiso escuchar más.

—Si es tanta vuestra prisa será mejor que me acompañéis ahora, milord. —Y marchó hacia la puerta evitando la mirada de las tres damas, que sentía en su nuca.

Despidiéndose de las presentes con un saludo, y una

mirada pícara a quienes tan bien lo conocían, hizo lo que May le pedía.

Pudo ver sus pasos rápidos y su espalda rígida mientras se encaminaba a la biblioteca. Camps iba con ellos. Les abrió la puerta y May negó con la cabeza, cerrando y apoyándose en ella, mirándolo como si quisiera patearle.

—¿Se puede saber qué demonios haces aquí, Alex? —siseó enfadada.

Estaba preciosa con aquel vestido azul, el cabello recogido en un pequeño moño con mechones ondulados cayéndole sobre la nuca y el cuello, y las mejillas ardiendo de indignación.

—¡Alex! —le exigió.

Alexander no respondió, o no de inmediato. En lugar de eso se acercó a la puerta, colocó una mano a cada lado de su cabeza y se agachó hasta que sus ojos se miraron y sus alientos se confundieron. Pudo así ver que sus pupilas se oscurecían y que contenía la respiración. Y ver cómo abría los labios y miraba su boca, fascinada.

May sintió que la estrechaba contra la puerta y el enfado se esfumó y solo quedó él, su cuerpo rozando el suyo, sus ojos anhelantes pidiéndole permiso para alcanzar su boca. Le faltó el aire y abrió apenas los labios buscando el que él le robaba, y supo por cómo ardieron sus ojos azules que había tomado su gesto por una invitación.

Podía detenerlo, se dijo, mientras aquellos ojos seductores miraban hechizados su boca.

Debía detenerlo, se advirtió, mientras sus labios tentadores acariciaban apenas los suyos.

Jamás se negaría a un beso suyo, supo, mientras era ella quien cerraba la escasa distancia que todavía los separaba y lo besaba.

Sintió su lengua acariciarla antes de que llegara el beso y notó las grandes manos aferrarle las muñecas para que no pudiera tocarlo y evitar ropas arrugadas o cabellos enredados.

Fue un beso descarnado, lleno de deseo, que duró apenas medio minuto y que los dejó a los dos sin aliento.

—Te echaba de menos —respondió ahora a su pregunta. May se quedó mirándolo sin saber qué decir, abrumada todavía por la fuerza de su deseo, incapaz de valorar sus palabras—. Y ahora busca un libro de una buena autora inglesa y dime dónde podré encontrarte esta noche. Y tómate dos minutos para que nadie en la otra sala sepa lo que acaba de ocurrir.

Sin salir de su asombro, ella asintió y dijo:

—Espera aquí.

Salió de la enorme biblioteca de su padre y fue hasta el estudio de su madre, donde se hallaba uno de sus libros de cabecera, y aprovechó para serenarse. Cuando salió de nuevo al hall pidió a Camps que llamara al marqués y lo llevara a la puerta principal. Las damas de la salita pudieron oírla y evitó así que conjeturaran sobre si habían estado a solas. Al llegar Alex a la salida le entregó el libro junto con una impersonal nota, diciéndole que aún no sabía dónde pasaría la velada, que le enviaría otra en cuanto lo supiera.

Cuando volvió a entrar su madre la miró, interrogante.

—¿No lo encontraste en la biblioteca, May?

—No, mamá. El que Alex necesitaba estaba en tu estudio.

Solo cuando Alexander cruzó las grandes puertas de la valla de la mansión miró el libro que le habían puesto en las manos.

Vindicación de los derechos de la mujer, de Mary Wollstonecraft. Su carcajada sorprendió a quienes paseaban por Grosvenor y lo conocían. No era habitual ver reír al marqués de Wilerbrough.

Su dulce May.

25

May pasó el resto de la tarde como pudo. Fue correcta, respondió con una sonrisa y habló cuando debía. Tocó el arpa cuando se lo pidieron y sirvió té cada vez que fue necesario. Huyó de sus tías y de su madre en la medida que le fue posible y evitó conversaciones personales preguntando, a quien trataba de indagar, sobre las compras para la temporada. Nada agradaba más a sus invitadas que comentar el nuevo guardarropa que habían encargado.

A las siete, al fin, la salita quedó vacía. Solo su madre y sus tías quedaban allí.

—Ha sido todo un éxito, cariño. Al menos cuarenta familias se han acercado a casa hoy.

—Y que mi hijo viniera por sorpresa hará de este el mejor día de visitas de todo el mes.

—Bueno, para May no ha sido una sorpresa. —Seguían aguijoneándola sin descanso—. Ella sí le esperaba, claro.

—Debiste decírnoslo para que nosotras no nos sorprendiéramos. No es del todo correcto que guardes en secreto algo así. Podría parecer que nos lo ocultas de forma expresa, y daría que pensar.

Suspiró y las miró. Las tres esperaban una respuesta. Una sincera. Unos días antes su temor era no tener nada interesante que contarles y no poder ser parte de su círculo. Ahora era que adivinaran cuán atractiva era su vida, se dijo irónica.

—Sabéis tan bien como yo que no le esperaba.

Sonrieron con picardía.

—Lo importante es que las demás sí lo han creído.

Se sintió aliviada al ver que no se enfadaban con ella.

—¿Qué libro le has dado, cariño?

Rieron al escuchar la respuesta.

Entró el servicio y salieron de la sala de música.

—Iremos a casa de Nicole a cenar, ¿quieres venir? Nuestros esposos nos esperan allí.

¿Iría Alex? ¿Estaría invitado también él? ¿Debía decir que sí? Alex iría donde ella le pidiera, se recordó.

—Creo que no, gracias. La sobrina de la señora Hobster irá a Vauxhall. Quizá me anime a ir con ella.

No era una farsa, se justificó. Helena iría allí y quizás ella se animara a ir. O quizá no.

Esta vez no se sintió tan mal por mentir. Entendió que si bien no era honesta con los suyos, lo hacía por fidelidad a lo que crecía entre ellos. Y en aquel momento era más importante lo que estaba construyendo con Alex, fuera lo que fuese, que lo que ya tenía con su familia.

—De acuerdo. Disfruta entonces, te lo has ganado después de la tarde que has tenido que soportar.

Sonrió con cansancio. Había sido en verdad una

tarde complicada, esquivando preguntas tendenciosas con delicadeza.

—¡Pero no disfrutes demasiado! —le dijo su tía Nicole mientras salían por la puerta.

Sintió que el rubor cubría sus mejillas y las escuchó reír ante su embarazo. Pero no era vergüenza lo que había bañado de rosa sus mejillas: era la anticipación.

A las ocho estaba frente a la puerta de la casa de Alex. Había llegado en un coche de alquiler. Camps le había pedido uno para ir a Vauxhall, pero ella había cambiado después la dirección al cochero. Y allí estaba, esperando.

No necesitó llamar, solo esperar unos segundos. A pesar de que no era hora de visitas el sonido del carruaje, que ya se marchaba, había alertado al mayordomo, quien abrió y la miró. Se hizo a un lado, la dejó entrar y la llevó a una de las salitas de la casa. No era una mansión considerable, aunque tampoco era uno de esos edificios para hombres solteros. Alex tenía una casa mediana, funcional y con una decoración imponente.

—Avisaré a milord.

May sabía que aunque no lo hubiera demostrado el sirviente estaba sorprendido. Ninguna dama aparecía sin avisar en la vivienda de un hombre soltero. Ya lo hizo una vez la semana anterior. También sin carabina. Pero esta vez sumaba el agravante de la hora: era ya noche cerrada.

No tomó asiento porque estaba demasiado nerviosa para permanecer quieta. Deambuló por la salita tocando los objetos como una niña pequeña. Al fin se abrió la puerta. Alex entró, su rostro alarmado.

—¿Qué se supone que haces aquí, May? Quedamos que me enviarías una nota, no en que vendrías. ¿Ha ocurrido algo grave? Porque muy grave debería ser para que vinieras en persona y sola en lugar de enviar a alguien y esperar a que acudiera yo donde estuvieras...

Respiró hondo. Esperaba su regañina, pero era lo que menos le preocupaba. Lo más difícil estaba por venir. Su estómago se revolvió al pensarlo.

—No ha ocurrido nada grave, Alex. Pero...

—¡Sin peros, May! ¿Te has vuelto completamente loca? Debí no recibirte el viernes, cuando te presentaste aquí sin avisar y sin carabina. En cambio te atendí y ahora decides que es lícito hacerlo de nuevo, esta vez por la noche. ¡Maldita sea, May! Si el servicio se entera de que estás aquí estaremos metidos en un buen lío.

¿Significaba eso lo que creía que significaba? ¿Que no quería...? El estómago se le encogió tanto que temió vomitar.

—Lo sé, pero si te hubiera dicho que vendría a las ocho en lugar de enviarte una nota no me lo hubieras permitido.

—¡Desde luego que no! Así que has preferido engañarme.

Alexander estaba ido de preocupación. ¿La habría visto alguien? Confiaba ciegamente en su mayordomo y el servicio acababa de bajar a las cocinas a cenar. Todavía podía sacarla de allí sin que la vieran. ¿Cómo habría venido? May era inteligente, habría planeado una escapada sin dejar rastro.

—¡Es a mi madre, y a la tuya, y a la tía Nicole a quienes he mentido para venir a verte, Alex! Así que, por favor, no me digas que también tú te sientes engañado porque detesto la sensación de que estoy traicionando a todos los que quiero.

Su tono, la desesperación que se filtraba en él, le dijeron que debía ser él quien se mantuviera calmado. Que ella le necesitaba.

—No, no me siento engañado, claro que no me siento engañado. Es solo que me has sorprendido. Lo que no debería sorprenderme ya. —Una sonrisa tímida en la boca de May le hizo saber que volvían a estar bien—. Si te marchas ahora nadie sabrá que has venido. Confío en mi mayordomo y el resto del servicio...

—¡No pienso marcharme!

—Pero May, si alguna de las doncellas te viera...

—Subamos a tu alcoba...

¿Qué había dicho?

May supo que era la solución idónea tanto como una locura, pero ya no se desdijo.

—Haré como que no te he oído —le advirtió.

—Te lo repetiré, entonces: subamos a tu alcoba.

—No entraré contigo en mi alcoba —repitió con voz firme.

No sin una alianza en su dedo. ¿Juntos y solos en su alcoba, como tantas veces había soñado? No, eso no iba a ocurrir.

—¿Me estás diciendo que alguna de las doncellas podría entrar allí?

Se ofuscó.

—Desde luego que no, May. ¿Cómo osas insinuar siquiera que...?

—Pues subamos. —Y abrió la puerta—. Es en la primera planta, ¿no? —susurró.

Se asomó al pasillo, no vio a nadie, y con pasos veloces llegó a la escalera, se recogió apenas la falda y subió los escalones sin mirar atrás.

Alexander seguía en la puerta de la salita. Solo pudo admirar sus tobillos. Cuando ya en el rellano May se volvió y le preguntó en silencio hacia qué lado debía ir, negó con la cabeza sabiéndose vencido y subió también él. La alcanzó, tomó el pasillo de la izquierda, llegó a la última puerta y abrió. May entró despacio, nerviosa, y cuando la puerta se cerró las piernas comenzaron a temblarle.

A Alexander ni siquiera le consoló verla tan nerviosa. Se había visto abocado a una situación extrema que llegaba demasiado pronto. Ella lo había obligado a precipitar lo que tan bien estaba manejando. ¿Qué demonios...?

—Lamento esta situación...

—Y un cuerno la lamentas —le respondió enfadado.

—¡Alex!

Se acercó a la licorera y se sirvió un poco de brandy. Le ofreció, y a pesar de que se negara le sirvió igualmente.

—Créeme, lo necesitas. Estás temblando de pies a cabeza, May. No sé qué pretendes pero lo que sea se te ha escapado de las manos. Y estarás encerrada aquí al menos tres horas, hasta que nos aseguremos de que los corredores se encuentran vacíos. —Bebió de un trago el brandy de su copa y volvió a servirse. Acercó entonces a May la suya y se la colocó en la mano. La vio temblar—. Espero que estés satisfecha con el resultado de tu incursión. —Vio que ella quería soltar la copa—. Bebe. Bebe, May, confía en mí.

A pesar de cómo le espetó el comentario, bebió. Bebió porque estaba allí precisamente porque confiaba en él. Porque era en sus criterios en los que creía, y no en los de ella. Tomó un sorbo y el líquido ambarino le quemó la garganta. Tosió apenas, pero pareció calmarle. Respiró hondo y bebió de nuevo, preparada esta vez para el calor que le proporcionaría. Efectivamente, los temblores cesaron.

—Gracias —respondió con timidez.

—De nada. ¿Por qué no te sientas?

Le señaló la silla de su buró. Él permanecería en pie, pues la cama estaba descartada.

—Siéntate tú si lo deseas. Yo no creo que pueda estarme quieta. Lo digo de veras, Alex. Si quieres sentarte mientras yo sigo en pie no me resultará poco correcto.

—May, estamos solos en mi alcoba y es de noche. Nada es correcto ahora mismo. —La vio enrojecer tanto que quiso acercarse a ella. Hizo ademán, incluso, pero cambió de idea. La distancia era lo más aconsejable—. ¿Qué haces aquí, May?

A pesar de todo su voz tuvo un deje de ternura. ¿Quién si no May aparecería en su casa de noche y le pediría subir a su alcoba hecha un manojo de nervios? May no quería intimar con él. O no había ido allí para seducirle, se corrigió. De eso estaba seguro. Y sin embargo allí estaban.

¿Qué hacía allí?, repitió ella en su mente. Estaba allí porque no quería pensar. Porque no quería torturarse con sus dudas, con sus inseguridades. Porque no quería angustiarse con lo que su mente le gritaba, ni ilusionarse con lo que su corazón le proponía. Estaba allí porque estaba muerta de miedo y Alex tenía las respuestas a todas sus preguntas. Estaba allí porque confiaba más en él que en sí misma.

—Estoy aquí porque confío en ti —le dijo.

Debía de confiar mucho en él para sentirse segura, para creer que podían estar solos en una alcoba y que no trataría de seducirla. Se rio de sí mismo. Estaba esforzándose al máximo por no hacer lo que más deseaba. La situación era propicia y ella le deseaba. Solo tenía que...

—¿Y no podrías confiar en mí mañana por la mañana, durante un tranquilo paseo por Hyde Park, a plena luz del día, y rodeados de *la ton* para vigilarnos?

Sonrieron ambos. May no había pensado más allá de esa noche. No quería pasarla en vela haciéndose daño.

—Mañana habría pasado ya la noche.

Sonó enigmática. Pero sobre todo sonó angustiada.

—¿Qué es lo que te preocupa, May? —Quiso acercarse y tomarla de las manos, pero una vez más se recordó que tocarla estaba prohibido; aproximarse a ella ya lo estaba—. ¿Qué es lo que temes de esta noche? —La conocía y sospechó—. ¿Qué es eso en lo que no quieres pensar, que te hace daño?

Lo miró a los ojos durante unos segundos antes de responderle, bajando la vista.

—Nosotros.

Lo esperaba. Lo esperaba y aun así le dolió. ¿Tenía dudas? ¿Dudas que le hacían sufrir? Él sentía anticipación, no aprensión. Sentía impaciencia, no sufrimiento. Él amaba, no padecía.

No quiso presionarla, no quiso guiar su respuesta, condicionarla según sus deseos, así que solo la llamó.

—¿May?

Y todas las dudas que la habían acechado desde que regresara, y que se habían mezclado con los duros recuerdos de Nueva York, afloraron como un torrente de su boca, mientras sus ojos grises reflejaban sus miedos.

—Estoy aquí porque me fío de tus criterios, Alex, mucho más que de los míos. Porque tú eres un hombre recto, íntegro, en el que depositaría mi confianza con los ojos cerrados. Y por eso he venido. Para entregártela. Porque no confío en mí misma. Porque en Nueva York perdí esa confianza y cada vez que pienso en lo que está ocurriendo entre nosotros mi pecho se llena de calor y me habla de cosas hermosas pero mi cabeza le contradice y me recuerda mis errores. Y no quiero sufrir, Alex. No si eres tú. Porque contigo no lo soportaría. —Tomó aire. Se estaba sincerando, estaba poniendo su corazón en sus manos y lo sabía. Pero era Alex, ya lo había hecho antes y confiaba en él. Sabía que trataría su corazón con mimo, lo quisiera o no. Y de pronto se dio cuenta de cuánto quería que se lo quedara, que no se lo devolviera—. Desde que regresé, desde nuestro primer vals, nada ha sido como antes. Y debería ser normal porque después de seis años los dos hemos cambiado, pero no ha sido un reencuentro normal, ordinario. Ha sido extraordinario. Has despertado en mí un deseo que creí que no volvería a sentir, que me había prometido que no me permitiría sentir de nuevo.

Había despertado mucho más que eso. Volvía a sentirse ilusionada. Volvía a desear que amaneciera de nuevo para verle. Volvía a elegir su vestuario con vanidad porque se sentía hermosa como nunca.

Alexander sospechaba lo que estaba escuchando, pero nunca esperó oírlo. Una vez más le sorprendía por su valentía. Si en el hotel Brown's, comiendo, le preguntó si confiaba en él y le dolieron sus dudas, ahora tenía la respuesta, y aquella confianza superaba con creces la que nadie le había otorgado. La que esperaba recibir de la compañera con la que fuera a pasar el resto de su vida.

Deseaba decirle cuán privilegiado se sentía. Deseaba decirle que también él sentía que lo que estaba creciendo entre ellos era extraordinario y que quería que lo fuera para siempre, deseaba decirle que la amaba más de lo que nunca hubiera creído posible.

Pero no podía hablar. Su voz, sus palabras, le habían enmudecido.

—Pero eres tú, Alex. Y soy yo. Y tú eres un heredero que requiere de una dama que pueda serlo las veinticuatro horas del día y yo llevo años diciéndote que no soy una dama, que soy una escritora. —Sonrió sin mirarle, con ternura, al recordar cuántas veces habían discutido al respecto—. Una escritora de veintiséis años cuya edad de merecer pasó hace al menos dos años. Y una dama —bajó la voz— que ya no es doncella. Pero te acercas a mí y bailas el vals conmigo y solo conmigo, y me buscas en las fiestas a mí y solo a mí, y me besas. Y a los ojos de todos me estás cortejando. Y mi corazón me dice que es cierto, que me estás cortejando, que tienes intenciones honorables, que algún día... —No podía decirlo en voz alta, pero por primera vez su mente escuchaba a su corazón y la idea de casarse con Alex tomaba forma, y su estómago se llenaba de mariposas; y a pesar de sus miedos era un sentimiento hermoso—. Y mi cabeza en cambio me dice que no es posible. Que tú no te casarías con una intelectual de veintiséis años. Que solo tú conocerás la razón por la que estás haciendo público el interés que tienes en mí, pero que la realidad es que conoces mi secreto, sabes que no soy doncella y que no hay nada en mí que mancillar. Que nos deseamos, que el deseo entre nosotros es muy intenso, y que lo que deseas explorar es eso. Que me pretendes como amante.

No se dio cuenta de la tristeza que aquella perspectiva le significaría hasta que notó que una pequeña lágrima caía por su mejilla.

Alexander no podía sentirse ofendido por sus miedos. No cuando se los confesaba abiertamente. No cuando al hablar de un futuro juntos sus ojos habían brillado rivalizando con la luz de la luna, y al creerse rebajada a la condición de una amante se habían tornado húmedos.

No le preguntaría si era tan poco lo que se valoraba. Al parecer no ser doncella era algo que todavía no había superado y no era el momento de sacar a relucir su sentimiento de culpabilidad. Probó otro modo.

—May —le susurró, acercándose a ella, olvidada

cualquier norma impuesta minutos antes—. ¿Me crees capaz de valorarte tan poco?

Vio que se aproximaba y volvió a temblar, no sabía si de nervios o de anticipación. Pero hubo de apoyarse contra el buró porque las piernas iban a dejar de sostenerla de un momento a otro.

—No sé lo que creo, Alex. No lo sé. Por eso estoy aquí, porque no confío en lo que creo, y sé que sí puedo confiar en lo que tú me digas. Estoy cansada, Alex. Exhausta de pensar, de no querer creer y de acallar lo que creo. —Sonó triste—. Y no quería pasar otra noche escuchando a la razón batallar con mi...

Iba a decir mi amor, se dio cuenta. ¿Amaba a Alex?

No pudo pensar más. Él se colocó frente a ella y la tomó por las mejillas, la miró a los ojos sin ocultarle nada, y solo dijo:

—Te amo.

26

No esperó respuesta. Ni siquiera esperó a que ella pudiera entender el alcance de sus palabras. Sin dejar de mirarla unió sus bocas y la besó. Acarició sus labios con los suyos, los mordió apenas, los succionó, y dejó que su lengua conquistara la dulce oquedad que ella le ofrecía. Nunca se cansaría de besarla. Nunca. Ladeó un poco la cabeza y profundizó el beso y nada más hizo. Continuó besándola durante minutos eternos sosteniéndola por las mejillas, haciendo que sus elegantes manos se aferraran a sus hombros queriendo moverlo, buscando mayor intimidad que un beso. Pero Alexander continuó centrado solo en sus labios, en volverla loca con sus besos. May gimió e intentó acercarse a su cuerpo, pero tampoco se lo permitieron sus brazos. Estaba a su merced, sometida a las caricias de sus labios. Disfrutaba con cada beso pero necesitaba más, mucho más.

—Alex —le pidió contra su boca, anhelante.

—Pronto —le prometió—. Pronto.

Y para sorpresa de May echó apenas su cabeza un poco más atrás y cubrió su boca completamente, penetrándola con la lengua en un beso húmedo que los hizo jadear a ambos. No sabía que se podía besar así, fue el último pensamiento coherente de May. Alexander la besó como nunca lo había hecho, con todo el deseo que guardaba. Atrapó su boca y conquistó cada recoveco, lamió sus labios, la llevó con él hasta la locura.

Sus manos no pudieron quedarse más tiempo donde estaban. Una la tomó por la nuca con firmeza, la otra bajó hasta sus nalgas y la pegó a él. May se vio impulsada hacia su cuerpo en un único e inesperado movimiento. En un instante estaba inmovilizada, al siguiente Alex la había movido con seguridad y estaban tan pegados el uno al otro como las ropas les permitían. Ahora sí subió las manos a sus hombros deseosa de apartar cualquier tejido que molestara, pero la mano que sostenía su nuca la apartó apenas hacia atrás, la fijó en aquella postura y la boca masculina comenzó a besarle el cuello con pasión. Ni siquiera la noche anterior había sido así. A pesar de que sus movimientos no demostraban ninguna prisa sí había urgencia, no obstante, en sus besos. Hablaban de necesidad, de carestía, de hambre de ella. Seguía sin poder moverse, con una sola mano la mantenía quieta, pero se dio cuenta de que estaba bien, de que se sentía bien tal y como estaba, supo de algún modo que la impaciencia que crecía en ella era parte del deseo que compartían. Sus manos siguieron presionando sus hombros, diciéndole con su tacto y con pequeños gemidos cuánto estaba disfrutando con sus atenciones.

Alexander estaba perdido en ella. Se sabía un náufrago en el cuerpo de May, sus labios anclados en ella para no perderse completamente. Volvió a su boca una vez más, la devoró sabiendo que la dejaría inflamada, y volvió a bajar, esta vez por su garganta, para delinear sus clavículas. Ella mientras tanto encontró el punto exacto de fricción en su erección y se retorció contra ella. Gimió contra la piel de su escote y se detuvo, notando una descarga en sus ingles, su control pendiendo de un hilo.

También a ella llegó el placer, y su gemido, saber que podía hacerle sentir como se sentía ella, le dio seguridad. Volvió a moverse y recibió un pequeño mordisco en la piel, justo sobre su pecho, y otro ronco gemido.

—Detente, May.

Sonrió apenas.

—No te creeré si me dices que no te ha gustado.

Quiso moverse de nuevo pero la atrapó por las caderas, impidiendo que se meciera contra él una tercera vez. Respiró hondo contra su piel mientras la mantenía inmovilizada. Solo cuando recobró algo de calma levantó la cabeza.

—No.

Ella había intentado soltarse, en vano.

—Pero Alex —respondió frustrada, necesitada de tocarle.

Se abalanzó sobre su boca y la besó de nuevo con frenesí, hasta dejarlos a ambos jadeantes. Se apoyó en su frente y la miró a los ojos.

—Tú y yo haremos el amor como si fuera la primera vez, tu primera vez y mi primera vez. Lo haremos despacio, nos llenaremos el uno del otro y nos dejaremos llevar poco a poco por la pasión. No dejaré un solo centímetro de tu piel por conocer, por averiguar cómo sabe, qué tacto tiene. No habrá ninguna parte de ti que no acaricie antes de que tus piernas me rodeen y me dejes entrar en tu cuerpo.

Si bien le pareció tierno que pudiera ser la primera vez para los dos, la idea de que la besara por todas partes, la imagen de ella rodeándolo por la cintura para que le hiciera el amor, espolearon su deseo un paso más. Volvió a su boca, y fue ella ahora quien buscó su cuello, lamió la piel justo donde le latía el pulso, y fueron sus manos las que le tomaron por las nalgas y buscaron su contacto.

Alexander se dejó hacer durante unos instantes, permitiendo que también ella disfrutara, hasta que sintiera que podía perder el control. Quería que fuera memorable. Aunque entre ellos, supo, siempre lo sería.

Aprovechó para desabrocharle la espalda del vestido. May lo supo y se separó cuando llegó el momento de tirar de las mangas para que se lo quitara. Se volvió y le desenlazó el corsé.

—No necesitas nada que te ciña la cintura —le susurró antes de besarle en la oreja y dejar un reguero de besos por su nuca—. Tienes un cuerpo perfecto.

Le quitó el ajustador y lo dejó a un lado. Cuando quiso volverse no se lo permitió. La dejó con las manos apoyadas frente al buró y pasó las manos por sus brazos, haciéndola estremecer. Buscó el cierre de su falda y siguió esta al corsé, mostrando una hermosa camisola beige con pequeños lunares marfileños. Tiró poco a poco de ella. Cuando llegó a las caderas May le apartó las manos. Se lamentó si era un rechazo aunque no le preocupó. Regresaría a su boca y volvería a comenzar las veces que fueran necesarias. Pero no lo fue. Lo que hizo fue apartarle las manos para tomar ella el dobladillo y pasarse por la cabeza la prenda, quedando solo con las medias y las calcetas.

—Eres tan hermosa —le susurró con tono ronco en el oído—. Tan hermosa.

May echó la cabeza atrás, apoyándola en su hombro, pidiéndole en silencio que la besara. Alex la volvió y se abalanzó sediento sobre su boca, besándola con deseo renovado, recibiendo la misma pasión que daba en cada envite.

Se estaban perdiendo el uno en el otro. El cuerpo de May ardía, parecía cimbrearse al compás de una música silenciosa que las manos de Alexander hacían sonar sobre él. Necesitada de su calor, de la textura de su piel. Sus dedos se apresuraron sobre los botones de su chaleco, ansiosos, esperando no ser apartados esta vez. Pero Alexander estaba casi tan perdido como ella y no se lo impidió. Apartó los brazos de su cuerpo lo justo para que le sacara el chaleco primero y la camisa después, y al siguiente instante la abrazó. Gimieron los dos y dejaron de besarse. Se mantuvieron abrazados unos segundos sintiéndose, reconociendo el tacto de su desnudez, memorizándolo. Las manos de Alex acariciaron sus costados y se le erizó la piel. Se apartó apenas y aprovechó él para acariciarle los senos.

—Son preciosos, May. Son perfectos.

Y bajó la cabeza para besarlos. Suspiró al sentir su

aliento, y gimió y se revolvió cuando sus labios y sus dientes se ocuparon de la pequeña cima, sensible al máximo al placer que recibía. El mismo cuidado recibió el otro. May tenía las manos enredadas en su cabello, decía pequeñas incoherencias y lo acercaba a su piel.

Alexander se arrodilló y le besó el ombligo mientras le acariciaba las nalgas con las manos. Perder su contacto no le gustó.

—Alex, quiero sentirte cerca —le pidió.

La mirada que le dedicó, arrodillado a sus pies, fue incendiaria, y la hizo arder. Sintió temblar su estómago, un escalofrío recorrerle la espalda y todo el calor pareció concentrarse entre sus piernas. Sonrojada se puso de puntillas, tensa. Cuando vio dónde dirigía sus labios quiso apartarse, escandalizada, pero el buró se lo impedía y Alexander avanzó hacia ella y la tomó, adivinando quizá sus intenciones, por las caderas. En el momento en el que sintió el calor de su boca a través de la fina batista de sus calcetas nada más existió. Se olvidó de dónde estaba, de su nombre y del de él, de lo que estaba bien y de lo que estaba mal, y se dejó llevar por el paraíso de placer al que la invitaba.

Tiempo después notó que la alzaba y la llevaba a la cama, y recobró en cierto modo la conciencia cuando le quitó las medias y la ropa interior. Se sostuvo sobre sus codos mas no se mostró cohibida.

—¿Qué hay de ti y de tu ropa? —Su voz fue un susurro ronco.

Se quitó las botas.

—Pronto —le prometió.

Y regresó a ella, a sus senos primero y al secreto

entre sus piernas después. Y como ocurriera antes, May olvidó cualquier noción y se perdió en sus caricias.

Alexander se detuvo poco después. May estaba más que preparada. Hubiera querido continuar, hubiera preferido verla caer en el abismo del placer a ella sola, pero era la primera vez para ellos y quería que recorrieran juntos aquel camino.

Se terminó de desvestir a toda prisa y volvió a la cama, a ella. May lo miraba con sus enormes ojos grises llenos de pasión. La tomó por las manos, entrelazó los dedos entre los suyos a cada lado de su cuerpo, y se colocó entre sus piernas. Como predijera le rodeó la cintura con ellas, permitiéndole el acceso. Suspiró y entró un poco. La sintió retraerse y se recordó que tenía que ir despacio. A su pesar le soltó las manos y la tomó por la cintura, alzándola apenas. Entró un poco más.

—Alex —suspiró May.

—¿Estás bien? —La miró preocupado, los ojos llenos de amor.

Asintió ella y se movió adelante, ayudándole. Cuando estuvo dentro se quedaron quietos, mirándose, acomodándose el uno al otro.

—Eres preciosa —le dijo una vez más.

Y salió despacio y volvió a entrar.

—Oh, Alex —gimió ella, replicando ese mismo movimiento con su cuerpo.

Y cualquier calma, cualquier intento de ir despacio, se esfumó con su conciencia. En realidad, se dijo Alexander más tarde, lo sorprendente fue haberse contenido durante tanto tiempo.

Comenzaron a mecerse juntos con deseo, buscando

acompasarse, y en cuanto lo lograron las embestidas se tornaron más fuertes, más profundas. May lo tomó por las nalgas, pidiéndole en silencio que no se contuviera. Y Alexander se dejó llevar.

Sus cuerpos se elevaron, crecieron, se tensaron y siguieron elevándose hasta alcanzar cotas imposibles, hasta que sintieron que se salían de sus pieles, que se rompían. El placer estalló en ellos y los inundó, los sobrepasó, los enterró en su gozo y los dejó inconscientes unos instantes eternos.

Regresaron poco a poco a la alcoba de Alexander, a su cama. A la desnudez de sus cuerpos, a sus manos, que habían vuelto a buscarse en el frenesí de deseo y volvían a estar entrelazadas, y a los ojos del otro, llenos de amor.

La besó con delicadeza.

—Ha sido lo más hermoso que he hecho nunca —le dijo ella con devoción.

La besó una vez más, se volvió de lado, la abrazó por la espalda y le besó la cabeza. Estuvo acariciándole la espalda con suavidad hasta que segundos después se quedó dormida.

Y continuó haciéndolo unas horas más, hasta que llegara el momento de devolverla a casa.

—May —susurró—, May, mi amor, despierta.

No quería despertar. Escuchaba su nombre susurrado pero se negaba a atenderlo. Se sentía mejor de lo que recordaba haber estado jamás y no quería regresar a la realidad.

—May —volvió a escuchar.

Finalmente Alexander hubo de tomarla del hombro y sacudirla. Entonces sí, se despertó.

Abrió los ojos somnolienta y se encontró con Alex a su lado. Sonrió apenas antes de que la idea calara en su mente y se despejara por completo. ¿Qué demonios...? Y recordó. Y supo dónde estaba, y por qué estaba desnuda, y por qué estaba Alex a su lado, también desnudo, y por qué se sentía capaz de comerse el mundo.

—Buenos días —le dijo con suavidad él, y le besó la punta de la nariz.

Eso la hizo reaccionar.

—¡Dios mío, Alex! ¿Qué hora es?

Se puso en pie y cuando se vio desnuda la atacó la vergüenza. Tiró de la sábana y se cubrió, descubriendo el cuerpo de él. Quedó hipnotizada por un momento por lo que veía. Parecía una de las estatuas de los dioses griegos, tan perfecto era.

Se sonrojó y apartó la vista. Él sonrió y se levantó también, cubriéndose con una bata en deferencia a su pudor.

—Es la una y media de la madrugada. Tienes tiempo para vestirte y regresar. El servicio ya está acostado. Nadie te vio entrar y nadie te verá salir. Mi mayordomo te pedirá un coche de alquiler. Te acompañaré pero no lo haremos en uno mío.

—¡Claro que no me acompañarás! Si alguien nos viera...

—No es momento de discutir, May. —Desde luego que la acompañaría—. Comienza a vestirte, por favor.

Y como si nada, intentado dar normalidad a la situación, buscó también él sus ropas.

Abrochó la espalda de las suyas, le dijo que no se preocupara por el estado de su pelo y que entrara por la puerta de atrás donde estaría oscuro.

Pero no la convenció para que lo acompañara. Resignado, la vio marchar.

Tenían una charla pendiente.

Pronto, se prometió una vez más.

Muy, muy pronto.

27

Los marqueses de Woodward se encontraban solos en la sala de desayunos. El ambiente tenso los mantenía en espeso silencio. Esperaban a que su hija bajara a desayunar. La noche anterior habían tenido una pequeña discusión y habían decidido continuar con ella cuando May estuviera presente. Al ver que no se despertaba a su hora habitual la habían mandado llamar.

May bajaba la escalera nerviosa. Algo no iba bien. Sus padres la llamaban a desayunar. No la invitaba su madre a su habitación o se presentaba en la suya, sino que quedaban en la sala de los desayunos. Con su padre también allí.

Bajaba los escalones absurdamente despacio, como si por hacerlo no fuera a llegar nunca o lo que fuera hubiera de cambiar con su retraso.

Finalmente arribó a la gran hoja de roble macizo, llamó y fue invitada a entrar.

—Buenos días.

—Buenos días.

La voz de su madre fue tan fría como su mirada. Los ojos de su padre, sin embargo, fueron más cálidos. Si necesitaba un aliado ya sabía dónde buscarlo.

Al ver que nada le decían se acercó al aparador, se sirvió té y tomó un plato. Se sirvió una pequeña ración de huevos revueltos y un poco de pan con mantequilla. Añadió salmón ahumado y un poco de salsa.

Eligió un extremo de la mesa y depositó lo que cargaba. Apartó la silla, se colocó la servilleta y se sentó a esperar. Apenas dos mordiscos duró la tregua.

—¿Qué tal anoche en Vauxhall, May?

Se le cayó el pan. Su madre no la llamaba por su nombre casi nunca. Era «cariño», no May. Así que sabía la respuesta a su pregunta.

Su duda era cuánto más sabría. Lo más probable, su mente comenzó a analizar, veloz, era que hubiera visto a la señora Hobster y hubiera desmentido que hubiera quedado con su sobrina. Pero eso no significaba que supiera dónde había estado. Tal vez...

—Cariño, tu madre te ha hecho una pregunta.

Sí, su padre estaba de su lado. Por la razón que fuera. Ojalá no significara que la creía inocente...

—No fui a Vauxhall con la sobrina de la señora Hobster —respondió en voz baja pero firme.

Vio a sus padres cruzarse una mirada de entendimiento. Pero su madre alzó el mentón.

—¿No fuiste a Vauxhall con ella, o no fuiste a Vauxhall?

Podía decir que había estado allí. Los jardines eran extensos, era lógico pensar que quien fuera no la hubiera visto. Si le pedía a Alex que mintiera por ella, que dijera que habían estado juntos... juntos y con alguien más.

—May, cariño, responde a tu madre cuando te pregunte. No la enfades más.

Con ese comentario el marqués se ganó una mirada de órdago, pero su hija obedeció. Respondió en voz muy baja.

—No estuve en Vauxhall.

Su madre soltó el cubierto con brusquedad y se volvió hacia ella.

—Recuerdo perfectamente que me dijiste que no vendrías a cenar a casa de los Westin porque la sobrina de la señora Hobster te había invitado a ir con ella a Vauxhall. ¿Puedo saber en qué momento cambiaste de opinión?

También ella soltó sus cubiertos, sin apetito.

—No cambié de opinión.

—¡Desde luego que lo hiciste! —le gritó—. Acabas de decir que no...

—Lo que quiere decirte, April, es que en ningún momento tuvo intención de ir allí.

Miró a su esposo, iracunda.

—¡¿Cómo puedes afirmar algo así y permanecer todavía calmado?! ¡¿Cómo puedes no enfadarte al saber que nos ha mentido?!

Julian le pidió con la mirada que se tranquilizara. April se dio cuenta de que se había puesto en pie. Volvió a sentarse pero se giró para mirar a May, culpándola de su arrebato. Esta calló, sin saber qué decir. Fue su padre quien acudió en su ayuda.

—No me gusta que nuestra hija nos mienta, April.

—Sus palabras se le clavaron como una daga a pesar de que fueron dichas con suavidad—. Me gusta tan poco como a ti. Pero si nos hubiera confesado sus planes no le hubiéramos permitido ir. Y todos hemos mentido alguna vez en una situación similar para hacer lo que deseábamos, lo que necesitábamos.

La marquesa pareció calmarse un poco. Se volvió a mirarla.

—Anoche te estuve esperando. Vi a la señora Hobster y a su sobrina y me preguntaron por ti. —Confirmaba su teoría, por tanto—. Desde luego les dije que había sido una tarde muy larga y habías preferido quedarte en casa descansado. Pero me quedé despierta a esperarte. Y en pie. Afortunadamente no lo hice en el hall —le dijo con cierto resentimiento—, porque no te hubiera visto llegar ya que entraste por la puerta de servicio. Pero eran las dos de la madrugada e ibas completamente despeinada. ¿Te vio alguien? —Se sintió boba. La habían sorprendido cual infante. Había seguido un impulso sin medir las consecuencias. No se arrepentía, nunca podría, pero...—. ¡May! Te he preguntado si te vio alguien. Porque si el servicio cuchichea...

—No esa noche.

Ahora fue su padre quien la miró con mortal seriedad.

—¿Qué significa eso?

Les explicó lo ocurrido la noche en que todos los primos cenaron juntos.

—Nada grave, pues. —Fue April quien calmó a su marido, ahora.

—Nada grave, entonces —confirmó Julian.

Callaron durante más de un minuto. Tomó la taza de té sin saber qué decir, buscando entretener su boca para no hablar de más. Amaba a sus padres, pero había cosas que los padres no debían saber de sus hijos. Y todavía no había podido poner en orden sus pensamientos. Ni sus sentimientos.

Alex le había dicho que la amaba.

El estómago se le llenó de mariposas.

—Tu padre está calmado porque está convencido de que anoche fuiste directa a casa de Alexander y fue de su casa de donde regresaste cuando el reloj daba las dos.

La invadió el alivio. Al parecer con Alexander le estaban permitidas ciertas licencias.

—Así es.

Escuchó a su madre respirar hondo y apoyarse en el respaldo de la silla. Parecía aliviada, como ella. Su padre sonreía, incluso.

—Con eso queda todo dicho. —La voz de April sonaba firme—. Si no viene él imagino que irás tú a hablar con Stanfort, ¿no? ¿O prefieres que lo solucionemos Judith y yo?

¿A qué se referían? Un momento, se dijo. Todavía no habían hablado Alex y ella sobre nada. La noche anterior todo se había precipitado. Supuso que era la consecuencia de una semana de pasión contenida. Era como llenar una taza gota a gota. Parecía que nada ocurriría por una gota más o menos, pero la última, tan pequeña como el resto, era la que hacía que se derramara el contenido, que se precipitara sin control.

No podían forzar nada. Alex le había dicho que la

amaba. Y ella... no necesitaba pensarlo, sabía que le amaba. No sabía desde cuándo pero no tenía dudas, estaba convencida de que lo que sentía era amor. La noche anterior, al hablar con él, había entendido cuán importante era que él la cortejara, que la amara, que la quisiera como esposa.

Y efectivamente la cortejaba. Y la amaba. Pero nada había dicho de matrimonio. No sabía qué esperar. ¿Acaso debió declararse después de hacer el amor? ¿O pensó que no era el momento y quería esperar al día siguiente? Porque iba a pedirle matrimonio, ¿no era cierto? La idea de no haberle entendido, de que la amara a ella pero buscara a otra esposa más conveniente y le propusiera...

No. Como le confesara la noche anterior, quizá no confiara en sí misma y en sus criterios, quizá lo ocurrido en Nueva York la hiciera dudar, la hubiera llenado de miedos y desconfianzas. Pero sí confiaba en Alex. Siempre lo haría.

—No pienso hablar con Wilerbrouhg. Ni con Stanfort. —La voz de su padre estaba destinada a exasperar a su madre. May admiró su impertinencia—. Y te agradecería que te abstuvieras de tener una conversación al respecto con Judith.

Su padre quería dormir en otra alcoba durante al menos un mes, se dijo May al escuchar su última frase.

—¡Alexander ha... ha...! Y ahora tendrá que asumir las consecuencias.

—Dudo mucho que May no participara de buen grado en ello.

Sintió que todo su cuerpo enrojecía. Convencida

estaba de que incluso los dedos de los pies se le habían sonrosado.

—¿Y eso es todo lo que vas a decir? ¿Vas a permitir que la mancille y al día siguiente no hacer nada?

—Ya te dije anoche que sé más que tú sobre Wilerbrough.

—Y yo te dije a ti que me lo contaras.

—Son cosas que deben quedar entre caballeros, April.

—Si habéis apostado... —El rostro de su madre enrojeció de rabia—. Si los granujas que tienes por amigos y tú habéis osado apostar sobre el futuro de mi hija os arrancaré la piel a tiras.

Julian rio.

—Desde luego que ha habido apuestas. —Una taza de té salió disparada contra él. Años en el ejército habían adiestrado sus reflejos—. Pero cálmate, April. Nada tienen que ver unas guineas con esto. —Voló un plato pero no se rompió, rebotó en el mullido asiento de la silla del marqués.

May observaba la escena aterrada. Todo parecía fuera de control. Sus padres estaban discutiendo frente a ella. Se sentía culpable. Se sentía peor de lo que nunca se había sentido.

En aquel momento llamó el mayordomo y entró sin pedir permiso.

—Todo está bien, Camps. Se me ha caído una taza —dijo Julian, pidiendo intimidad. Tenía una esposa a la que tranquilizar.

Camps asintió, flemático, pero no se marchó.

—El marqués de Wilerbrough está aquí, milord.

El silencio se volvió opresivo... durante apenas dos segundos.

—Llévelo a mi biblioteca.

—Hágalo pasar —dijo a su vez April.

Debía ser un momento incómodo, pero Camps sabía quién mandaba en la casa. Julian profirió un quejido.

—Años en el ejército para cometer traición ahora —murmuró en voz baja.

Alexander fue llevado hasta la sala de desayunos. Entró y se encontró con May en un extremo de la mesa, seria, con la tez blanquecina. No lo miró siquiera. Quiso acercarse y abrazarla. Nunca la había visto tan decaída.

—Buenos días, Wilerbrough —lo saludó Julian, ya en pie para llevarlo a su biblioteca.

Y se obligó a actuar como debía, no como quería.

—Buenos días, Woodward. April —la saludó extrañado.

Esta se volvió a él, furibunda, apuntándole con el dedo.

—Escúchame bien, Alexander. Te conozco desde que eras tan pequeño que ni siquiera llevabas pantalones cortos. Si no le pides a Julian la mano de May, iré yo a Berkeley Square y le pediré a tu padre tu cabeza. Y en bandeja de plata.

—¡Mamá! —se quejó, abochornada.

—Silencio, jovencita —la riñó—. ¿Has entendido, jovencito?

Julian no quiso que respondiera, así que tiró de él.

—Será mejor que nos marchemos, Alexander. A mí ya me ha llovido una taza.

—¡También le pediré la tuya, Julian! ¡No dudes que lo haré! ¡Será una bandeja grande en la que cabrán dos cabezas! ¡¡Tres si el alcornoque de Westin también apostó, Nicole se encargará de ello!! —gritó en el vano de la puerta a las anchas espaldas que se alejaban.

May pudo ver cómo su padre cruzaba el brazo por los hombros de Alex y se lo llevaba. Al menos él tenía una charla tranquila por delante. Ella, en cambio...

April se volvió a mirarla. Estuvo mucho tiempo observándola, tratando de reconciliarse con la idea de que su hija May, su pequeña, había crecido, había debutado, se había negado a casarse, había estado tres años en Nueva York, y al regresar había decidido organizar un pequeño escándalo.

Y con la idea de que hacía apenas una semana que la había recuperado y volvía a perderla. Saber que era Alexander, que ningún otro hombre la merecería más, era su único consuelo.

Al fin, le dijo:

—Cariño, ¿cómo se te ocurre?

Que volviera a llamarle «cariño», todo el amor y toda la preocupación en su voz, la derrumbaron. Toda la culpabilidad, todo lo que había ocultado a su madre desde su llegada, se derramó y rompió a llorar. April corrió a su lado y la envolvió entre sus brazos.

Cinco minutos después se calmó. Volvió a su sitio, ambas lo hicieron. May tomó su taza, su madre sonrió con picardía y se sirvió una nueva.

—Lamento que te hayas enterado así, mamá. Algún día te lo hubiera contado. Del mismo modo que tú me fuiste contando tu romance con papá, yo te hubiera contado el mío con Alex. Porque supongo que después de lo ocurrido habrá boda.

—¿Acaso no quieres casarte con él?

Su corazón le gritó la respuesta y al fin su cabeza estuvo de acuerdo.

—Sí. Claro que sí.

—Entonces ¿por qué no pareces feliz? ¿Dudas acaso de sus intenciones?

¿Dudaba?

—No. Pero no quería que ocurriera así, que papá y tú discutierais. Quería que fuera un día feliz, no uno lleno de gritos y lágrimas.

Se encogió de hombros, arrepentida. Su madre sonrió para animarla.

—Solo te reprocharé, May, que te precipitaras. Es Alexander, desde luego, pero pudo salirte mal. Yo también viví un romance precoz, y quedé embarazada... Conoces la historia. Precisamente porque la conoces deberías saber que a veces no sale bien.

La miró fijamente y se decidió a confesar lo que su pecho cargaba.

—En Nueva York no salió bien.

April tardó unos segundos en comprender. Y entonces entendió, y lo entendió todo.

—¡Oh, cariño!

Y a pesar de que se sintió traicionada, y dolida, y decepcionada, dejó a un lado su fiasco y se centró en su hija. Ella había vivido una situación similar y sabía del dolor por el que May habría pasado. Como madre podía reprocharle su mismo error porque tenía derecho, pero no lo haría. Solo deseó poder habérselo ahorrado, o haber estado a su lado para consolarla, para ayudarle a superarlo.

Se puso en pie y se sentó a su lado. Le tomó la mano y la invitó a hablar. April le resumió de manera sucinta su decisión de romper el compromiso y regresar a Inglaterra a pesar de las circunstancias. Sus circunstancias. Y April supo que aunque había cometido un error, hubiera sido más grave si hubiera hecho lo que se consideraba correcto y se hubiera quedado en América con Matthew.

—¿Lo sabe Alexander?

Sonrió sin ganas.

—Mamá, anoche...

April se sonrojó. Estaba siendo una mañana con demasiadas revelaciones. Había cosas que una madre no debía saber sobre su hija, se dijo.

—Claro que lo sabe. Lo que quiero decir es si lo sabía antes de...

—¡Desde luego que sí! Mamá, no hubiera... Alex tenía que saber... Sabes cómo es, su sentido del honor... Jamás...

La cara de April se llenó de suficiencia.

—Alexander es un hombre maravilloso. Seguramente el único hombre que te merece.

Madre e hija continuaron el desayuno parloteando animadas sobre preparativos nupciales. Un tema alegre y perfecto para una madre y su hija.

28

Mientras, los dos marqueses estaban cómodamente sentados en los sillones de la biblioteca, en una conversación con un cariz completamente distinto.

—He visto a May preocupada.

—Su madre se ha enfadado.

—Supongo que la situación es muy irregular.

—¿Supones? —Julian fue tajante. Rebajó el tono para continuar, no quería discutir. Alexander había sido claro desde el primer día y él había aceptado. Y la situación superaba con creces sus expectativas. Su hija iba a casarse; la hija que quería permanecer soltera el resto de su vida iba a prometerse apenas una semana después de su llegada; y con Wilerbrough. No, no quería discutir—. En todo caso, el enfado de April es mérito mío.

—¿Por no exigirme que me case con ella?

—Básicamente. Creo que el hecho de que apostáramos tampoco ha ayudado a mi causa.

Su tono casual le hizo reír.

—¿También le has contado eso?

—No le he contado ninguna de las dos cosas. Pero mi esposa nos conoce bien. Mientras yo la cortejaba, tu padre y tu tío apostaron a cada paso.

—¿Lo hicieron?

—Sí, malditos sean. Y no jugaron limpio.

—Eso no me sorprende.

Julian no quería recordar el ridículo al que lo sometieron.

—En todo caso tampoco les he contado que viniste aquí al día siguiente del baile en su honor. No, no lo he hecho, aquella fue una conversación entre caballeros. De ti depende decirle a mi hija cuánto la amas o cuándo te enamoraste de ella.

Alexander lo miró, agradecido.

—¿Algún consejo?

—Sobre eso en concreto, no. Para el resto de tu vida: si la enfadas apaga su ira con besos. Es el remedio para no dormir en otra alcoba. —Rio ante el azoramiento del joven—. Más de treinta años de casados, incontables discusiones dada la fuerza de carácter de mi esposa, y ni una sola noche separados —finalizó con orgullo.

Alexander reconoció tanto engreimiento como amor en aquellas palabras.

—Lo tendré en cuenta.

—Así pues, ¿habrá boda? ¿Vas a hacerlo, Wilerbrouhg?

—¿Lo dudas?

—No. ¿Lo dudas tú?

—En absoluto —respondió sin titubeos—. Solo espero que no sea ella quien dude.

—Más te vale convencerla, muchacho. Aunque no creo que te suponga un gran esfuerzo. —Sonrió y lo miró divertido—. Tu padre ha apostado que lograrás el «sí, quiero» a la primera. Detesto decir que ganará la apuesta, el ego de Stanfort no puede crecer mucho más ya sin que exista un riesgo real de explosión. Pero creo que tu amada no se resistirá.

Alexander se sintió mejor tras aquellas palabras.

—Antes de que la hagas llamar, Julian, quiero agradecerte tu confianza. —Ambos hombres se pusieron serios ahora—. No me atreví a acercarme antes a ella porque los dos éramos jóvenes, porque los dos teníamos que crecer, alternar en sociedad, conocer a otras personas y convertirnos en quienes ahora somos. Temí perderla tanto como temí precipitarme. —Woodward asintió, comprensivo y conforme con lo que decía—. Pero cuando la semana pasada vine no estaba seguro de que fueras a aceptar mis condiciones, y no quería acercarme a tu hija en otros términos. Y sé que no cualquier padre hubiera aceptado lo que le pedí.

—¿Qué hubiera ocurrido si me hubiera negado?

Alexander negó con la cabeza.

—Siempre confié en ti. Siempre supe que conocías a tu hija y sabías que era el modo correcto, el único posible con ella.

Julian se puso en pie, también él.

—Y yo en ti. No hubiera aceptado lo que me propusiste de ningún otro hombre. Ni se la confiaría por el resto de sus días a ningún otro hombre.

Solemnes, se abrazaron.

—Será mejor que la haga venir. Todavía no has cosechado tu victoria —le respondió ya separados, camino de la puerta.

—¿Qué apostaste tú, Woodward?

Lo miró con una sonrisa.

—Que sería ella quien te lo tendría que pedir.

Y sin más se marchó. Alexander soltó una carcajada y, animado, se dispuso a esperar.

May llegó a la puerta de la biblioteca temblando. Estaba nerviosa. Sabía que todo iba a salir bien, que tenía que salir bien, y sin embargo estaba asustada. Estaba muerta de miedo. ¿Y si...?

No quiso angustiarse. Llamó a la puerta y la abrió. Y le vio. Y supo que nada podría ir mal nunca más. No cuando aquellos hermosos ojos azul índigo la miraban como si fuera una diosa.

—May. —No reconoció su voz, tan emocionado estaba.

Se acercó a ella y May le tomó la mano.

—Ven conmigo.

Alex pareció extrañarse.

—Tus padres no me dejarán salir de aquí sin un compromiso —quiso bromear.

El corazón de May estalló de dicha.

—Solo ven conmigo.

Y de la mano lo llevó hasta la sala de música.

—Arrincona el arpa, por favor. —Estaba justo en medio de la estancia.

Hizo lo que le pedía. Ella esperó paciente a que terminara.

—Mi madre trajo una caja de música para la tía Nicole en uno de sus viajes a Suiza. Pero compró otra para ella. —Abrió la tapa, una hermosa pieza de marquetería, y los primeros acordes de un vals comenzaron a sonar.

Alexander sonrió y se acercó a ella. La piel de May ardió de impaciencia.

—¿Me concederás el honor de este vals, May?

Hizo una ligera reverencia.

—De todos los valses que me pidas, Alex.

Le encantaba bailar con ella, sentir cómo sus cuerpos se mecían juntos al compás de la melodía sin necesidad de escucharla. Solo con mirarse era suficiente para moverse al unísono. Era como hacerle el amor pero sin desnudarla. Le tomó la mano y se la colocó en la nuca. May le acarició el cuello como no podía hacer en público y se recreó en él, peinándoselo con los dedos. Apartó el brazo describiendo un arco y la hizo girar sobre sí misma. Cuando regresó a sus brazos la tomó del talle, abrió la palma de la mano y la acarició, el pulgar cerca del pecho. Sintió su suspiro y vio cómo sus ojos se encendían. Sus cuerpos se buscaron solos y sus piernas se acercaron.

—Te amo —le susurró Alexander con voz contenida—. Siempre te he amado. Incluso cuando eras una jovencita impertinente bebía los vientos por ti, May Woodward.

May se detuvo ante su confesión, sin saber qué decir. No era solo lo que le había dicho, sino el sentimiento que su voz transmitía, la verdad en sus ojos, la sensibilidad en su tacto. Se sintió amada desde siempre y para siempre.

Alexander la tomó por las mejillas, la besó con delicadeza y volvió a mecerla.

—No dejes de bailar, o sospecharán que algo ocurre.

Sonrió y le tomó de la mano, girando sobre sí misma, volviendo a él y colocándola en su cuello, la otra en su hombro, en una postura que hubiera escandalizado tanto que le hubieran retirado su carné de Almack's de por vida. Él en cambio la abrazó y continuó arrastrándola por la sala con facilidad.

—Ojalá supiera decirte desde cuándo te amo, Alex —bajó la vista—, pero no lo sé. —Unos dedos en su barbilla le hicieron alzar los ojos de nuevo; otros azules, llenos de amor, la esperaban—. Solo sé que los mejores recuerdos de mi niñez y de mi juventud están unidos a ti. Que en los últimos seis años te he añorado tanto que al regresar y volver a verte me he preguntado qué locura me llevó a separarme de ti tanto tiempo. Y que desde que me rodeaste con tus brazos como ahora, aquella primera noche, no he dejado de pensar en ti. Junto al sol y la luna me has acompañado en mis sueños.

Alexander depositó un suave beso en sus labios antes de separarla y acercarla una vez más.

—No me importa cuándo ocurrió, cuándo lo supiste, mientras me prometas que nunca dejarás de amarme.

—Nunca —le prometió—. Nunca. No sabría, Alex. No podría. La idea de estar lejos de ti... —se le encogió el pecho y le dolió—, me faltaría el aire. Estaré a tu lado mientras me quieras contigo.

Él la detuvo y la besó con delicadeza en un roce lleno de amor, de promesas. Los acordes, ajenos a la emoción del momento, siguieron sonando.

—Nunca dejaré de buscarte, de acercarte a mi lado.

—Soy tuya para tu fastidio, Alex —le dijo con la voz rota, dos pequeñas lágrimas emocionadas resbalando por sus mejillas—, hace años que te lo digo, aun sin saberlo llevo años prometiéndote pasar el resto de mi vida a tu lado. Eras tú —sonrió con nostalgia— quien firmaba sus epístolas con un «nunca tuyo para tus lamentos».

También él sonrió. Le secó las lágrimas, la tomó de la mano y se la besó.

—Entonces tendré que entregarme a ti para que dejes de importunarme con tus lamentos.

Rio, pasado el momento de conmoción, e iba a darle una réplica mordaz cuando lo vio sacar un anillo de su chaqueta y arrodillarse.

—¿Me harás el honor de dejar que me entregue a ti, May? ¿Me permitirás pasar el resto de mis días a tu lado? —Tomó su dedo y, poco a poco, mientras seguía hablando, le fue poniendo la pequeña alianza—. Prometo hacerte feliz, prometo respetarte, prometo quererte tal y como eres, y prometo no intentar cambiarte. No te amaría más si fueras de otro modo.

—Oh, Alex —respondió emocionada, sin poder continuar hablando.

Tomándolo por un sí, se levantó, la rodeó con sus brazos y la besó. Y siguieron besándose durante unos minutos eternos, diciéndose en silencio con los labios todo lo que sus bocas no sabían expresar.

El vals dejó de sonar.

Ellos no se dieron cuenta.

Epílogo

Alexander le acariciaba la espalda con mimo mientras May, recostada sobre su hombro desnudo, dejaba vagar su mano por la clavícula masculina.

—Ha sido un día hermoso. Y un privilegio que Sus Majestades quisieran acudir a nuestra boda.

Sonrió recordando los acontecimientos del día. Había sido el día más perfecto de su vida.

—Es el primero de muchos días hermosos, May.

Sonriendo también, ella le dio un ligero beso en el hombro y volvió a recostar la cabeza en él.

—Me gustaría casarme contigo todos los días de mi vida —dijo, soñadora.

Alexander la estrechó. Su dulce May, suspiró.

—Me temo que eso no será posible, mi amor. Tu madre, la mía y la tía Nicole han pasado casi cuatro meses organizando este día. —Rieron con cariño—. Reconoce en todo caso tu vanidad: lo que te hace feliz es que el primer y el último baile de esta temporada han sido en tu honor. —Recibió un pellizco—. ¡May! Además en tu última temporada. Y has tenido la suerte de pescar al mejor partido de la... ¡Ay, May! De acuerdo, ya me callo, milady May Saint-Jones.

Besó su hombro una vez más antes de responder.

—No soy tu lady nada, Alex. Soy una escritora y eso es todo lo que soy.

—¿Sigues convencida de que *tú* tenías razón, May? Porque estás casada, y has encontrado marido siendo cortejada durante la temporada. Y te has vestido con tus mejores galas, siendo la más hermosa de todas las damas. Así que era *yo* quien siempre tuvo razón, lo quieras o no.

Enrojeció de placer. ¿Quién le hubiera dicho que lo que creyó la peor de las torturas iba a ser el mayor de los placeres? Habían sido unos meses magníficos, con Alex cortejándola abiertamente, colmándola de atenciones y de regalos.

—Tal vez —le concedió—, tal vez, tuvieras parte de razón.

—¿Solo tal vez?

—Pero hay algo en lo que erraste, Alex. Y seré inflexible en ello. —Su voz sonaba divertida, traviesa.

—Te permitiré escribir mientras no descuides tus obligaciones como mi marquesa, ¡ay, May! ¿Desde cuándo has añadido los pellizcos a tu repertorio de castigos?

—Desde que me enamoré de ti y darte patadas me parecía excesivo.

Alzó la cabeza y le besó con ternura. La mano de Alex la tomó con firmeza por la nuca y respondió apasionado. May se separó y le miró, los ojos llenos de amor.

—Antes de continuar déjame que te diga en qué *yo* tenía razón y *tú* estabas equivocado: no tendremos diez hijos. —Lo sintió reír, su pecho vibrando bajo ella—. Y si tenemos una niña desde luego no la llamaremos June.

En un movimiento ágil la volvió y la colocó debajo de él. La besó con fiereza y la miró de nuevo, cualquier regocijo extinguido por la pasión.

—Estoy de acuerdo en que llamarla June sería ridículo. Pero respecto a lo de los diez hijos... vayamos de uno en uno y veremos.

Y la besó de nuevo, y sus cuerpos bailaron juntos al son de un vals silencioso.

Nota de la autora

Esta novela fue un capricho. Fue *mi* capricho. No, no tengo intención de hacer una saga eterna con mis Mosqueteros, ni he pretendido, vosotras decidiréis si lo he logrado, hacerles un espacio en esta novela. Esta es la historia de Alex y May y no quería escenas sin ellos. Ya sabéis cómo les va a Julian y April, a James y Judith y a Richard y Nicole: son felices y comen perdices.

Pero ¿qué hay de los Tres Mosqueteros sin un D'Artagnan, eh? En realidad la base de este romance era la de una pareja que se conoce desde siempre. Él tiene una mentalidad abierta, pero también un sentido de permanencia y pertenencia a sus obligaciones de abolengo; y ella tiene también un linaje, pero unos planes distintos para su vida. De ahí que me alejara de la Regencia. No os aburriré con estadísticas, pero en 1850 la vida que May planeaba era posible. Limitada pero posible. A primeros del siglo XIX era una condena al ostracismo más absoluto, de ahí que April fuera tan ambiciosa oculta como sirvienta, y más discreta una vez convertida en marquesa.

Así que buscando una escritora y un hombre de rango, que se conocieran desde niños... no creo en el destino, o no creía hasta que los ya marqueses de Wilerbrough entraron en mi mente cual elefante en una chatarrería. Primero apareció May, y Alex llegó justo detrás. Y ya no me los pude quitar de la cabeza. ¿No habéis visto lo obstinados que son? ¿Y lo convencidos que están de tener razón siempre? Pues estaban convencidos de que esta era *su* historia. Y si por separado son cabezotas, juntos son invencibles, y sitiaron mi imaginación hasta que me rendí. Eso sí, fueron colaboradores, y una vez establecimos ciertos límites —aquí escribía yo y nadie se salía del guion— todo fue bien.

Quizás os parezca una locura lo que os cuento, que tenga que pactar con mis personajes qué hacer, o que me deje sorprender por ellos. ¡Ojalá supiera explicaros...! No, no es eso. ¡Ojalá tuvierais la cabeza llena de personajes maravillosos que os contaran cada noche un cuento distinto! Hacen tan dulces los sueños, estés dormida o despierta...

Permitidme antes de seguir, que no quiero que se me olvide, dar las gracias a algunos de mis escritores favoritos por los préstamos. Un día de estos recibiré una demanda. Gracias a Elizabeth Gaskell, cómo no, pues es una de mis autoras de cabecera, por *Ruth*, la novela a la que se refiere May en el prólogo al hablar de una sirvienta que huye embarazada a la casa de un párroco; novela por cierto que se publicó después de 1850. Es preciosa y un capricho también por el nombre: el mío. Y gracias a Pablo Neruda, a Pedro Salinas, a Blaise Pascal, a Shakespeare y a Joaquín Sabina por prestarme algunos de sus versos.

Y a Ed Sheeran y su maravillosa canción *Thinking out loud*. ¿Habéis visto el vídeo? Es increíble. Cada vez que Alex y May tenían que bailar le daba al *play*. Es inspirador. Es romántico. Es evocador. Es... tenéis que verlo. Yo misma me enamoraría si bailara así con alguien. Bueno, no con alguien, yo siempre tengo a cierto actor en la cabeza...

Y ahora sí, os cuento por qué escribí esta historia cuando había prometido comenzar una saga nueva: los Knightley, que parece más una amenaza que un proyecto, dado que su momento parece no llegar nunca.

Hace tiempo ofrecí a Selección RNR una historia actual con mi otro nombre. Y fruto de la maravillosa amistad que nos une, y de la confianza que tenemos —y de la que confío no abusar—, me dijeron que no publicaban ese tipo de historias, pero que me aceptarían encantadas una histórica. ¡Acepté encantada! Y escribí, jugando una tarde de calor que estaba vaga para corregir, el prólogo de *Una última temporada*, lo envié a su buzón y ya no consintieron que me arrepintiera. Si Alex y May son insistentes deberíais conocer a Lola y a Esther. Me dieron tiempo, me dieron ánimos, me dieron consejo. Lo que nunca me dieron fue urgencia o prisas. Y ya no dejaron que me olvidara de esta historia. ¡Gracias! Al final yo me he enamorado de ellos, también.

Por último quiero daros las gracias a vosotras por seguir sorprendiéndome después de más de tres años.

Sigo recibiendo mails de *Cuando el corazón perdona*, de *Cuando el amor despierta*, y más recientemente *De cuando la pasión espera*, y seguís preguntándome por James y Judith. No sabéis lo que significa para mí saber que disfrutáis conmigo de esta pequeña locura. Porque es muy sencillo: me hacéis feliz. Sí, mi vida se compone de placeres sencillos, no soy tan complicada: y vosotras me hacéis feliz.

Me alegré de que fuera May quien llamara a mi puerta porque Julian y April son los personajes que menos se dejan ver en la trilogía, y su historia de amor es, para mí, la más romántica. Si Richard y Nicole son los que más «chispa» tienen, y James y Judith son... no puedo ser objetiva, James es mi favorito y por tanto su historia no tiene parangón... Pero Julian es sin duda el más romántico de los tres. Me sorprendió. Me costó muchísimo conocerlo. Es tímido, y que se destapara y me dejara saber quién era fue una lucha. Pero volver a encontrarme con él, con ellos, ha sido una delicia.

Tanta, que en cuanto he terminado de escribir esta historia he vuelto a releer *Cuando el amor despierta*. Así que gracias también por eso.

¡¡¡MUAKAAA!!!

RUTH M. LERGA